谢谢你们喜欢这个故事

—楚晚宁

悄悄告诉我，哪里有卖最好吃的特色糕点？

不过别告诉我师尊，我想给他一个惊喜♡

—墨燃

… 초만녕

어디로 가면 제일 맛있는 디저트를 살 수 있는지 알려 주세요.
아, 저희 사존한테는 비밀이에요.
서프라이즈 선물을 하고 싶거든요♡ –묵연

二哈和他的白猫師尊

바보 허스키와 그의 흰 고양이 사존

二哈和他的白猫師尊

바보 허스키와 그의 흰 고양이 사존

육포부흘육 장편소설

1권

BLab

二哈和他的白猫師尊

목차

1장 본좌는 죽었다

묵연(墨燃)이 아직 황제가 되기 전, 사람들은 그를 개라고 욕했다.

고향 사람들은 그를 개자식이라 했고, 사촌 동생은 그를 개새끼라고 했으며, 그의 양어머니는 욕설 수위도 가장 높아서 그를 개잡놈이라고 했다.

물론, 그를 개와 엮은 표현 중엔 그다지 나쁘지 않은 것도 있었다. 예를 들어, 그와 짧은 하룻밤을 보낸 사람들은 늘 일부러 화를 내곤 했는데, 그가 잠자리에서 수캐처럼 허리를 놀리며 달콤한 말로 사람의 혼을 쏙 빼놓고는 아랫도리 흉기로 자신들을 숨넘어가게 만든다는 이유에서였다. 하지만 그들은 그렇게 화를 내다가도 금세 또 자랑을 늘어놓았다. 덕분에 환락가에 드나드는 사람 모두 '묵미우'가 잘생기고 거기 힘도 좋다는 걸 알게 되었다. 해 본 사람은 만족을 금치 못했고, 해 보지 못한 사람은 그 소문에 떨리는 마음을 주체하지 못했다.

사람들의 말은 역시나 아주 정확했다. 묵연은 확실히 꼬리를 살랑살랑 흔드는 멍청한 개를 닮았으니 말이다.

훗날 그가 수진계[#1]의 제왕이 되자 비로소 그를 '개'로 부르는 호칭들은 싹 사라졌다.

어느 날, 멀리 있는 한 작은 선문에서 그에게 젖먹이 강아지를 선물했다.

회색과 흰색이 섞인 그 강아지는 이마 위에 불꽃 같은 점 세 개가 찍혀 있었고 약간 늑대를 닮았다. 하지만 딱 참외 정도 크기에, 생긴 것도 참외처럼 둥글고 오동통했다. 하는 짓은 또 어찌나 위풍당당한지 대전(大殿) 안을 미친 듯이 뛰어다녔고, 제위에 고고하게 앉아 있는 사람을 보겠다고 몇 번이나 높은 계단을 기어오르려 했다. 하지만 다리가 너무 짧아 매번 실패로 끝났다.

묵연은 그 힘만 세고 머리가 빈 털북숭이를 흘끗 보고 별안간 웃음을 터뜨렸다. 그는 웃으면서 나지막이 욕을 내뱉었다. 개새끼.

젖먹이 강아지는 금방 큰 개로 자라났다. 큰 개는 늙은 개가 되었으며, 늙은 개는 다시 죽은 개가 되었다.

묵연은 두 눈을 꼭 감았다.

다시 눈을 떴을 때, 그의 삶은 총애와 치욕과 갖은 우여곡절을 겪으며 어느새 서른두 해가 지나 있었다.

그는 모든 것이 지긋지긋했고 지루하고 고독했다. 요 몇 년간 익숙하게 곁을 지키던 사람들은 점차 줄어들었다. '불꽃 세 개'

#1 수진계 修眞界. 신선이 되기 위해 수행하는 자들의 세계

마저도 개의 수명을 다하고 하늘로 돌아가 버렸다. 그는 이제 다 됐다고 생각했다. 끝내야 할 때가 된 것이다.

그는 과일 쟁반에서 알이 꽉 찬 매끄러운 포도알 하나를 떼어 천천히 보라색 껍질을 벗겼다.

여유롭고 능숙한 동작이었다. 마치 강왕(羌王)이 군영에서 이민족 여인의 옷을 벗길 때처럼, 흥미가 사그라진 나른함이 묻어 있었다. 윤기 있게 반짝이는 과육이 그의 손가락 끝에서 미세하게 떨리며 과즙이 배어 나왔다. 옅은 보라색의 과즙은 기러기가 물고 온 붉은 노을 같기도, 봄잠을 자는 해당화 같기도 했다.

그리고 더러운 피 같기도 했다.

그는 입 안의 달콤함을 삼키며 자신의 손가락을 자세히 살펴보다가 느릿느릿 눈꺼풀을 들어 올렸다.

그는 시간이 거의 다 되었다고 생각했다.

그도 이제는 지옥에 떨어져야 했다.

묵연, 자[#2]는 미우.[#3]

수진계의 초대 제왕.

이 자리에 앉기까지 정말 쉽지 않았다. 탁월한 법술은 물론, 바위처럼 두꺼운 낯가죽도 필요했으니 말이다.

그가 제위에 오르기 전, 수진계의 10대 문파는 서로 대등한 세력을 가지고 각자의 본거지에 웅크리고 있었다. 각 문파는 서로를 견제했을 뿐, 그 누구도 자신의 힘으로 세상을 바꾸려는 생각을 하지 않았다. 게다가 각 장문인 모두 경전을 달달 외울 정도로 공부한 걸출한 인재들이었다. 스스로 무슨 직함을 달기

#2 자 字. 본이름 외에 부르는 이름. 이름을 소중히 여겨 함부로 부르지 않던 관습으로 인해 생김
#3 미우 微雨. '이슬비'라는 뜻

에는 사관이 기록할 역사를 두려워했고, 먼 훗날에 오명을 쓰게 될까 꺼렸다.

그러나 묵연은 달랐다.

그는 나쁜 놈이었다.

남들이 감히 하지 못한 일을, 그는 결국 해냈다. 인간 세상에서 가장 독한 술을 마시고 세상에서 가장 아름다운 여인을 취했다. 수진계의 맹주 '답선군(踏仙君)'이 되었고, 나아가 스스로를 황제로 봉했다.

온 백성이 그의 앞에 꿇어 엎드렸다.

무릎 꿇지 않는 자들은 모두 그에게 죽임을 당했다. 그가 천하를 제패한 그해, 수진계는 그야말로 피바다였고 울음소리와 비명이 그치지 않았다. 수많은 의인이 당당히 나섰다가 목숨을 잃었고, 10대 문파 중 유풍문(儒風門)은 문파 전체가 봉변을 당했다.

그러다 나중에는 묵연을 가르친 스승마저도 마수를 피하지 못해 묵연과의 대결에서 패하고 말았다. 묵연의 스승은 옛 애제자의 손에 끌려가 궁에 감금되어 행방이 묘연해졌다.

잔잔하고 평화롭던 강산은 순식간에 아수라장이 되었다.

개같은 황제 묵연은 글공부를 거의 하지 않은 데다 거리낌이라곤 전혀 없는 사람이었다. 그래서 그가 권력을 쥐고 있는 동안 황당한 일이 속출했다. 일단 그 연호부터 그랬다.

그가 황제에 오른 후 첫 삼 년간의 연호는 '왕팔'[#4]이었다. 그가 연못가에서 물고기 밥을 주다가 생각해 낸 것이었다.

#4 왕팔 王八. 중국어로는 오쟁이를 진 남자라는 욕설

두 번째 삼 년간의 연호는 '고'[#5]였다. 여름날 정원에서 개구리 울음소리를 듣곤 그것이 하늘에서 내린 영감이라며, 그냥 넘겨서는 안 된다는 것이 선정 이유였다.

학자들은 한때 '왕팔'이나 '고'보다 더 끔찍한 연호는 없을 것이라 생각했지만, 그들은 묵미우가 어떤 사람인지 전혀 모르고 있었다.

세 번째 삼 년, 지방 민심이 꿈틀거리기 시작했다. 불가(佛家), 도가(道家), 영가(靈家)의 수행자들은 물론, 묵연의 폭정을 더 이상 참을 수 없었던 강호의 의인들이 잇달아 봉기를 일으켰다.

그리하여 묵연은 반나절 동안 진지하게 고민하며 무수히 많은 초안을 작성했고, 그 결과 하늘이 기겁하고 귀신도 놀랄 만한, 듣도 보도 못한 연호가 등장하고야 말았다.

'극파'.[#6]

뜻은 좋았다. 초대 황제가 궁리 끝에 짜낸 두 글자에는 '무기를 내려놓고 전쟁을 멈추자'는 좋은 뜻이 담겨 있었다. 다만 사람들이 입 밖으로 내기엔 그 발음이 몹시 민망할 따름이었다.

특히 글자를 모르는 사람들은 연호를 들을 때마다 난감하기 짝이 없었다.

첫해는 극파 원년, 아무리 들어도 자지 원년으로 들렸다.

두 번째 해는 자지 2년.

자지 3년.

누군가 방문을 걸어 잠그고 욕설을 퍼부었다.

"정말 황당하군. 차라리 아예 몇 년 근 자지라고 부르지! 이제

#5 고 呱. 개구리 울음소리

#6 극파 戟罷. 중국어 발음으로 '지바'. 남성의 성기를 뜻하는 말과 발음이 같다.

남자들을 보면 나이가 몇이냐고 물을 필요도 없이, 몇 년 근 자지냐고 물으면 되겠어! 백 살 노인은 백 년 근 자지라고 부르지 뭐!"

가까스로 삼 년이 지나고, '극파'라는 연호도 바뀌어야 할 때가 되었다.

세상 사람들이 벌벌 떨며 황제 폐하의 네 번째 연호를 기다리고 있을 때, 의외로 묵연은 연호를 지을 기분이 아니었다. 왜냐하면 그해에 수진계가 본격적으로 요동치기 시작했기 때문이었다. 근 십 년간을 참고 살아온 강호 의인과 선협 호걸들이 마침내 연합해, 기세등등한 백만 대군을 이끌고 초대 황제 묵미우에게 퇴위를 요구했다.

수진계에는 제왕이 필요 없다!

특히 이런 폭군은 더더욱 필요 없다!

몇 달간 이어진 피투성이 전투 끝에 의병들은 마침내 사생지전 바로 밑의 산기슭에 도달했다. 촉 땅에 위치한 이 험준한 고산은 일 년 내내 구름과 안개로 뒤덮여 있었고, 그 꼭대기에 우뚝 솟은 것이 바로 묵연의 궁이었다.

활시위가 팽팽하게 당겨졌다. 조정을 뒤엎을 마지막 일격만 남아 있었다. 그러나 그것은 가장 위험한 일격이기도 했다. 승리를 눈앞에 둔 상황에서, 공동의 적에게 적개심을 불태우던 연합군은 제각기 딴마음을 품기 시작했다. 옛 황제가 무너지면 새로운 질서를 세워야 하는 법, 이런 시기에 자기 힘을 소모하려는 사람이 있을 리 없었다. 그러니 아무도 선봉에 나가 산 위를 공격하려고 하지 않았다.

이들은 그 교활하고 음험한 폭군이 갑자기 하늘에서 뚝 떨어지진 않을까 두려워했다. 혹시 그가 야수처럼 무시무시하게 반짝이는 이빨을 드러내며 감히 그의 궁을 공격하는 사람들을 형체도 알아볼 수 없게 갈가리 찢어 놓는 건 아닐까.

누군가 굳은 얼굴로 입을 열었다.

"묵미우는 법력이 높고 음험한 자이니 우리도 신중하게 행동하는 것이 좋겠소이다. 그의 계략에 걸려들어서는 아니 될 말이지요."

그 말에 장수들이 모두 동의했다.

이때, 용모가 아주 수려하고 교만해 보이는 청년이 걸어 나왔다. 그는 은남색 경갑을 입고 사자 머리로 장식된 허리띠를 맸으며, 말총머리를 높이 올려 묶어 아래쪽에 정교한 은색 머리장식을 두르고 있었다.

청년은 안색이 아주 좋지 않았다.

"산기슭까지 온 마당에 여기서 꾸물거리는 이유가 뭐죠? 설마 묵미우가 제 발로 걸어 내려오기를 기다리는 겁니까? 정말 쓸모없는 겁쟁이들 같으니!"

이 말에 주변이 순식간에 소란스러워졌다.

"설 공자, 그게 무슨 말이오? 겁이 많다니? 무릇 군사를 움직일 때는 신중해야 하는 법이오. 공자처럼 무모하게 덤벼들었다가 잘못되기라도 하면 누가 책임을 지겠소?"

누군가 바로 비아냥거리며 받아쳤다.

"허허, 설 공자는 하늘의 총아이고 우리는 그저 평범한 사람 아닙니까. 하늘의 총아께서 인간계 제존과의 결전을 좀이 쑤셔서 못 기다리겠다고 하시니, 차라리 직접 산을 오르시지요? 묵미우의 머리를 베어 오길 기다리며 저희는 산 밑에서 잔칫상을 준비하고 있겠습니다. 이 얼마나 좋은 생각입니까."

살짝 도가 지나친 말이었다. 연합군 무리 중 한 늙은 승려가 금방이라도 폭발할 것 같은 청년을 재빨리 막아섰다. 그는 마을 어르신 같은 인자한 얼굴로 부드럽게 청년을 달래기 시작했다.

"설 공자, 이 노승의 말을 들어 보시게. 공자와 묵미우의 사적인 원한이 깊다는 건 나도 잘 알고 있다네. 하지만 퇴위를 요구하는 건 매우 중대한 일 아닌가. 반드시 모두를 위해 생각해야지, 감정적으로 행동해서는 절대로 안 된다네."

여러 사람의 비난을 받고 있는 '설 공자'의 이름은 설몽이었다. 십여 년 전, 그는 모두가 치켜세우며 굽신거렸던 천재 소년이자 하늘의 총아였다.

그러나 세월이 흘러 옛 명성은 간데없었다. 지금 그가 사람들의 조롱과 비난을 꾹 참고 있는 이유는 딱 하나, 바로 산에 올라 묵연을 다시 만나기 위해서였다.

설몽은 화가 나서 표정이 일그러지고 입술도 덜덜 떨렸지만 애써 참으며 물었다.

"그럼 당신들은, 대체 언제까지 기다릴 셈입니까?"

"최소한 저쪽의 동태를 다시 살펴봐야 하지 않겠소?"

"맞습니다. 혹시라도 묵미우가 매복을 뒀으면 어쩝니까?"

장수들이 다시 비난했다.

방금 상황을 수습하러 나섰던 늙은 승려도 거들고 나섰다.

"설 공자, 조급해하지 마시게. 우리가 이렇게 산 밑까지 왔으니, 그래도 조심하는 편이 낫지 않겠나. 어차피 묵미우는 궁에 갇혀 있으니 산을 내려올 수도 없네. 이미 벼랑 끝에 몰렸으니 다시 힘을 되찾을 수는 없을 걸세. 우리가 굳이 조급해하면서 무모하게 행동할 필요는 없지 않는가? 산 아래에는 많은 사람들이 있네. 명문자제들도 그렇게나 많은데, 혹시라도 목숨을 잃게 되면 누가 책임을 지겠는가?"

설몽이 버럭 화를 냈다.

"책임? 그럼 한 가지만 묻죠. 제 사존의 목숨은 누가 책임집니까? 묵연이 사존을 십 년 동안 감금했습니다! 자그마치 십 년이나! 사존이 산 위에 계시는 게 뻔히 보이는데, 나보고 어떻게 기다리란 말입니까?"

설몽이 그의 사존을 언급하자 사람들의 표정이 부자연스러워졌다.

어떤 이는 부끄러운 기색이었고, 어떤 이는 사방을 흘끔거리며 우물거렸다.

"십 년 전, 묵연은 자신을 답선군으로 봉하고 유풍문의 72개 성을 도륙했으며, 나머지 9대 문파를 토벌하려 했습니다. 그러고는 스스로 황제라 칭하며 당신들을 모조리 없애려고 했죠. 그 두 번의 재난에서 묵연을 막아 낸 사람이 누굽니까? 사존이 목숨 걸고 지키지 않았더라면 당신들이 지금 살아 있었을까요? 이렇게 내 앞에 멀쩡히 서서 말을 할 수 있겠느냐고요!"

마침내 누군가 헛기침을 하며 부드럽게 말했다.

"설 공자, 노하지 마시게. 초 종사의 일은 우리도…… 몹시 감사하면서도 죄책감을 느끼고 있다네. 그렇지만 자네 말처럼 그분이 감금된 지도 벌써 십 년이 지났네. 무슨 일이 생겼다면 이미…… 그러니까, 십 년도 기다렸는데 이 잠깐을 서두를 필요는 없지 않은가?"

"빌어먹을! 필요 없긴 뭐가 필요 없습니까!"

말한 사람이 눈을 휘둥그렇게 떴다.

"어찌 그런 욕을?"

"욕을 먹어도 쌉니다! 사존이 목숨을 걸었던 게, 바로 이런…… 이런 놈들을 구하기 위해서였다니……."

그는 목이 메어 더 이상 말을 잇지 못했다.

"구할 가치도 없는 놈들."

결국 설몽은 고개를 홱 돌리곤 어깨를 파르르 떨며 눈물을 삼켰다.

"우리가 초 종사를 구하지 않겠다고 한 것도 아니고……."

"그러게 말입니다. 초 종사가 얼마나 훌륭한 분인지 다들 속으로 잊지 않고 있어요. 설 공자가 그렇게 말하면 모두에게 배은망덕하다는 누명을 씌우는 것 아닙니까? 정말이지 견딜 수가 없군요."

"그런데 따지고 보면 묵연도 초 종사의 제자 아니오?"

누군가 작은 목소리로 끼어들었다.

"내 말은, 그러니까 제자가 온갖 악행을 저지르고 돌아다니니 스승으로서 마땅히 책임을 져야 한다는 거요. 자식을 잘못 가르친 건 부모의 잘못이고, 엄하게 가르치지 못한 건 스승의 게으름이라는 말도 있지 않소. 애초부터 비난할 문제가 아닌데 불평할 게 뭐 있다고."

그 야박한 말에 누군가 즉시 큰소리로 제지했다.

"그 무슨 정신 나간 소린가! 입단속이나 잘하게!"

그러고는 다시 상냥한 얼굴로 설몽을 타일렀다.

"설 공자, 너무 조급해하지 말……."

설몽이 느닷없이 그의 말을 끊으며 분통을 터뜨렸다.

"어떻게 조급하지 않을 수 있습니까? 당신들은 멀쩡히 서서 입만 나불거리지만 저 위에 갇혀 있는 사람은 제 사존이란 말입니다! 제 사존이라고요! 사존의 얼굴을 못 본 지도 벌써 몇 년인지 모릅니다! 사존의 생사도, 어떻게 지내시는지도 알 길이 없는데, 내가 왜 여기에 서 있어야만 하죠?"

그는 거칠게 숨을 몰아쉬며 눈시울을 붉혔다.

"설마 여기서 기다리고 있으면 묵미우가 제 발로 산에서 내려와 당신들 앞에 무릎 꿇고 용서를 빌 것이라 생각하는 겁니까?"

"설 공자……."

"사존을 제외하면, 이 세상에 제 곁에 있는 사람은 아무도 없습니다."

설몽은 자신의 옷자락을 잡은 늙은 승려의 손을 뿌리치고 갈라진 목소리로 말했다.

"당신들이 안 가겠다면 나 혼자 가죠."

그 말을 남긴 채, 그는 검을 들고 홀로 산 위로 올라갔다.

음산하고 축축한 찬바람 속에는 수많은 잎사귀가 부딪치는 소리가 섞여 있었고, 짙은 안개 속에는 마치 무수히 많은 원혼이 숲속에서 소곤거리며 사라락 사라락 돌아다니는 듯했다.

설몽은 혈혈단신으로 산꼭대기까지 올랐다. 묵연이 머물고 있는 웅장한 궁은 밤의 장막 속에서 평온하게 촛불을 밝히고 있었다. 문득 통천탑 앞에 무덤 세 개가 나란히 있는 것을 보았다. 다가가서 살펴보니, 첫 번째 무덤에는 푸른 풀이 돋아 있었고 묘비에는 '경정 귀비 초희의 묘'라는 글자가 크고 삐뚤빼뚤하게 새겨져 있었다.

이 '귀비 찜'[#7]에 비해 두 번째 무덤은 최근에 만들어졌는지 봉토가 덮인 지 얼마 되지 않아 보였고, 묘비에는 '유폭[#8] 황후 송씨의 묘'라고 새겨져 있었다.

"……."

만약 십여 년 전이었다면 이런 황당한 광경 앞에서 설몽은 웃음을 터뜨렸을 것이다.

당시 그는 묵연과 한 사존의 문하에 있었다. 묵연은 장난과 농담을 가장 잘하던 제자여서, 전부터 그를 못마땅하게 생각했던 설몽도 종종 그의 장난에 웃음을 참지 못하곤 했었다.

이 '귀비 찜'과 '황후 튀김'이 뭔지는 모르겠으나, 아마도 대단하신 묵 황제가 그의 두 부인을 위해 세운 묘비인지 그 풍격이 '왕팔', '고', '극파'와 비슷했다. 그런데 그는 왜 자신의 황후에게 이런 시호를 붙인 것일까. 알 길이 없었다.

설몽은 세 번째 무덤을 바라보았다.

어둠 속에 그 무덤은 열려 있었다. 안쪽에 놓인 관은 텅 비어 있었고, 묘비에는 아무것도 쓰여 있지 않았다.

다만 무덤 앞에는 이화백주 한 주전자, 차갑게 식은 마라물만두 한 그릇, 마라맛 반찬 몇 접시가 놓여 있었다. 모두 묵연이 좋아하는 것들이었다.

#7 귀비 찜 '경정'은 중국어 발음으로 '찜'이라는 말과 같다.
#8 유폭 油爆, 튀김

설몽은 그것들을 멍하니 바라보다가 갑자기 가슴이 철렁 내려앉았다. 설마 묵미우가 저항은커녕, 스스로 무덤을 파 놓고 죽을 작정을 했다는 건가?

식은땀이 줄줄 흘렀다.

그는 믿지 않았다. 묵연은 늘 마지막까지 죽기 살기로 덤비는 사람이었고, 지치는 것과 포기를 모르는 사람이었다. 그의 평소 행동을 보면 봉기군과 목숨 걸고 끝까지 싸울 것이 분명한데 어찌…….

지난 십 년간, 묵연은 권력의 정점에 서 있었다. 대체 무엇을 보았고, 또 무슨 일을 겪었을까.

그건 아무도 모른다.

설몽은 몸을 돌려 어둠 속으로 들어가, 등불이 밝게 빛나는 무산전을 향해 성큼성큼 걸어갔다.

무산전 안, 묵연이 창백한 얼굴로 두 눈을 꼭 감고 있었다.

설몽의 추측이 틀리지 않았다. 그는 죽을 결심을 한 것이다. 밖에 있는 그 무덤은 그가 자신을 위해 파 놓은 거였다. 한 시진 전, 그는 전송술로 시종들을 내보내고는 스스로 독약을 삼켰다. 오랜 수련으로 높은 경지에 올라서인지 독약은 그의 몸속에서 유난히 느릿느릿 퍼져 나갔다. 그 탓에 오장육부가 녹아내리는 고통 또한 갈수록 심하게 또렷해졌다.

끼익, 하는 소리와 함께 무산전의 문이 열렸다.

묵연은 고개도 들지 않고 갈라진 목소리로 말했다.

"설몽, 너 맞지. 네가 온 거냐?"

무산전의 전돌 위에 설몽이 혈혈단신으로 섰다. 말총머리는 흐트러지고 경갑은 반짝였다.

옛 동문이 다시 모였다. 그러나 묵연에게서는 어떠한 표정도 찾아볼 수 없었다. 그는 손으로 턱을 괴고 옆으로 앉은 채, 가늘고 촘촘한 속눈썹을 발처럼 눈앞에 드리우고 있었다.

모두가 그를 머리가 셋에 팔이 여섯 달린 흉악한 마귀라고 수군거렸지만, 그는 사실 아주 잘생긴 사람이었다. 부드러운 곡선을 이루는 콧날, 얇고 촉촉한 입술. 온화하고 얌전하고 유쾌한 인상을 타고나서 외모만 본다면 누구나 좋은 사람이라고 생각하며 호감을 느낄 만했다.

설몽은 그의 안색을 보고 그가 이미 독약을 삼켰다는 걸 알았다. 뭐라 설명할 수 없는 기분이었다. 설몽은 망설이다가 결국 주먹을 불끈 쥐고 물었다.

"사존은?"

"……뭐?"

설몽이 거칠게 외쳤다.

"사존은? 너와 나의, 우리 사존은!"

"아."

묵연이 가볍게 비웃으며 마침내 서서히, 어둠 속에서 보랏빛을 발하는 눈을 떴다. 첩첩산중을 사이에 둔 세월이 설몽에게로 내려앉았다.

"어디 보자, 곤륜의 답설궁에서 헤어진 후로 너와 사존도 벌써 이 년을 못 봤겠구나."

묵연은 슬며시 미소를 지었다.

"설몽, 사존이 보고 싶으냐?"

"쓸데없는 말 집어치워! 사존을 돌려 내!"

묵연은 차분하게 그를 바라보았다. 그는 배 속이 뒤틀리는 통증을 참으며 한쪽 입꼬리를 끌어 올리곤, 옥좌 등받이에 몸을 기댔다.

통증이 순간순간 몰려올 때마다 눈앞이 깜깜해졌다. 오장육부가 뒤틀리며 녹아내려 더러운 핏물로 변하고 있음을 또렷하게 느낄 수 있었다.

묵연이 나른하게 입을 열었다.

"돌려 달라고? 어리석군. 머리를 굴려 보면 알 텐데. 나와 사존 사이의 원한이 그렇게나 깊은데 어찌 그를 이 세상에 살려 두겠어."

"네놈이……!"

설몽의 얼굴에서 핏기가 싹 사라졌다. 그는 두 눈을 크게 뜨고 뒷걸음쳤다.

"그럴 리 없어……. 네가 어떻게……."

"뭐가 그럴 리 없다는 거지?"

묵연이 가볍게 웃었다.

"그럼 네가 말해 봐. 내가 왜 그럴 리 없는지."

설몽이 떨리는 목소리로 말했다.

"하지만 그분은 너의…… 어쨌거나 네 사존인데…… 어떻게 그럴 수 있어!"

그는 고개를 들고 저 높이 옥좌에 앉아 있는 묵연을 바라보았다. 천계에 복희[#9]가 있고 저승에 염라가 있다면, 인간 세상에는 묵미우가 있었다.

#9 복희 伏羲. 중국 고대 전설의 제왕

그러나 설몽 입장에서는, 묵연이 아무리 인간계의 제존이라 할지라도 이렇게까지 변해서는 안 되었다.

설몽은 온몸을 벌벌 떨며 원망의 눈물을 뚝뚝 흘렸다.

"묵미우, 네놈이 사람이야? 그분은 예전에……."

묵연이 담담하게 눈을 들었다.

"예전에 어땠는데?"

설몽이 떨리는 목소리로 말했다.

"그분이 널 어떻게 대했는지 네놈은 알아야 해……."

묵연이 별안간 웃음을 터뜨렸다.

"사존이 날 만신창이가 될 정도로 때리고 모두의 앞에서 날 무릎 꿇리고 죄를 인정하게 했다는 걸 상기시키려는 거냐? 아니면, 예전에 사존이 널 위해, 아무 상관없는 사람을 위해 날 가로막았던 거 말이냐? 내가 하려는 좋은 일은 방해하고 나의 대업을 망쳤었지."

설몽은 고통스럽게 고개를 저었다.

"……."

그렇지 않아, 묵연.

잘 생각해 봐. 너의 그 흉악한 원한을 내려놓으란 말이다. 옛날을 생각해 봐.

그분은 너와 함께 수련하고 무공을 연마하며 널 빈틈없이 보호하셨어.

그분은 너에게 글자와 책 읽는 법과 시와 그림을 가르치셨어.

그분은 널 위해 요리하는 법을 배웠지만, 솜씨가 서툴러서 손이 온통 상처투성이였지.

그분은…… 네가 돌아오길 밤낮으로 기다리셨어. 날이 어두워질 때부터…… 다시 밝아 올 때까지…….

하고 싶은 말은 많았지만 목구멍에 딱 걸려 나오지 않았다. 결국 설몽은 흐느끼기 시작했다.

"그분은…… 성격이 괴팍하고 하는 말도 고약했지만, 나조차도 그분이 너한테 각별히 잘해 주셨다는 걸 아는데…… 넌 어떻게…… 어떻게 그렇게 모질게……."

설몽은 고개를 들어 터져 나오는 눈물을 참았지만, 목이 꽉 메어 더 이상 말을 잇지 못했다.

한참 후, 묵연의 가벼운 탄식이 들려왔다.

"그래. 하지만 설몽, 그거 알아?"

묵연의 목소리는 힘이 없었다.

"사존이, 내가 유일하게 사랑했던 사람을 죽였다는 거. 유일한 사람을."

한참 동안 적막이 흘렀다.

오장육부가 타들어 가는 것처럼 아파 왔고 피와 살이 부스러기처럼 잘게 찢겼다.

"그래도 한때는 스승과 제자 사이였지. 시신은 남봉(南峰)의 홍련수사(紅蓮水榭)에 두었다. 연꽃 속에 잘 보존되어 있어. 잠자는 것처럼."

묵연은 누그러진 말투로 가까스로 차분한 척했다. 그의 얼굴엔 표정이 없었고 자단목 책상에 올려둔 손가락은 마디마디가 창백하다 못해 시퍼렜다.

"그의 시신은 내 영력으로 유지되고 있어서 이제껏 썩지 않았어. 정 보고 싶다면 나랑 여기서 쓸데없는 말이나 늘어놓을 게 아니라, 내가 죽기 전에 얼른 가 보는 게 좋을 거다."

목구멍에서 비릿하고 달짝지근한 맛이 났다. 묵연이 몇 번 기침을 하고 다시 입을 열었을 때, 입 안에는 피가 가득 고여 있었지만 눈빛은 한결 편해 보였다.

묵연이 쉰 목소리로 말했다.

"가라. 이시 그를 보러 가. 내가 죽어서 영력이 끊어지면 그도 재로 변해 버릴 테니까."

그 말을 마치고, 그가 맥없이 두 눈을 감았다. 독약이 심장을 공격하며 타는 듯한 고통이 몰려왔다.

가슴이 갈기갈기 찢어지는 통증이었다. 설몽이 비통하게 울부짖는 소리도 아득하고 멀게만 느껴졌다. 마치 한없이 깊은 바닷속에서 들려오는 것만 같았다.

입가에서 계속해서 피가 뿜어져 흘러내렸다. 묵연은 옷소매를 꽉 쥐었다. 근육이 이따금씩 경련을 일으켰다.

몽롱한 와중에 눈을 떠 보니 설몽은 이미 멀리 달려 나간 후였다. 그 녀석은 경공이 나쁘지 않으니 여기서 남봉까지 그리 오래 걸리지 않을 것이다.

사존의 마지막 얼굴은 볼 수 있겠지.

묵연은 몸을 일으켜 비틀비틀 자리에서 일어났다. 그리고 피로 얼룩진 손가락으로 수인(手印)을 맺어 사생지전의 통천탑 앞으로 이동했다.

때는 마침 늦가을, 해당화가 흐드러지게 피어 있었다.

그는 죄로 물든 일생을 끝내는 장소로 어째서 이곳을 선택했는지 알 수 없었다. 다만 꽃이 이렇게나 찬란하게 피어 있으니 무덤은 화려하겠다는 생각이 들 뿐이었다.

그는 활짝 열린 관 안에 누워 야밤에 활짝 핀 꽃이 소리 없이 흩날리는 모습을 바라보았다.

흩날리는 꽃잎은 관 속으로 들어와 그의 뺨 위로 떨어졌다. 마치 옛일처럼 바람에 흩날리며 시들어 떨어져 버렸다.

그는 이번 생에서 가진 것 하나 없는 사생아로 태어나 숱한 일을 겪으며 인간계의 유일한 제존이 되었다.

손에 온통 피를 묻히고 죄악이 극에 달한 그였다. 그가 사랑하고, 미워하고, 원하고, 증오한 것들은 마지막엔 아무것도 남지 않았다.

결국, 그는 자신의 묘비에 제멋대로인 자기 필체를 한 글자도 남기지 않았다. '천고일제'[#10] 같은 뻔뻔스러운 칭호라든지 '튀김', '찜' 같은 황당한 수식어도 쓰지 않았다. 수진계 초대 황제의 무덤은 끝내 한 글자도 남기지 않았다.

십 년 동안 이어진 촌극이 마침내 막을 내렸다.

또다시 몇 시진이 지났을까. 봉기군 무리가 횃불을 높이 들고 마치 불뱀처럼 길게 늘어서서 제왕의 궁으로 몰려갔을 때, 그들을 기다리고 있던 것은 텅 빈 무산전과 아무도 없는 사생지전, 그리고 홍련수사 옆 잿더미 위에 엎드려 울다 지친 설몽이었다.

그리고 통천탑 앞에는 이미 차갑게 식어 버린 묵미우의 시신이 있었다.

#10 천고일제 千古一帝. 천 년에 한 번 나오는 황제

작가의 말

역사적 사실에 따르면 스무 살에 자(字)를 받으니, 묵연의 나이에는 자가 없는 것이 맞습니다. 그러나 수진계는 설정상 열다섯 살에 관례(冠禮)를 행하고 자를 받습니다. 제가 '묵미우(墨微雨)' 이 세 글자를 너무 좋아하거든요. 묵연(墨燃)보다 예뻐서 얼른 본문에 등장시키고 싶었습니다. 하하하!

2장 본좌는 살아났다

"죽은 물 같은 마음에 모든 기대 잿더미 되었건만, 삼구[#11]의 추운 밤에 봄빛이 비치네. 하늘이 유곡초를 불쌍히 여기지 않는다면, 세상이 변하여 갖은 고초를 겪을까 두려워하노라."

여인의 청아하고 맑은 목소리가 귓가에 가물가물 들려오더니 주옥같은 가사가 묵연의 머리를 두들기며 통증을 유발했다. 그의 관자놀이가 미친 듯이 뛰기 시작했다.

"시끄럽구나! 어디서 울다 죽은 귀신이라도 온 게냐! 여봐라, 이 천한 것을 몹시 쳐서 산 밑으로 쫓아내라!"

분노하며 고함을 지른 묵연은 비로소 뭔가 이상하다는 것을 느꼈다.

……난 이미 죽지 않았던가?

미움과 추위, 괴로움과 쓸쓸함이 그의 가슴을 찔러 고통이 들

#11 삼구 三九, 동짓날로부터 세 번째 9일간

이닥쳤다. 묵연은 눈을 번쩍 떴다.

죽기 전의 상황은 어느새 흔적도 없이 사라져 있었다. 그는 자신이 침상 위에 누워 있는 것을 발견했다. 사생지전의 침상이 아니었다. 이 침상에는 용과 봉황이 조각되어 있었고 나무에서는 강한 지분 냄새가 났다. 분홍색과 보라색 이불에는 원앙이 물놀이하는 모습이 수놓아져 있었는데, 기루의 여인들이나 쓸 법한 베개와 이불이었다.

"……."

묵연은 순간 굳어 버렸다.

그는 이곳이 어딘지 알았다.

사생지전 부근의 와자였다.

와자는 곧 기루를 의미했다. 올 때는 기와처럼 맞물리고 갈 때는 기와 무너지듯 사라진다고, 손님과 여인이 기분 좋게 만나 기분 좋게 헤어진다는 뜻이었다.

묵연이 젊었을 적 한동안 방탕함에 빠져 살 때는 한 달에 십여 일을 이 기루에서 밤을 보냈다. 그리고 이 기루는 그가 스물 몇 살 때 주인이 바뀌어 술집이 되었다. 자신은 죽었는데 옛날에 사라져 존재하지도 않는 기루에 오게 되다니, 이게 어떻게 된 일일까?

설마 생전에 저지른 악행이 너무 많아서, 너무도 많은 소년소녀를 해쳤기 때문에 염라대왕으로부터 기루의 기생으로 환생해 손님을 받는 벌을 받게 된 것일까?

묵연은 터무니없는 생각을 하며 무심코 몸을 돌렸다.

느닷없이 곤히 잠든 얼굴이 눈앞에 나타났다.

"……."

이게 무슨 상황이지? 어째서 옆에 사람이 누워 있는 거지?

그것도 벌거벗은 남자라니!

앳된 얼굴에 섬세한 이목구비, 뽀얗고 사랑스러운 모습이 남자인지 여자인지 분간하기 힘들었다.

묵연의 얼굴에는 표정이 전혀 없었지만 속으로는 파도치듯 동요하고 있었다. 그는 꿈나라에 빠져 있는 예쁘장한 미소년을 한참 바라보다가 문득 떠오르는 것이 있었다.

이 아이는 젊었을 적 특히 총애하던 남창이 아니던가. 이름이 용삼이었던가?

아니면 용구였거나.

끝 글자가 삼이든 구든 중요하지 않았다. 중요한 건, 이 아이가 화류병[#12]에 걸려 죽은 지도 벌써 여러 해가 지났다는 것이었다. 시체도 벌써 썩어 없어졌을 것이 분명했다. 그런데 지금, 그는 멀쩡하게 산 채로 뽀얗고 여린 모습으로 침상 위 묵연의 옆에 웅크리고 있었다. 비단 이불 위로 드러난 어깨와 목에는 자줏빛으로 얼룩덜룩했는데, 모두 지난밤 뜨거웠던 흔적이었다.

묵연은 굳은 얼굴로 이불을 젖히고 아래쪽으로 시선을 옮겼다.

"……."

용구인지 용삼인지는 모르겠지만 일단 용구라고 치고, 미소년 용구는 온몸에 채찍 자국이 가득했다. 백옥처럼 희고 보드라운 허벅지는 누군가에 의해 여러 갈래의 붉은 밧줄로 세심하게 묶여 있었다.

#12 화류병 花柳病, 성병

묵연은 턱을 쓰다듬으며 속으로 감탄했다. 좋은 취향이군.

이 정교한 매듭과 능숙한 기법, 그리고 이 익숙한 장면이라니.

뭐야, 설마 내가 묶은 건 아니겠지?

그는 신선이 되기 위해 수련하는 사람인지라 환생에 관해서도 약간은 알고 있었다. 문득 의심이 들기 시작했다. 아무래도 자신이 다시 살아 돌아온 것 같았다.

묵연은 자신의 생각을 검증하기 위해 구리거울을 찾았다. 구리거울은 심하게 닳아 있었지만 어슴푸레한 빛 속에 자신의 얼굴을 흐릿하게나마 비춰 볼 수 있었다.

묵연은 서른두 살, 이립의 나이가 지나서 죽었다. 그런데 거울 속 그 남자의 얼굴은 훨씬 앳되어 보였다. 준수한 얼굴에는 어린 사람 특유의 건방지고 제멋대로인 기색이 감돌고 있었다. 딱 봐도 열대여섯 살처럼 보였다.

침실에 다른 사람은 없었다. 그리하여 수진계의 폭군, 촉 땅의 악당, 인간계의 제존, 사생지전의 존주인 답선군 묵연은 한참을 침묵한 끝에 자신의 속마음을 솔직하게 표현했다.

"젠장……."

그 '젠장' 한마디에 얕은 잠을 자고 있던 용구가 깨어났다.

그 아름다운 소년이 느릿느릿 일어나 앉자 몸에 걸친 얇은 비단이 어깨를 따라 흘러내리며 눈부시게 하얀 몸뚱이가 드러났다. 소년은 부드러운 머리카락을 추스르며 아직 졸음이 가시지 않은 요염한 눈을 치켜떴다. 눈초리가 진홍빛으로 번져 있었다. 소년이 하품을 하며 말했다.

"아…… 묵 공자님, 오늘은 일찍 일어나셨네요."

묵연은 입을 열지 않았다. 시간을 십여 년 전으로 거꾸로 돌린다면 그는 확실히 용구처럼 남자인지 여자인지 분간할 수 없는 어여쁜 사람을 좋아했었다. 그런데 지금, 서른두 살 장년의 답선군은 자신이 어떻게 이런 남자를 예쁘다고 생각할 수 있는지, 혹시 그 당시 자신이 당나귀 발굽에 머리를 채인 건 아닐까 의심스러울 뿐이었다.

"어젯밤에 잠을 제대로 못 자서 악몽이라도 꾸신 거예요?"

본좌는 이미 죽었는데, 그걸 악몽이라고 할 수 있을까.

용구는 그가 줄곧 말이 없자 기분이 좋지 않은 것이라 여기곤 몸을 일으켜 침상에서 내려왔다. 그러고는 꽃무늬가 조각된 창가로 다가가 묵연을 뒤에서 끌어안았다.

"묵 공자님, 어찌 아무 말씀 없으세요? 왜 그리 우두커니 서서 절 본체만체하십니까?"

묵연은 그의 포옹에 얼굴이 새파랗게 질렸다. 당장이라도 이 요사스러운 것을 등에서 떼어 내 그 여리디여린 뺨을 후려갈기고 싶었지만, 그래도 꾹 눌러 참았다.

아직 머리가 띵했고 어떤 상황인지 파악하지 못한 상태였다.

만약 자신이 정말로 다시 태어난 거라면 어젯밤 용구와 뜨거운 밤을 보냈다는 건데, 일어나자마자 상대를 흠씬 두드려 팬다면 그야말로 정신병자나 마찬가지일 것이다. 그건 심히 부적절했다.

묵연은 마음을 가다듬고 무심히 물었다.

"오늘이 몇 월 며칠이지?"

용구가 어리둥절해하더니 이내 웃으며 말했다.

"5월 초나흗날입니다."

"병신년(丙申年)?"

"그건 작년이고요, 올해는 정유년(丁酉年)이지요. 공자님은 정말 건망증이 심하시네요. 어찌 갈수록 과거로 가십니까."

정유년이라…….

묵연의 눈빛이 일렁거리며 머릿속이 빠르게 회전하기 시작했다.

정유년, 그는 열여섯 살이었다. 사생지선 존주에게 오랫동안 헤어졌다가 다시 찾은 조카로 인정받은 지 딱 일 년이 되었을 때였다. 그는 이렇게 모두가 업신여기던 비루먹은 개에서 하루아침에 나무 위에 앉은 봉황이 되었다.

그렇다면 자신은 정말로 다시 태어났단 말인가?

아니면, 죽은 후의 헛된 꿈인 것일까…….

용구가 웃으며 말했다.

"묵 공자님, 배가 고파서 정신이 없으신 거 같아요. 날짜도 기억 못 하시고. 잠시 앉아 계세요, 주방에 가서 먹을 것 좀 가져올게요. 유선병[#13] 괜찮으세요?"

이제 막 다시 태어난 묵연은 이 모든 상황에 어떻게 반응해야 할지 알 수 없었지만, 예전에 하던 대로만 한다면 틀림없을 것 같았다. 그리하여 그는 자신의 방탕했던 시절을 떠올리고는, 역겨움을 참고 싱글거리며 용구의 허벅지를 꼬집었다.

"아주 좋지. 죽도 한 그릇 가져오너라. 이따 네가 떠먹여 주면 좋겠구나."

용구는 옷을 걸치고 나갔다가 잠시 후 나무 쟁반을 받쳐 들고

#13 유선병 油旋餅, 밀가루를 기름에 튀겨 만든 떡

돌아왔다. 쟁반 위에는 호박죽 한 그릇과 유선병 두 개, 반찬 한 접시가 놓여 있었다.

마침 배가 살짝 고팠던 묵연이 유선병을 집어 들려고 하자 용구가 갑자기 그의 손을 밀어내며 아양을 떨었다.

"제가 공자님께 먹여 드릴래요."

"……."

용구는 유선병 하나를 집어 들고 묵연의 다리 위에 앉았다. 얇은 장포만 걸친 채 안에는 아무것도 입고 있지 않은 그는 부드럽고 매끄러운 허벅지를 벌려 묵연의 피부에 딱 붙이고는 야릇하게 비비적거렸다. 누가 봐도 유혹하는 것이 뻔했다.

묵연은 용구의 얼굴을 빤히 바라보았다.

용구는 그가 음흉한 마음이 동한 걸 보고는 툴툴거렸다.

"왜 그리 계속 쳐다보세요? 음식 다 식겠어요."

묵연은 잠시 침묵했다. 전생에 용구가 자신 몰래 했던 '좋은 일'이 떠오르자 입가에 서서히 달콤하고 친밀하기 이를 데 없는 미소가 번졌다.

답선군이었던 시절 악한 일은 많이 했으니 마음만 먹으면 더 악한 일을 하는 것도 식은 죽 먹기였다. 다만 지금은 그저 상황에 맞춰 연극을 하는 것일 뿐, 애송이의 잔꾀에 넘어갈 그가 아니었다.

묵연은 의자에 편안히 기대어 웃으며 말했다.

"올라타 봐."

"이미 지금…… 다리 위에 올라탔지 않습니까."

"내가 어딜 말하는지 알고 있을 텐데."

용구가 얼굴을 붉히며 삐죽거렸다.

"급하시긴요. 일단 다 드신 다음에…… 앗!"

말이 끝나기도 전에, 묵연은 그의 몸을 강제로 잡아 올려 앞으로 당기곤 다시 아래로 내리눌렀다. 용구가 흠칫하며 손에 들고 있던 죽 그릇을 떨어뜨렸다. 그는 놀라 헐떡이는 와중에도 나지막하게 말하는 걸 잊지 않았다.

"공자님, 죽이……."

"상관 마라."

"그럼, 일단 뭐라도 드시는 것이…… 으응…… 아앗……."

"지금 먹고 있지 않느냐?"

묵연은 그의 허리를 잡고 칠흑 같은 두 눈을 빛냈다. 눈동자 중앙에 고개를 젖힌 용구의 아리따운 얼굴이 비쳤다.

전생에, 묵연은 용구와 서로 뒤엉켜 있을 때 그 새빨간 입술에 입 맞추는 것을 특히나 좋아했었다. 이 소년은 확실히 예쁘고 약삭빨랐다. 마음을 동하게 하는 말을 어찌나 잘하는지, 한때 이 소년에게 조금도 마음을 주지 않았다고 하면 그건 거짓말이었다.

그렇지만 용구의 그 입술이 자신 몰래 어떤 짓을 했는지 떠올리니 묵연은 그 입에서 지독한 악취가 나는 것만 같았다. 입 맞추고 싶다는 생각이 전혀 들지 않았다.

서른두 살의 묵연과 열다섯 살의 묵연은 여러 가지 면에서 달랐다.

예를 들어 열다섯 살의 묵연이 사랑을 나눌 때 여전히 부드러웠다면, 서른두 살의 그에게는 폭력만이 남아 있었다.

일이 끝난 후, 그는 숨이 가빠 혼절해 버린 용구를 바라보았다. 추파가 감돌던 치켜 올라간 눈을 살짝 내리까니, 뜻밖에도 달콤한 웃음기가 담겨 있었다. 그는 웃을 때 참 예뻤다. 지극히 검고 깊은 눈동자는 어떤 각도에서 보면 사치스러운 진보라색으로 물든 것처럼 보이기도 했다. 그는 빙그레 웃으며 용구의 머리카락을 받친 채, 침상에 눕었다. 그러고는 바닥에서 깨진 그릇 조각을 집어 들곤 용구의 얼굴을 겨누었다.

묵연은 원한이 있으면 반드시 갚는 사람이었고, 지금도 마찬가지였다.

자신이 전생에 용구의 돈벌이를 얼마나 세심하게 보살폈는가. 심지어 용구를 기루에서 빼내 줄 생각까지 했는데, 용구는 오히려 다른 사람과 결탁해 계략을 꾸몄다. 그 일이 떠오르자 묵연은 눈을 가늘게 뜨고 날카로운 사기그릇 조각을 용구의 뺨에 갖다 댔다.

몸뚱이로 장사하는 놈에게 얼굴이 없으면 아무것도 남지 않을 것이다.

이렇게 세속에 찌든 사내는 결국 개처럼 거리를 떠돌며 바닥을 기고 발에 차이고 짓눌리고 욕먹고 침을 맞게 되겠지. 하하…… 상상만 해도 몸과 마음이 즐거워졌다. 방금 느꼈던 역겨움도 모두 사라진 것만 같았다.

묵연의 웃는 얼굴이 점점 사랑스럽게 변했다.

손에 힘을 주자 새빨간 피가 한 줄 스며 나왔다.

정신을 잃고 쓰러져 있던 사람도 통증을 느꼈는지 갈라진 목소리로 낮게 신음했다. 속눈썹에 눈물방울이 맺혀 있는 모습이 가련하기 짝이 없었다.

묵연의 손이 갑자기 멈췄다.

죽은 사람이 생각난 것이다.

"……."

그는 문득 자신이 지금 뭘 하고 있는지 깨달았다. 몇 초간 그렇게 멍하니 있다가 마침내 천천히, 손을 내려놓았다.

악행이 정말 습관이 된 것 같았다. 자신이 다시 태어났다는 것도 잊고 있었다.

지금, 모든 일은 아직 일어나지 않았고 큰 잘못도 아직 벌어지기 전이었다. 그 사람도…… 아직 죽지 않았다. 그렇다면 처음 그 길을 굳이 잔인하고 난폭하게 걸을 필요가 있을까. 자신은 분명히 이렇게 다시 왔는데 말이다.

묵연은 자리에 앉아 한쪽 다리를 침상 가장자리에 올리고 손에 든 사기그릇 조각을 무심히 만지작거렸다. 불현듯 탁자 위에 놓인 기름진 유선병이 눈에 들어왔다. 그는 유선병을 집어 기름종이를 벗기고는 한입 크게 베어 먹었다. 부스러기가 입 주변에 가득 묻었고 입술은 기름으로 번질거렸다.

이 와자의 별미인 유선병이었다. 사실 그렇게까지 맛있지는 않았다. 나중에 그가 먹어 본 산해진미와 비교하면 거의 양초를 씹는 것과 다름없었지만, 이 와자가 없어진 후로 묵연은 더 이상 이 유선병을 맛볼 수 없었다. 지금, 유선병의 익숙한 맛이 지나간 온갖 일을 사이에 두고 다시금 혀끝으로 되돌아왔다.

묵연은 한 입 먹을 때마다 다시 태어났다는 것이 조금씩 실감나기 시작했다.

하나를 다 먹었을 때는 마침내 처음 아득했던 상태에서 천천히 정신을 차릴 수 있었다.

그는 정말로 다시 태어났다.

그가 살면서 행한 모든 죄악과 돌이킬 수 없는 모든 일은 아직 시작되지도 않았다.

백부와 백모를 죽이지도 않았고, 72개 성을 도륙하지도 않았고, 스승을 속이고 가문을 욕되게 하지도 않았으며, 혼인도 하지 않았다. 그리고…….

아직 아무도 죽지 않았다.

그는 쩝쩝거리며 혀로 새하얀 이를 훑었다. 가슴속에서 미세한 기쁨이 재빠르게 퍼져 나가더니 거친 파도처럼 격정적으로 몰아쳤다. 생전에 그는 바람과 구름을 일으키며 인간계의 3대 금지 술법까지도 섭렵했었다. 그중 두 가지는 능숙한 편이었으나, 유일하게 마지막으로 남은 '환생술'은 그의 천부적인 머리로도 방법을 터득하지 못했었다.

그런데 생전에 아무리 노력해도 얻지 못했던 것이 죽은 후에 이루어질 줄이야.

생전에 느꼈던 언짢음과 실망과 고독함, 속세의 갖가지 감정은 여전히 마음속에 남아 있었다. 사생지전에 불길이 높이 치솟고 대군이 경계를 넘어오는 광경이 아직까지도 눈앞에 생생했다.

당시 그는 진심으로 살고 싶지 않았다. 다들 그가 외로이 죽을 운명이라고 했다. 모두에게 거부당하고 버림받고 나자, 결국엔 산송장이 된 것처럼 느껴져 몹시도 지루하고 무척이나 쓸쓸했다.

그런데 어디서 뭐가 잘못됐는지, 그처럼 스스로 목숨을 끊은 극악무도한 사람에게 처음부터 다시 시작할 기회가 주어졌다.

이 상황에서 그깟 오래된 사적인 원한을 갚겠다고 용구의 얼굴을 망칠 필요가 있을까?

용구는 특히나 재물을 탐하고 돈을 사랑했다. 공짜로 몸을 취하고 은자를 털어 가는 것으로 소소하게 벌을 주면 그만이었다. 당분간은 사람 목숨을 짊어지고 싶지 않았다.

"용구, 오늘은 봐주마."

묵연은 씨익 웃으며 손끝에 힘을 실어 사기그릇 조각을 창밖으로 던졌다.

그런 다음 용구가 지니고 있던 귀중품과 보석을 모조리 털어 자신의 주머니에 넣은 후, 여유롭게 옷매무새를 정돈하고 천천히 와자를 떠났다.

백부님, 백모님, 사촌 동생 설몽, 사존, 그리고…….

그 사람을 생각하자 묵연의 눈빛이 짧은 순간 부드러워졌다.

사형, 내가 찾으러 갈게.

3장 본좌의 사형

흠…… 영혼이 돌아왔다면 전생에서 도달한 수련의 경지도 따라서 돌아왔을까?

묵연은 주문을 외우며 체내 영력의 흐름을 느껴 보았다. 왕성하긴 했으나 강하진 않았다. 즉, 전생의 수련이 계승된 건 아니었다.

하지만 별일 아니었다. 그는 타고난 머리가 똑똑하고 이해력이 뛰어났다. 다시 처음부터 수련하면 그만이었고, 대단할 것도 없었다. 게다가 다시 태어났다는 것 차체가 굉장히 기쁜 일이었기에, 약간 옥에 티가 있어도 괜찮았다. 묵연은 그렇게 생각하며 재빨리 자신의 음침한 송곳니를 감추고 열다섯 소년다운 모습으로 신나게 문파로 돌아갈 준비를 했다.

교외에는 여름의 정취가 물씬 풍겼다. 간혹 말과 수레가 지나가긴 했지만 바퀴가 굴러가는 와중에 이제 고작 열다섯 살짜리 묵연을 눈여겨보는 사람은 없었다.

다만 논밭에서 바쁘게 일하던 촌부들이 이따금씩 고개를 들어 땀을 닦다가 이 유달리 아름다운 소년을 보곤 눈을 빛내며 빤히 쳐다보곤 했다.

묵연이 생글거리며 거리낌 없이 그녀들과 눈을 마주치자, 유부녀들은 얼굴이 새빨개진 채 얼른 고개를 숙였다.

저녁 무렵이 되어서야 묵연은 무상진(無常鎭)에 도착했다. 이곳은 사생지전과 아주 가까웠다. 노을 속에서 피처럼 붉은 태양과 불꽃처럼 발갛게 물든 구름이 우뚝 솟은 산봉우리를 더욱 도드라지게 했다. 배를 만져 보니, 약간 배고픔이 느껴졌다. 묵연은 익숙하게 길을 따라 술집으로 들어가 붉은 바탕에 검은 글씨로 적힌 요리 팻말을 훑어보았다. 그런 다음 계산대를 손으로 두드리며 잽싸게 주문을 했다.

"주인장, 여기 봉봉계[#14] 한 마리랑 부처폐편[#15] 한 접시, 백주 두 병에 소고기 한 접시도 추가로 썰어 주시오."

이곳은 잠시 쉬며 배를 채우려는 사람들이 모여들어 무척이나 시끌벅적했다. 마침 아래층 무대 위에서는 이야기꾼이 부채를 흔들며 사생지전 이야기를 늘어놓고 있었다. 침을 사방으로 튀기며 무척이나 신이 난 모습이었다.

묵연은 창가 별실에 앉아 식사를 하며 이야기꾼의 얘기에 귀를 기울였다.

"아시다시피 우리 수진계는 지역별로 상수진계와 하수진계

#14 봉봉계 棒棒鷄, 사천식 닭고기냉채 요리
#15 부처폐편 夫妻肺片, 사천식 소내장무침

두 구역으로 나뉘어 있지요. 오늘은 하수진계에서 가장 대단한 문파, 사생지전에 대해 이야기를 풀어 보도록 하겠습니다. 휴, 이건 짚고 넘어가지요. 우리가 있는 이 무상진은 백 년 전만 해도 황량하고 불안정한 궁핍한 마을이었습니다. 귀계(鬼界) 입구와 가까워서 날이 어두워지면 마을 사람들은 감히 밖에 나갈 엄두도 내지 못했어요. 굳이 밤길을 가야 할 경우엔 반드시 구마령(驅魔鈴)을 흔들고 향을 태운 재와 지전을 뿌리면서 '인간은 산으로 가로막히고, 귀신은 지전으로 가로막혔네'라고 소리치면서 잽싸게 지나가야 했지요. 그런데 지금은 어떻습니까. 다른 마을과 다를 바 없이 시끌벅적하고 번화해졌습니다. 이게 다 사생지전의 보살핌이 있었기 때문이란 말이지요. 그 신선의 집으로 말할 것 같으면, 어느 한쪽에도 전혀 치우침 없이 딱 저승 관문에 세워져서 음양 두 세계에 걸쳐 있다고 할 수 있습니다. 건축 시기는 그리 오래되지 않았어요. 하지만……."

사생지전의 역사는 이미 귀에 못이 박힐 정도로 들은 묵연이었다. 그는 흥미가 떨어져 창밖을 멍하니 바라보기 시작했다. 때마침 밖에는 좌판이 펼쳐져 있었다. 도사로 분장한 타지인 몇 명이 검은 천으로 덮인 우리를 싣고 거리에서 기예를 파는 중이었다.

이야기꾼의 얘기를 듣는 것보다 훨씬 재미있군.

묵연의 신경이 자연스레 그쪽으로 쏠렸다.

"자, 보십시오, 보세요! 고대의 흉악한 짐승, 비휴[#16] 새끼입니다! 저희가 길들였습지요! 아이처럼 얌전한 데다 묘기도 부리고

#16 비휴 貔貅. 전설 속 맹수. 재물과 복을 불러들인다고 함

산수도 할 줄 안답니다! 의협심을 발휘하는 건 쉽지 않지요. 돈이 있으시면 돈으로 도와주시고, 돈이 없으시면 머릿수로 채워 주시면 됩니다. 자자, 오셔서 첫 번째 공연을 구경하세요! 비휴의 주판 놀이!"

도사 몇 명이 우리를 덮은 검은 천을 휙 걷자 우리 안에 갇힌, 사람 얼굴에 곰의 몸뚱이를 한 괴수 몇 마리가 모습을 드러냈다.

"……."

이렇게 고분고분하고 복슬복슬한 아기 곰이? 이런 걸 감히 비휴라고 한다고?

허풍도 정도껏 쳐야지, 새대가리나 믿을 법한 소리였다.

그러나 묵연은 얼마 안 있어 눈이 번쩍 뜨이는 광경을 보고야 말았다. 이삼십 명의 새대가리들이 계속해서 환호성을 지르고 박수를 치는 것 아닌가. 그 떠들썩한 분위기에 술집 안에 있던 사람들도 호기심에 창밖으로 고개를 내밀었고, 이야기꾼은 난감해서 어쩔 줄을 몰랐다.

"오늘날 사생지전의 존주님은 널리 명성이 자자하신……."

"옳거니! 더 해 보게!"

이야기꾼이 크게 고무되어 소리가 나는 쪽을 바라보았다. 한 손님이 얼굴이 상기된 채 잔뜩 흥분했는데, 시선이 향한 쪽은 이야기꾼이 아니라 주점 바깥의 좌판이었다.

"오, 비휴가 주판을 쓴다고?"

"우와아, 아주 대단한데!"

"잘한다! 훌륭해! 비휴의 사과 던지기도 보여 줘!"

술집에 있던 사람들이 껄껄 웃으며 모두 창가에 붙어 바깥의 떠들썩한 광경을 구경했다. 이야기꾼은 여전히 애처롭게 이야기를 계속했다.

"존주님의 가장 유명한 건 바로 부채인데, 그분은……."

"아하하하, 저기 털 색깔이 가장 옅은 비휴가 사과를 뺏어 먹으려고 한다! 봐, 아직도 바닥에서 뒹굴고 있잖아!"

이야기꾼은 땀수건으로 얼굴을 닦았다. 화가 나서 입술이 바르르 떨렸다.

묵연은 입을 꾹 다물고 웃으며 주렴 뒤에서 느긋하게 외쳤다.

"사생지전 이야기는 그만하고 〈십팔모[#17]〉나 불러 봐요. 틀림없이 사람들을 죄다 끌어모을 수 있을 테니까."

이야기꾼은 주렴 뒤에 있는 사람이 바로 사생지전의 묵연 공자라는 것도 모른 채, 지조를 지키며 더듬더듬 대꾸했다.

"사, 상스러운 말은 고, 고상한 곳에 어울리지 않는 법이오."

묵연이 웃었다.

"여기가 고상한 곳인가? 선생도 허튼소리를 실컷 지껄이던데."

말이 끝나자마자 별안간 바깥이 소란스러워졌다.

"이야! 정말 빠른 말이네!"

"사생지전의 선군이셔!"

사람들이 술렁이는 와중에, 흑마 한 마리가 사생지전 쪽에서 달려오더니 번개처럼 기예가 벌어지는 판으로 뛰어들었다.

말 위에는 두 사람이 앉아 있었다. 한 사람은 검은 삿갓을 쓰고 검은 피풍의[#18]를 걸쳐 온몸을 꽁꽁 싸매고 있어 나이와 성별을 짐작할 수 없었다. 다른 한 사람은 삼사십 대 부인으로, 몸놀

#17 십팔모 十八摸. 중국 민요로, 가사에 성적인 희롱이 담겨 있다.
#18 피풍의 披風衣. 바람막이 역할을 하는 겉옷

림이 둔하고 얼굴엔 고된 세월의 흔적이 가득 남아 있었다.

부인은 사람도 곰도 아닌 괴수를 보자마자 울음을 터뜨렸다. 그러고는 거의 구르다시피 말에서 내려와 비틀비틀 달려가서는 그중 한 마리를 붙들고 꿇어앉아 목 놓아 울기 시작했다.

"아가! 내 아가!"

주변에 있던 사람들 모두 이 상황에 어안이 벙벙했다. 누군가가 머리를 긁적이며 중얼거렸다.

"에? 고대의 신수 비휴의 새끼라며? 저 여자는 왜 아가라고 부르는 거야?"

"설마 비휴의 어미는 아니겠지."

"아이고, 그렇다면 정말 대단한데요. 어미는 수련을 해서 사람이 되었나 봐요."

배움이 모자란 마을 사람들은 아무 말이나 떠들어 댔지만 묵연은 깊이 생각에 잠겼다.

소문에 의하면 일부 강호 도사들이 어린애를 유괴해 혀를 뽑아 말을 못하게 만든 다음 끓는 물을 아이의 몸 위에 부어 버린다고 한다. 뜨거운 물에 피와 살이 녹아내릴 때 짐승 가죽을 몸 위에 붙이면, 피가 굳은 후엔 짐승 가죽이 아이의 피부에 딱 달라붙어서 마치 요괴와 다름없는 형상이 되었다. 이런 아이들은 말을 할 줄도, 글씨를 쓸 줄도 몰라서 늘 괴롭힘을 당할 수밖에 없었다. 사람들 앞에서 시키는 대로 '비휴의 주판 놀이' 같은 기예를 선보여야 했고 반항하면 몽둥이와 채찍 세례가 쏟아졌다.

어쩐지 요사스러운 기운이 조금도 느껴지지 않더라니. 여기 있는 비휴들은 괴수가 아니라, 멀쩡히 살아 있는 사람이었군…….

묵연이 여전히 생각에 빠져 있을 때, 좌판 쪽에서는 난리가 났다. 검은 삿갓을 쓴 사람이 그 도사 무리에게 조용히 몇 마디를 하자, 도사들이 즉시 격노하며 소리친 것이다.

"사죄라니? 이 몸은 사죄를 어떻게 쓰는지도 모르네!"

"사생지전이 뭐 그리 대단한 게 있다고?"

"쓸데없는 참견 말고, 일단 맛 좀 봐라!"

도사 무리가 달려들어 검은 삿갓을 때리려고 했다.

"아이고 저런."

같은 문파 사람이 맞는 것을 보면서도 묵연은 그저 나지막이 웃을 뿐이었다.

"저렇게 사나워서야."

그는 나서서 도와줄 생각이 조금도 없었다. 전생에 그는 불의를 보면 바로 뛰어드는 문파의 분위기가 심히 마음에 들지 않았었다. 문파 사람들은 도움이 필요하다고 생각되면 다들 바보처럼 달려들었다. 심지어 마을 입구의 왕 아주머니의 새끼 고양이가 나무 위에 올라가 못 내려오고 있을 때도 장문인부터 문파 허드렛일꾼까지 죄다 달려갔으니, 하나같이 어리석기 짝이 없었다.

세상에 불공평한 일이 넘쳐나는데 뭘 신경 쓴단 말인가. 피곤하게시리.

"싸운다, 싸움이 벌어졌어! 와! 대단한 주먹인데!"

술집 위아래 층의 사람들 모두가 이들을 우르르 둘러싸고 싸움 구경을 하기 시작했다.

"여럿이서 한 사람을 공격하다니, 부끄럽지도 않냐!"

"선군, 뒤를 조심하세요! 아이고! 아슬아슬해라! 이야아아~!"

"이번에 잘 피했네!"

이들은 싸움 구경을 좋아했지만 묵연은 그렇지 않았다. 그는 피바람을 너무 많이 겪은지라, 눈앞에 벌어지는 일 정도는 그저 파리가 윙윙거리는 것에 불과했다. 그는 나른하게 옷에 묻은 땅콩 껍질을 털어 내며 몸을 일으켰다.

아래층으로 내려가니, 도사들은 검은 삿갓과 박상박하로 싸우고 있었고 검광이 번쩍였다. 묵연은 팔짱을 낀 채 술집 입구에 기대어 그들을 흘끗 보며 혀를 쯧쯧 찼다.

쪽팔리는군.

사생지전의 제자들은 혼자서 열 명은 상대할 정도로 용맹하고 사나웠으나, 이 검은 삿갓은 그렇지 않았다. 강호의 도사 몇 명에게 말에서 끌려 내려와 신나게 밟히면서도 반격하지 않았다.

오히려 유약한 목소리로 외칠 뿐이었다.

"군자는 폭력을 쓰지 말로 하지 않는다고 했습니다. 이렇게 도리를 알려 주는데도 어찌하여 듣지 않는 것입니까!"

"……."

묵연은 할 말을 잃었다.

도사들도 생각했다. 뭐? 맞아서 이 꼴이 된 상황에서 할 소린가? 그리고 '군자는 말로 하지 폭력을 쓰지 않는다' 아닌가? 혹시 속 빠진 만두를 머리로 달고 다니는 멍청이 아냐?

그러나 묵연은 이내 안색이 확 바뀌었다. 순간 하늘과 땅이 빙빙 도는 것 같았다. 그는 숨을 죽이고 믿을 수 없다는 듯 눈을 휘둥그렇게 떴다. 이 목소리는…….

"사매!"

묵연이 낮게 외치며 달려가 영력을 가득 실은 일 장을 날리자, 온갖 악행을 저질렀던 다섯 명의 강호 도사들이 사방으로 나가떨어졌다. 묵연은 바닥에 꿇어앉아 온몸이 진흙과 발자국으로 범벅이 된 검은 삿갓을 부축했다. 목소리가 주체할 수 없이 떨렸다.

"사매, 너야?"

4장 본좌의 사촌 동생

여기서 말하는 사매(師昧)는 '여자 후배'라는 뜻의 '사매(師妹)'가 아니다.

어느 모로 보나 틀림없는 남자인 사매는 입문 시기를 따진다면 묵연의 사형이었다.

그런 그가 이런 거북한 이름을 가진 데에는 사생지전 존주의 배움이 부족한 탓이 컸다.

사매는 고아 출신으로, 존주가 데려와 키운 아이였다. 원래부터 체구가 왜소하고 병치레가 잦았기에 존주는 궁리 끝에 아이에게 천한 이름을 지어 주어야겠다고 생각했다. 이름이 천하면 잘 큰다는 속설이 있기 때문이었다.

아이는 입술이 붉고 이가 하얀 것이 사랑스러운 여자아이처럼 보였다. 그리하여 존주는 고민을 거듭하다가 아이에게 '설(薛)가 여자아이'라는 뜻의 '설아'이라는 이름을 붙여 주었다.

설아의 외모는 자라면서 점점 빛을 발했다. 수려한 눈썹과 눈매, 잘생긴 얼굴로 당대 최고 미남에 걸맞은 분위기를 풍겼다.

시골 촌놈이라면 '설아'라는 이름을 써도 문제될 게 없었다. 그런데 절세가인을 '개새끼', '쇠말뚝'이라고 부르는 경우가 어디 있는가?

동문 사형과 사제들은 그 이름이 부적절하다고 여겨 점차 그를 설아라고 부르지 않게 되었다. 하지만 존주가 지은 이름을 바꾸기도 뭣했기에 농담 반 진담 반으로 예쁜 여인 취급하며 사매라고만 불렀다.

모두가 그를 사매라 부르자 존주는 아예 손을 휘두르며 선심 쓰듯 말했다.

"설아야, 이참에 아예 사매로 개명을 하자꾸나. '누이 매(妹)'가 아닌 '우매하다의 매(昧)'를 쓰는 게 어떻겠느냐?"

뻔뻔스럽게도 어떠냐고 묻다니……. 제대로 정신이 박힌 사람이 어찌 그런 엉터리 이름을 받아들이겠는가? 그러나 사매는 성격이 좋았다. 그가 눈을 들어 존주를 바라보니, 존주는 흐뭇하게 자신을 바라보고 있었다. 마치 본인이 굉장히 좋은 일을 하고 있다고 여기는 듯했다. 사매는 마음이 약해졌다. 자신이 조금 억울하더라도 존주 대인의 체면을 깎아내릴 수는 없다고 생각했다. 그래서 기꺼이 무릎을 꿇었다. 이때부터 그의 이름은 사매가 되었다.

"캑캑."

검은 삿갓은 몇 번 기침을 하고서야 겨우 안정을 찾았다. 그가 눈을 들어 묵연을 바라보았다.

"음? 연아? 네가 어떻게 여기에?"

어렴풋이 비치는 가림천 너머로, 봄날의 시내처럼 부드럽고 하늘의 별처럼 반짝이는 두 눈동자가 묵연의 마음 깊은 곳으로 파고들었다.

그 한 번의 눈빛에, 답선군의 마음속에 오랫동안 먼지에 뒤덮여 있던 다정함과 달콤함과 소년의 근심이 순식간에 봉인 해제되었다.

사매다.

틀림없어.

묵연은 뼛속부터 망나니였다. 전생에 온갖 남녀와 놀아났는데도 마지막에 정력이 소진되어 죽지 않았다는 점에 묵연 자신도 꽤나 의외라고 생각했다.

그런 묵연이 유일하게 온 마음을 바쳐 좋아했던 사람. 묵연은 그에게 늘 조심스러워했고 감히 쉽게 다가가지 못했다.

그 시절 묵연과 사매는 서로 사랑하는 그렇고 그런 사이였다. 그러나 사매가 죽을 때까지 묵연은 그의 손을 잡아 본 것이 전부였고, 입술도 어쩌다가 딱 한 번 닿았을 뿐이었다.

묵연은 다정하고 순결한 사매에게 더러운 자신은 어울리지 않는다고 생각했다.

사매가 살아 있을 때도 그렇게나 아꼈는데, 죽은 후에는 더 말할 것도 없었다. 그의 존재는 그야말로 답선군의 마음을 비추는 하얀 달빛이었다. 묵연이 아무리 가슴을 쥐어뜯으며 그리워해도 그는 이미 한 줌의 흙이 되어 구천에서 그의 종적을 찾을 수 없었다.

그런데 바로 지금, 사매가 멀쩡히 살아서 그의 앞에 나타났다. 묵연은 온몸의 기력을 모두 써서 비로소 격렬하게 휘몰아치는 감정을 억누를 수 있었다.

묵연은 사매를 부축해 일으키며 그의 삿갓에 붙은 먼지를 털어 주었다. 마음이 너무 아팠다.

"나 아니었으면 얼마나 더 곤욕을 치르려고 그랬어? 그리고 때리는데 왜 맞고만 있는 거야?"

"먼저 도리를 알려 주려고 했지……."

"저런 놈들한테 도리는 무슨! 다쳤지? 어디가 아파?"

"쿨럭, 연아, 난…… 난 괜찮아."

묵연이 고개를 돌려 험악한 표정으로 도사들을 바라보았다.

"사생지전의 사람을 감히 건드렸겠다? 간이 배 밖으로 나왔군."

"연아…… 그만 됐어……."

"그렇게 싸우고 싶냐? 덤벼! 나랑 겨뤄 보자고!"

이미 묵연의 일 장에 나가떨어진 도사들은 그의 실력이 자신보다 월등히 뛰어나다는 걸 알게 되었다. 강자 앞에서 어찌 까불겠는가. 그들은 감히 묵연에게 대적하지 못하고 슬금슬금 물러났다.

사매가 한숨을 쉬며 타일렀다.

"연아, 싸우지 마. 용서할 땐 용서해야지."

묵연은 그를 돌아보았다. 자기도 모르게 마음이 짠해져 눈시울이 붉어졌다.

사매는 한결같이 심성이 착했다. 전생의 그는 죽음을 맞이할 때도 원망과 미움이 조금도 없었다. 오히려 분명 자신을 구할 수 있었음에도 수수방관했던 사촌을 원망하지 말라고 묵연을 타이르기까지 했다.

"그래도 저놈들은……."

"내가 이렇게 멀쩡하게 아무렇지도 않잖아? 괜히 쓸데없는 짓 하지 마. 이 사형 말 들어."

"휴, 알았어. 말 들을게. 뭐든 하라는 대로 할게."

묵연은 고개를 절레절레 흔들며 도사들을 노려보았다.

"다들 들었지? 우리 사형이 네놈들을 그냥 보내 주라네! 썩 꺼지지 못해? 내가 배웅이라도 해 주길 기다리는 거야?"

"예예! 지금 갑니다! 지금 바로 꺼질게요!"

사매가 도사들에게 말했다.

"잠깐."

도사들은 아까 흠씬 두들겨 맞은 사매가 자신들을 그냥 보내지 않을 거라 생각하곤 바닥에 꿇어앉아 연신 머리를 조아렸다.

"선군, 선군, 저희가 잘못했습니다. 눈을 뜨고도 위인을 알아보지 못했습니다. 부디 저희를 보내 주십시오!"

"아까 좋은 말로 얘기할 때는 다들 안 듣더니."

사매가 탄식하며 말을 이었다.

"당신들은 남의 집 아이를 빼앗아 이런 죄를 저질렀습니다. 부모의 마음에 대못을 박아 놓고, 미안하지도 않습니까?"

"미안하죠! 미안합니다! 선군, 저희가 잘못했습니다! 다시는 안 그러겠습니다! 다시는 안 그러겠습니다!"

"앞으로는 바르게 사십시오. 나쁜 짓은 그만하고. 다들 아시겠습니까?"

“예! 선군의 가르침이 옳습니다! 잘 알겠습니다, 꼭 그렇게 하겠습니다!”

“그러면 부인에게 정중히 사과하고 아이들을 잘 치료해 돌려보내십시오.”

일은 이렇게 마무리되었다. 묵연은 사매를 말에 태운 후 자신은 역관에서 빌린 말에 올라탔다. 두 사람은 나란히 말을 몰며 천천히 문파로 돌아갔다.

반달이 하늘 높이 걸려 있었다. 달빛이 나뭇가지 사이를 뚫고 숲속의 샛길 위로 쏟아졌다.

길을 가는 동안 묵연의 마음이 점차 흐뭇해졌다. 최소한 사생지전으로 돌아가야만 사매를 다시 만날 수 있을 것이라 생각했는데, 잠시 산을 내려온 사매와 이렇게 마주칠 줄이야. 묵연은 자신과 사매가 과연 인연이 있다고 확신했다.

지금은 아직 사매와 마음을 나눈 사이는 아니지만 전생에서는 그렇고 그런 사이였다. 그러니 이번 생에서도 더욱 가까워지는 건 시간문제였다.

그가 유일하게 신경 써야 하는 건 사매를 철저히 보호하는 일이었다. 그때처럼 사매가 자신의 품 안에서 고통스럽게 숨을 거두지 않도록…….

사매는 묵연이 환생한 것을 모른 채 평소처럼 그와 즐겁게 대화를 나누었다. 이런저런 얘기를 나누다 보니 어느덧 사생지전 밑에 도착했다.

야심한 시각인데도 산문 앞에 누군가 서서 두 사람을 노려보고 있었다.

"묵연! 돌아올 줄은 아나 보다?"

"어?"

묵연이 고개를 들었다. 어이쿠, 화가 잔뜩 난 하늘의 총아가 납시었군.

그는 바로 어린 설몽이었다.

죽기 직전에 봤던 설몽과 비교했을 때, 열대여섯 살의 설몽은 훨씬 오만하고 준수했다. 검은 바탕에 푸른 테두리를 두른 경갑, 하나로 높이 올려 묶은 머리, 은제 머리 장식. 가늘고 힘 있는 허리에는 사자 머리로 장식된 허리띠를 둘렀으며 손발 보호대까지 모두 갖춘 상태였다. 등 뒤에는 가느다란 곡도가 차갑게 빛나고 왼쪽 팔뚝에는 전갑[#19]이 은빛으로 빛나고 있었다.

묵연은 속으로 한숨을 내쉬며 재빠르게 머리를 굴렸다.

흠, 귀찮게 됐군.

설몽 이 자식은 어릴 때나 컸을 때나 너무 귀찮게 군단 말이야.

멀쩡하게 생겨서는 한밤중에 잠도 안 자고 사생지전의 갑옷이란 갑옷은 다 챙겨 입고 나와서 뭐 하는 짓이람? 구애 중인 꿩이나 꼬리를 활짝 펼치는 공작 흉내를 내는 건가?

묵연이 설몽을 싫어하니 설몽도 묵연을 좋아할 리 없었다.

묵연은 사생아였다. 어렸을 때 그는 친부가 누구인지도 모른 채 상담[#20]의 한 주점 악방[#21]에서 허드렛일을 하며 지냈다. 그러다 열네 살이 되어서야 자신을 찾던 친척을 만나 사생지전으로 오게 되었다.

#19 **전갑** 箭匣, 화살을 넣는 갑
#20 **상담** 湘潭, 오늘날 중국의 후난성
#21 **악방** 樂坊, 악단

설몽은 사생지전의 소주(少主)로, 따지고 보면 묵연의 사촌 동생이었다. 설몽은 어릴 때부터 두각을 보인 천재였다. 사람들은 그를 '하늘의 총아', '봉황의 아들'이라고 불렀다. 평범한 사람은 기본기를 다지는 데 삼 년, 영핵[#22]을 만들어 내는 데 최소 십 년이 걸렸다. 그런데 타고난 천재였던 설몽은 입문에서부터 영핵을 만들기까지 고작 오 년밖에 걸리지 않았다. 그의 부모는 무척 기뻐했고, 모두가 그를 칭송했다.

그러나 그가 봉황이든 닭이든, 공작이든 오리든, 묵연의 눈에는 어쨌거나 모두 새였다. 그저 깃털의 길고 짧은 차이만 있을 뿐이었다.

그리하여 묵연에게 설몽은 새대가리였다.

설몽에게 묵연은 개새끼였다.

집안 유전인지는 모르겠으나 묵연의 타고난 재능 역시 매우 뛰어났다. 설몽보다 훨씬 놀랍다고 할 수 있을 정도였다.

묵연이 온 지 얼마 되지 않았을 때, 설몽은 자신이 무척이나 고귀하고 냉철하며 교양 있고 똑똑하고 무공이 강하고 외모도 준수하다고 생각했다. 그래서 아는 글자도 몇 개 없고 건들거리는 망나니 사촌 형과는 본질적으로 다르다고 여겼다.

자아도취에 빠진 봉황의 아들은 구시렁거리며 자신의 시종들에게 말했다.

– 잘 들어. 묵연 그놈은 하는 짓 없이 빈둥거리고, 배운 것도 할 줄 아는 것도 없다. 필시 저잣거리에서 굴러먹던 놈일 테니

#22 영핵 靈核 영력을 기르고 운용하는 데 핵심이 되는 기본 바탕

너희들은 절대로 그놈을 상대하지 말고, 그저 개처럼 대해.

시종들이 알랑거리며 말했다.

– 소주님 말씀이 백번 옳습니다. 묵연이 벌써 열네 살이니, 지금부터 신선 수련을 한다 해도 기본기를 쌓는 데만 최소 십 년은 걸릴 것입니다. 영핵을 만들려면 이십 년이 걸리겠지요. 그때가 되면 우리 소주님은 이미 훨훨 날아다니실 테고, 묵연은 눈만 껌뻑거리며 소주님을 우러러볼 겁니다.

설몽이 득의양양하게 냉소를 지었다.

– 이십 년? 흥, 그 쓰레기 같은 모양새로 봐선 이번 생에 영핵을 만들긴 그른 것 같은데.

그런데 누가 상상이나 했으랴, 그 쓰레기가 실실 웃으며 사존께 일 년을 배우더니 영핵을 만들어 내는 게 아닌가.

어린 봉황은 날벼락이라도 맞은 것처럼 넋이 나갔다. 자신의 체면이 완전히 깎였다고 생각한 그는 도무지 화를 참을 수 없었다.

그리하여 그는 몰래 저주 인형을 만들어 묵연이 검법을 연습할 때 발이 미끄러지고 주술을 외울 땐 혀가 굳어지라고 저주했다.

어린 봉황 설몽은 묵연을 보기만 하면 으레 그를 흘겨보며 3리 밖에서도 다 들릴 정도로 크게 콧방귀를 꼈다.

어릴 적 일을 떠올리자 묵연은 웃음을 참을 수 없었다. 이런 세속적인 인간사를 즐기지 못한 채 고독하게 지낸지도 벌써 십 년이 지났다. 당시에는 통한의 시간이었지만 지금 다시 곱씹어 보니 꽤나 흥미진진한 일상이었다.

사매는 설몽을 보고 곧장 말에서 내렸다. 삿갓을 벗으니 아름답고 수려한 얼굴이 드러났다.

그러니 혼자 밖에 나올 때 이렇게 입는 건 어찌 보면 당연했다. 묵연은 옆에서 그를 흘끗거리다가 순식간에 마음이 두근거리며 터무니없는 상상에 빠져들었다. 어쩌면 이렇게 아름다운 사람이 있을 수 있나. 아주 혼을 쏙 빼놓는구나.

사매가 설몽에게 인사를 건넸다.

"소주님."

설몽이 고개를 끄덕였다.

"왔어? 가짜 비휴 사건은 잘 처리했지?"

사매가 미소를 지으며 대답했다.

"네. 마침 연이를 만나 큰 도움을 받았어요."

설몽의 오만한 눈빛이 예리한 칼날처럼 재빨리 묵연을 훑었다. 그는 미간을 찌푸리며, 마치 묵연을 쳐다볼수록 자신의 눈이 더러워지기라도 하듯 불쾌한 표정을 지었다.

"사매, 그럼 먼저 가서 쉬어. 앞으로 저놈과는 최대한 엮이지 말고. 저런 도둑놈과 같이 있으면 못된 것만 배우게 되니까."

묵연 역시 지지 않고 비꼬며 말했다.

"날 배우면 안 되고, 그럼 설마 널 배워야 한다는 거냐? 한밤중에 완전 무장을 하고 새처럼 꼬리나 치켜세우면서 잘난 척하긴. 그러면서 꼴에 하늘의 총아는 무슨……. 하하, 하늘의 방자

한 딸이 났겠다!"

설몽이 화를 버럭 냈다.

"묵연, 입조심해! 여긴 내 집이야! 네가 뭔데 감히!"

묵연은 손가락으로 대충 꼽아 보았다.

"난 네 사촌 형이니, 따져 보면 당연히 너보단 위일 테지."

설몽은 개똥에 맞기라도 한 것처럼 혐오스러운 표정으로 미간을 찌푸리며 사납게 외쳤다.

"누구한테 너 같은 사촌 형이 있다는 거야! 잘난 척하지 마. 넌 그저 진흙탕에서 굴러먹던 개새끼니까!"

설몽은 다른 사람을 개에 빗대어 욕하는 것을 좋아했다. 개잡놈, 개새끼 등 입만 열면 욕이 줄줄 나왔다. 묵연은 이미 충분히 익숙해져서 태연하게 한 귀로 듣고 한 귀로 흘렸다. 오히려 옆에서 듣고 있던 사매가 민망한 나머지 작은 목소리로 말리고 나섰다. 설몽은 그제야 차갑게 콧방귀를 뀌며 고귀한 부리를 다물었다.

사매가 웃으며 다정하게 물었다.

"이렇게 늦은 밤에, 소주께서는 기다리는 분이라도 있으신가요?"

"그럼? 설마 달빛이라도 감상하겠어?"

묵연이 배를 잡고 깔깔거렸다.

"어쩐지, 왜 이렇게 꾸미고 나왔나 했더니 누굴 만나기로 한 거였군. 아, 누군진 모르겠지만 어쩌다 재수도 없게 네놈 눈에 든 거지? 정말 불쌍하네. 하하하하!"

설몽의 얼굴이 더욱 어두워졌다. 손톱으로 긁으면 시커먼 숯검정을 긁어낼 수 있을 것만 같았다. 그가 분하다는 듯 거칠게 소리쳤다.

"네놈이다!"

"……나?"

"그래, 이 몸이 널 기다리고 있었다. 그래서 어쩔 건데?"

"……?"

5장 본좌는 훔치지 않았다

단심전은 환하게 켜 놓은 등불로 대낮처럼 밝았다.

사매는 먼저 처소로 돌아가고, 묵연만 영문도 모른 채 설몽을 따라 안으로 들어갔다. 단심전 안의 광경을 보니 대번에 무슨 상황인지 파악할 수 있었다.

용구, 그 녀석 때문이었군.

묵연이 와자를 나오면서 용구의 은량을 훔쳤는데, 용구가 간도 크게 사생지전까지 찾아온 것이다.

용구는 기골이 장대한 남자의 품에 기대어 어여쁘고도 처량하게 울고 있었다. 묵연과 설몽이 들어서자 울음소리는 아까보다 훨씬 높아졌다. 남자가 그를 품에 안고 있었기에 망정이지, 안 그랬으면 그 자리에서 게거품을 물고 혼절할 기세였다.

주렴으로 가려진 좌대 위에는 가냘픈 여인이 어찌할 바를 모른 채 망연자실하게 앉아 있었다.

묵연은 그 개같은 한 쌍을 쳐다보지 않고 먼저 좌대 위에 앉은 여인을 향해 예를 갖추었다.

"백모님, 소자 돌아왔습니다."

그 여인은 바로 사생지전 존주의 안사람, 왕 부인이었다.

웬만한 남자보다 뛰어난 여걸들과는 다르게 왕 부인은 바깥일엔 전혀 관심이 없는 부녀자였다. 남편이 자리를 비운 상황에 누군가 찾아와 중요한 일을 고하니, 어떻게 처리해야 할지 눈앞이 캄캄하기만 했다. 그녀가 가냘픈 목소리로 말했다.

"연아, 드디어 왔구나."

묵연은 고자질하러 온 두 남자를 애써 외면하며 웃으며 말했다.

"이렇게 늦은 시간에 아직도 안 주무시다니, 제게 무슨 하실 말씀이라도 있으십니까?"

"그래. 여기 용 공자 말로는 네가…… 네가 용 공자의 은량을 가져갔다는구나?"

수줍음 많은 왕 부인은 묵연이 그와 붙어먹은 일은 말하기가 거북했는지, 상대적으로 가벼운 잘못만을 언급했다.

묵연이 눈웃음을 치며 말했다.

"가당치도 않습니다. 제가 은량이 부족한 것도 아닌데, 남의 것을 뭐 하러 훔치겠습니까? 게다가 전 이분들을 처음 봅니다. 선생들은 절 아십니까?"

기골이 장대한 공자가 냉소를 지었다.

"소인은 상씨 집안의 맏이입니다. 장사치들은 자잘한 것에 얽매이지 않으니, 그저 '상대'라고 부르시지요."

묵연이 미소를 지으며 일부러 그의 이름을 거꾸로 불렀다.

"아, 대상 공자. 존함은 익히 들었습니다. 이거 실례가 많군요. 그럼 이분은……."

상 공자가 말했다.

"하하, 묵 공자께서는 정신 나간 연기로는 단연 최고시네요. 저와는 초면이 맞습니다만, 공자께선 이번 달에 보름은 용구 방에서 주무시지 않으셨습니까? 눈이 먼 것도 아니면서 어찌 모른다고 하시는지요?"

묵연은 눈 하나 깜짝하지 않고 빙그레 웃으며 용구를 흘끗 쳐다보았다.

"어찌 사기를 치려 하십니까? 난 점잖은 사람입니다. 용팔인지 용구인지 하는 자와는 잔 적이 없습니다."

용구는 화가 나서 얼굴이 새빨개졌지만, 상 공자의 품에 쏙 안긴 모습은 여전히 아름다웠다.

"무, 묵 공자님, 제 신분이 드러내기 민망할 정도로 비천하다는 거 저도 잘 압니다. 공자님께서 절 그렇게까지 괴롭히지만 않으셨어도 제가 여기까지 찾아오는 일은 없었을 거예요. 그런데 공자님께서 절 모른다고 잡아떼시면, 저는…… 저는……."

묵연이 억울하다는 듯 대꾸했다.

"난 정말 너를 몰라. 네가 남자인지 여자인지도 구분을 못 하겠는데, 어찌 만난 적 있다는 거냐?"

"어젯밤만 해도 제 돈벌이를 걱정해 주시더니, 지금은 어찌 이리 냉대하십니까? 상 공자님, 상 공자님, 저 대신 얘기 좀 해 주세요."

용구는 상 공자의 품속으로 더욱 파고들며 대성통곡하기 시작했다.

옆에서 듣고 있던 설몽은 굳은 표정으로 미간을 실룩거렸다. 소주라는 지위만 아니었다면 진작 저 혐오스러운 놈들을 두들겨 패 내쫓았을 것이다.

상 공자는 용구의 머리를 쓰다듬으며 부드러운 목소리로 몇 마디 달래고는, 고개를 들고 당당하게 말했다.

"부인, 사생지전은 정정당당한 대문파인 줄 알았는데 여기 계신 묵 공자는 비열하기가 이를 데 없군요! 우리 용구가 고생하며 돈을 번 것은 하루라도 빨리 기루를 벗어나기 위해서였습니다. 그런데 묵 공자는 용구를 학대한 것도 모자라 피땀 흘려 모은 돈을 빼앗아 갔어요! 오늘 저희가 만족할 만한 처사를 내리지 않으신다면, 앞으로 사생지전은 파촉에서 고생을 면치 못할 것입니다. 우리 상씨 집안은 비록 신선 수련을 하진 않아도, 대대로 장사를 하며 온 천하의 재물을 주무르고 있으니 말입니다!"

왕 부인이 당황하며 말했다.

"아…… 상 공자, 노여워 마세요. 저는, 저는……."

묵연은 속으로 냉소를 지었다. 상씨 집안은 소금 장사로 엄청난 부를 축적했는데 그 집 큰아들은 용구를 와자에서 빼내 주지도 못하고, 게다가 그렇게나 사랑한다는 용구에게 스스로 돈을 벌게 하고 있다. 여기에 교활한 꿍꿍이가 없다는 걸 누가 믿을까.

그러나 묵연은 여전히 입가에 미소를 띤 채 말했다.

"아, 대상 형님께서 바로 익주 거상의 아드님이셨군요. 어쩐지 기개가 대단하시더라니. 덕분에 견문을 넓혔네요. 존경스럽습니다."

상 공자가 거만한 표정을 지어 보였다.

"흥, 그래도 세상 물정에 아예 문외한은 아니시군요. 그럼 이제 분별 있게 행동하시죠. 쓸데없는 짓은 그만하고, 공자가 가져간 구아[#23]의 물건을 어서 돌려주시겠습니까?"

묵연이 웃으며 말했다.

"정말 이상하네요. 당신네 구아는 매일 그렇게 많은 손님들을 받는데, 왜 자기 패물이 없어진 걸 나한테만 뒤집어씌우는 걸까요?"

"공자!"

상 공자는 이를 악물고 냉소를 지으며 말했다.

"좋습니다, 공자께서 이렇게 궤변만 늘어놓으실 줄 알았습니다! 부인, 부인께서도 보셨지요? 묵 공자가 계속 앞뒤가 안 맞는 말만 하고 잘못을 인정하지 않으니, 저는 묵 공자와 얘기하지 않겠습니다. 부인께서 이곳의 주인이시니, 이 일은 부인께서 결단을 내려 주시죠!"

왕 부인은 세상 물정에 어두운 아녀자였다. 그녀는 잔뜩 긴장해서 두서없이 중얼거렸다.

"저는……. 연아…… 몽아……."

옆에 있던 설몽이 어머니가 난처해하는 것을 보고 앞으로 나와 말했다.

"상 공자, 사생지전의 규율은 엄격합니다. 공자의 말이 사실이라면, 묵연이 정말로 재물을 탐하고 음탕한 짓을 했다면 우리가 내부적으로 엄벌에 처할 것입니다. 그런데 지금 공자의 말에는 근거가 없군요. 묵연이 도둑질을 했다고 하는데, 증거가 있

#23 구아 용구의 애칭

습니까?"
상 공자가 차갑게 웃으며 말했다.
"이리 나오실 줄 알았습니다. 그래서 일부러 묵 공자가 오기 전에 부인께 온 것입니다."
그가 목소리를 가다듬고는 말을 이었다.
"잘 들으십시오. 구아가 잃어버린 패물은 진주 두 곡(斛), 원보 열 개, 매화 문양이 새겨진 금팔찌 한 쌍, 비취 머리 장식 한 쌍, 나비 모양의 옥 장식입니다. 묵연의 몸에 이것들이 있는지만 살펴본다면 제가 누명을 씌운 건지 아닌지 바로 알 수 있겠지요."
묵연은 응할 마음이 없었다.
"무슨 근거로 내 몸을 수색한다는 겁니까?"
"흥, 도둑이 제 발 저린 모양이로군요."
상 공자가 거만한 태도로 턱을 치켜들었다.
"부인, 사생지전에서는 도둑질을 어떻게 처벌하십니까?"
왕 부인이 작은 목소리로 대답했다.
"그게…… 문파의 일은 줄곧 부군[#24]께서 도맡아 해 오셔서, 저는 사실…… 잘 모릅니다……."
"아니지요, 아니지요. 제가 보기엔 부인께서 모르시는 게 아니라 조카를 감싸려고 작정하신 것 같습니다만. 허허, 사생지전이 이렇게 비겁한 곳인 줄은 정말 몰랐네요."
"그만, 그만하시죠. 백모님이 모른다고 말씀하셨는데도 끝까지 아녀자를 괴롭힐 작정입니까?"
묵연은 듣다가 짜증이 치밀어 불쑥 말을 끊고는, 실실거리는

#24 부군 고대 중국에서 남편을 이르는 명칭

미소를 거둔 채 고개를 돌려 그 두 놈을 차갑게 노려보았다.

"좋아요, 그럼 어디 뒤져 보시죠. 하지만 아무것도 나오지 않으면 방금 당신이 온갖 추잡한 말로 우리 문파를 모욕한 것은 어찌 감당할 거죠?"

"그거야 제가 묵 공자께 사과하면 될 일 아니겠습니까?"

"좋습니다."

묵연은 시원스레 대답했다.

"그리고 하나 더. 만약 당신이 틀렸다면 사과의 표시로 무릎을 꿇고 사생지전을 내려가야 할 겁니다."

묵연의 자신만만한 표정에 상 공자는 자기도 모르게 의구심이 들기 시작했다.

그는 어릴 때부터 신선을 수련하는 사람들을 동경했지만, 재능이 모자라서 좀처럼 요령을 터득하지 못했다.

며칠 전, 상 공자는 오래 알고 지내던 용구가 묵연의 총애를 받고 있다는 것을 알게 되었다. 상 공자와 용구의 거래는 곧바로 성사되었다. 용구가 묵연의 수련 경지를 빼앗아 오기만 하면, 상 공자가 재물을 써서 용구를 자유의 몸으로 만들어 주기로 한 것이다. 그뿐만 아니라, 용구를 집으로 들여 평생 아무 걱정 없이 부귀영화를 누리며 살게 해 주겠다는 약속까지 했다.

상 공자는 신선 수련을 원하고 용구는 재물을 원했으니, 그야말로 각자 얻고자 하는 것이 딱 들어맞는 환상의 짝패였다.

전생에서 묵연은 그들의 간계에 완전히 걸려들어서, 사태가 나중에 해결되긴 했어도 이 때문에 꽤 고생을 했었다. 그러나 이번 생에서 그 개같은 한 쌍은 본전도 찾지 못했다. 이놈의 묵연이 어찌 된 영문인지 갑자기 성격이 확 바뀌어 버린 것이다. 며칠 전만 해도 멍하니 초점 없는 눈으로 홍등가에 누워 용구를 불러 댔는데, 오늘 아침에는 용구를 두 번이나 거칠게 욕보인 후 그의 돈과 귀금속을 가지고 달아난 것이다.

화가 잔뜩 난 상 공자는 그 즉시 용구를 데리고 사생지전에 들이닥쳐 고자질을 했다.

소금 장수 집안의 공자는 머릿속에서 빠르게 주판을 굴렸다. 그는 일단 묵연의 잘못이 밝혀지기만 하면 왕 부인을 부추겨 묵연의 수련 경지를 흩어 버리게 만들 작정이었다. 특별히 수련 경지를 흡수하는 옥패도 챙겼다. 손가락 하나 까딱하지 않고 자신의 단전으로 그 능력을 흡수하기 위해서였다.

그러나 묵연의 태도를 본 상 공자는 거의 다 된 마당에 머뭇거리기 시작했다.

묵연의 잔머리는 보통 빠른 게 아니었다. 어쩌면 진작에 물건들을 처리하고 자신들이 그를 몰아세우기만을 기다렸을지도 몰랐다.

하지만 곰곰이 생각해 보니 이미 이 지경까지 왔는데 포기를 하는 것도 영 아쉬웠다. 어쩌면 저놈이 허풍을 떠는 것일 수도 있지 않은가…….

이쪽에선 열심히 머리를 굴리는데, 저쪽의 묵연은 이미 옷을 벗기 시작했다.

그는 시원스레 장포를 벗어 아무렇게나 던지고는 실실 웃으며 손짓했다.

"전 괜찮으니 천천히 뒤져 보시죠."

한바탕 수색이 끝났다. 부스러기 은전 조금 외에는 아무것도 나오지 않았다. 상 공자의 안색이 굳었다.

"어떻게 이럴 수가! 분명 무슨 속임수를 쓴 게야!"

묵연은 희미한 보랏빛이 감도는 눈을 가늘게 뜨며 손으로 턱을 어루만졌다.

"옷을 벌써 열 번은 뒤졌습니다. 몸 전체를 위아래로 일고여덟 번을 뒤졌는데, 아주 발가벗고 보여 줘야 포기하시렵니까?"

"묵연, 네놈이……!"

묵연은 별안간 깨달았다는 듯 말했다.

"아, 이제 알겠습니다. 상 공자, 설마 제 미색을 탐해서 일부러 자작극을 꾸민 건 아니겠지요? 절 어떻게 좀 해 보려고 말입니다."

상 공자는 화가 머리끝까지 나서 기절할 지경이었다. 그는 묵연에게 삿대질만 해 댈 뿐, 한참을 아무 말도 못 한 채 얼굴만 시뻘겋게 붉혔다. 옆에 있던 설몽은 진작에 인내심의 한계를 느끼고 있었다. 아무리 눈엣가시인 묵연이래도 그 역시 어쨌거나 사생지전 사람이었다. 그러니 외부인이 퍼붓는 모욕을 그냥 참고 넘어갈 수는 없었다.

설몽이 성큼 앞으로 나와 상 공자의 손가락을 꺾으며 버럭 화를 냈다.

"네놈의 소란을 한밤중까지 참아 줬는데, 인제 보니 애먼 사람에게 생트집을 잡은 거였구나!"

상 공자가 고통의 비명을 지르며 손가락을 감쌌다.

"네, 네놈들! 그래, 한패라 이거지! 어쩐지 묵연의 몸에서 안 나오더라니, 분명 네놈이 대신 숨겼겠구나! 네놈도 옷을 벗어라! 내가 싹 훑어 주마!"

감히 설몽에게 옷을 벗으라 명령하다니? 설몽은 분노로 치를 떨었다.

"파렴치하다! 감히 그 더러운 손으로 본 공자의 옷을 만지려 하다니! 썩 꺼지지 못해!"

소주의 말이 떨어지자마자 단심전에서 한참 대기하고 있던 시종들이 쏜살같이 달려 나와 반격할 힘이라곤 전혀 없는 두 속인[#25]을 산 아래로 내쫓았다.

상 공자가 발악하는 소리가 멀리서부터 들려왔다.

"묵연, 두고 봐라! 내가 끝까지 물고 늘어질 테니까!"

묵연은 단심전 밖에 서서 아득한 밤의 풍경을 바라보며 눈웃음을 치고는 한숨을 내쉬었다.

"어휴, 무서워라."

설몽이 그를 차갑게 쏘아보았다.

"뭐가 무서워?"

묵연은 진지하게 걱정하는 말투로 말했다.

"저놈 집이 소금 장사를 한다는데, 내가 먹을 소금이 없을까 봐 그렇지."

"……."

잠시 할 말을 잃었던 설몽이 다시 물었다.

"정말로 기생 놀음 안 했어?"

"정말 안 했어."

#25 속인 俗人. 수련을 하지 않는 평범한 사람

"정말 안 훔쳤고?"
"정말 안 훔쳤어."
설몽은 콧방귀를 뀌었다.
"난 안 믿어."
묵연이 손을 들고 웃으며 말했다.
"내 말이 거짓이면 하늘에서 벼락을 내릴 거다."
순간, 설몽이 묵연의 팔뚝을 꽉 잡았다. 묵연이 눈을 부라렸다.
"뭐냐?"
설몽은 콧방귀를 뀌더니 재빨리 주문을 외웠다. 짤랑짤랑하는 소리와 함께 콩만 한 볼품없는 구슬 몇 개가 묵연의 소매에서 주르륵 굴러떨어졌다.
설몽이 영력을 끌어모아 구슬을 향해 손을 휘둘렀다. 구슬은 빛을 반짝이며 점점 커지더니 보석과 장신구가 되었다. 매화 문양이 새겨진 금팔찌, 비취 머리 장식 등 휘황찬란한 장신구들이 한 무더기 쌓였다.
묵연이 말했다.
"……한솥밥 먹는 동문끼리 굳이 이럴 필요까지야."
설몽의 표정이 어두워졌다.
"묵미우, 이 뻔뻔한 놈."
"하하."
설몽이 버럭 소리를 질렀다.
"웃음이 나와?"
묵연이 탄식했다.
"그렇다고 울 수는 없잖아."

설몽이 굳은 표정으로 말했다.

"사생지전의 암도진창술을 고작 이렇게 쓰다니!"

"그래, 배웠으면 써먹어야지."

설몽이 또 화를 냈다.

"그 소금 장수 놈이 사람 열받게 하지만 않았어도 그놈 앞에서 널 두둔하지는 않았을 거다. 그 놈의 말에도 일리는 있어. 도둑질도 모자라 기생질까지 한 놈을 어느 문파가 그냥 두겠어!"

묵연은 눈 하나 깜빡하지 않고 태연하게 웃으며 말했다.

"그래서 어떻게 할 작정인데? 백부님이 돌아오시면 고자질이라도 하려고?"

그는 무섭지 않았다. 묵연이라면 죽고 못 사는 큰아버지는 그저 훈계만 몇 마디 할 뿐, 절대 그를 때리지 않을 터였다. 설몽은 뒤돌아서, 밤바람에 마구 날려 눈앞을 가리는 머리카락을 쓸어 넘겼다. 그의 두 눈동자는 어둠 속에서도 거만하게 빛나고 있었다.

"아버지? 아니, 아버지는 곤륜에 가셨어. 아마 한두 달은 지나야 돌아오실 거야."

묵연의 미소가 얼어붙었다. 갑자기 불길한 예감이 스쳐 지나갔다. 불현듯 어떤 사람이 떠올랐다.

하지만…….

만약 그 사람이 있었다면, 오늘밤 단심전에서 상 공자를 맞이한 사람은 아무것도 모르는 백모님이 아니라 바로 그 사람이었을 것이다.

그 사람은…… 아마 여기 없겠지…….

설몽은 묵연의 눈동자에 스친 섬광을 포착하고 더욱 경멸을 실어 오만하게 말했다.

"아버지는 널 예뻐하시지. 하지만 이 사생지전에는 널 예뻐하지 않는 사람도 있잖아?"

묵연이 천천히 뒤로 물러나며 억지웃음을 지었다.

"아우님, 밤도 깊었는데 어른들을 깨워서야 되겠어? 내가 잘못했어. 다음부턴 기생질도 하지 않고 도둑질도 안 할게. 그럼 됐지? 어서 방으로 돌아가 쉬셔. 헤헤. 많이 피곤해 보이시는데."

그는 말을 마치자마자 곧장 줄행랑을 쳤다.

웃기고 있네! 설몽 이놈도 아주 악독하기 짝이 없어!

내가 지금 답선군도 아니고 인간계의 맹주도 아닌데, 어떻게 그 사람의 손에 보내겠다는 거야? 도둑질에 남창과 놀아났다는 걸 그가 아는 날에는 최소한 내 두 다리가 동강 날 거야! 당장 도망가야겠어!

6장 본좌의 사존

어릴 때부터 사생지전에서 자란 설몽은 주변의 지름길과 지형을 훤히 꿰고 있었다. 묵연은 결국 그에게 붙잡히고 말았다.

묵연은 설몽에게 붙들린 채 뒷산까지 왔다. 사생지전의 뒷산은 인간계에서 귀계와 가장 가까운 곳으로, 결계 너머는 곧바로 저승이었다.

뒷산의 참담한 광경을 보자마자 묵연은 왜 그 사람이 집에 있는데도 굳이 백모님이 사람들을 맞이했는지 알게 되었다.

그 사람은 돕기 싫었던 게 아니라, 너무 바빠 도저히 빠져나올 시간이 없었던 것이다.

귀계의 결계가 파괴되어 있었다.

뒷산 전체에 귀기가 자욱했다. 아직 실체화되지 않은 악귀가 허공에서 비통하고 원망 섞인 울음소리를 내며 빙빙 돌고 있었다. 하늘에 뚫린 커다란 구멍이 산 입구에서부터 보였다. 그 구멍

뒤가 바로 귀계였다. 수천 개에 이르는 청석 계단이 결계 틈에서부터 아래로 뻗어 있는데, 육신을 얻은 흉령들이 그 계단을 빼곡히 채운 채 비틀거리며 내려오고 있었다. 저승에서 인간계로.

평범한 사람이었다면 이 광경을 보고 충격을 받은 나머지 미쳐 버렸을지도 모른다. 묵연도 지금은 익숙하지만, 처음 목격했을 때는 깜짝 놀라 식은땀을 줄줄 흘렸었다.

인간계와 귀계 사이의 결계는 상고 시대의 복희가 만든 것으로, 지금은 많이 약해져서 툭하면 문제가 생겼다. 그래서 신선 수련자가 보완해야 했다. 그러나 이 일은 수련 경지를 높이는 데 별 도움은 안 되고 영력 소모는 많았다. 들이는 고생에 비해 얻는 것이 별로 없는 힘든 노동인지라 상수진계의 선사들 중 이 일을 떠안으려는 자는 거의 없었다.

흉령이 나타났을 때 가장 먼저 화를 입는 것은 하수진계의 백성이기에, 사생지전은 하수진계의 수호신으로서 결계를 보완하는 일을 도맡아 왔다. 사생지전의 뒷산은 결계에서 가장 약한 지점과 맞닿아 있었는데, 결함이 생기면 신속히 보완하기 위해서였다.

이 오래된 결계는 일 년에도 네다섯 번은 틈이 벌어져, 이미 여러 번 때운 솥처럼 약해진 상태였다.

그때, 귀계 입구로 이어진 청석 계단에 있는 한 남자가 눈에 들어왔다. 눈처럼 하얀 옷의 넓은 소매가 펄럭이고, 주위에는 검기가 감돌았으며 환한 금빛이 너울거렸다. 그는 혼자 흉령과 악귀들을 해치우며 결계의 틈을 메꾸고 있었다.

대단히 아름다운 용모에 신선과 같은 자태를 지닌 미남이었다. 멀리서 보면 꽃나무 아래서 책을 보는, 세속을 초월한 문인이 떠오르기도 했다. 그러나 가까이에서 본 그의 모습은 달랐다. 치켜 올라간 사나운 눈썹, 살짝 올라간 눈꼬리에 가늘고 긴 봉안,[#26] 높고 날렵한 콧날. 얼굴은 학식 높은 선비처럼 생겼으나 차가운 눈빛에는 일체의 감정도 담겨 있지 않았다.

묵연은 멀리서 그를 바라보았다. 마음의 준비는 하고 있었지만, 막상 이렇게 그가 강건하고 무탈하게 자신의 눈앞에 나타나자 온몸이 희미하게 떨려 왔다.

반은 두려움 때문에, 반은…… 흥분 때문이었다.

그의 사존.

초만녕.

전생에서 설몽이 마지막으로 무산전 앞에 와서 어떻게든 만나고자 했던 사람이 바로 저자였다.

묵연의 원대한 대업을 망치고, 묵연의 이상과 포부를 짓밟았으며, 마지막에는 묵연에 의해 감금된 채 능멸당하다 죽음을 맞이한 바로 그자였다.

원수를 죽여 설욕했으니 이치대로라면 묵연은 기뻐야 마땅했다.

더는 방해할 자가 없으니 마음껏 바다를 헤엄치는 물고기처럼, 마음껏 하늘을 날아다니는 새처럼 자유로우리라. 묵연은 자신이 그렇게 생각할 줄 알았다.

하지만 꼭 그렇지도 않았다.

사존이 죽자 원한과 함께 다른 무언가도 묻힌 느낌이었다.

수양이 부족한 묵연은 그것이 용호상박, 막상막하의 호적수를

#26 봉안 鳳眼. 봉황의 눈같이 가늘고 길며 눈꼬리가 위로 치켜 올라간 눈

잃은 느낌임을 알지 못했다.

그는 세상에서 자신의 숙적이 사라졌다고만 생각했다.

사존이 살아 있을 때, 그는 늘 몸서리치도록 두렵고 무서웠다. 사존의 손에 들린 버드나무 가지만 봐도 온몸의 털이 쭈뼛섰다. 맞는 데 익숙해진 불쌍한 개처럼, 막대기 두드리는 소리만 나면 이가 시리고 다리 힘이 풀리고 입에선 침이 흘렀다. 긴장으로 장딴지에 경련이 일기도 했다.

후에 사존은 죽었다. 묵연이 가장 두려워했던 상대가 죽은 것이다. 묵연은 스스로 많이 컸다 생각하며 끝내 사존과 문파를 욕되게 하는 일을 저질렀다.

그 후로는 아무도 감히 그에게 무릎 꿇으라 말하지 못했고, 아무도 그의 따귀를 때리지 못했다.

그는 자축의 의미로 지붕 위에 올라가 밤새도록 이화백주를 마셨다.

그날 밤, 술기운 때문인지 어릴 때 사존이 후려쳐 생긴 등의 흉터가 불에 덴 듯 화끈거렸더랬다.

그런데 그런 사존이 다시 그의 눈앞에 나타난 것이다. 묵연은 그를 지그시 노려보았다. 두렵기도 하고 증오스럽기도 했다. 그런데 한편으론 비뚤어진 희열도 느꼈다.

이런 적수를 잃어버렸다 다시 찾았으니, 어찌 기쁘지 않을 수 있겠는가?

초만녕은 함부로 뒷산에 들어온 두 제자는 아랑곳하지 않고 사방으로 흩어지는 망령들을 없애는 데 온 신경을 집중하고 있었다.

고상하고 우아한 외모였다. 긴 눈썹, 차갑게 내려뜬 봉안, 속세를 초월한 듯한 대단한 기개, 사악한 기운과 피비린내가 난무하는 곳에서도 동요 없이 담담해 보이는 눈. 지금 당장 자리에 앉아 향을 피우고 금을 탄다 해도 전혀 이상하지 않을 정도였다.

그러나 그렇게 온아해 보이는 미남이 지금은 선홍빛 핏방울이 뚝뚝 떨어지는 서슬 퍼런 퇴마 장검을 들고 있었다. 그가 넓은 소매를 펄럭이며 검기를 날리자 청석 계단이 쩍 하고 갈라지며 깨진 돌조각이 아래로 떨어졌다. 산 어귀부터 산기슭까지 땅이 갈라지고, 긴 계단에 끝이 보이지 않는 심연이 생겼다.

너무 강했다.

사존의 실력을 못 본 지 벌써 몇 년째던가?

익숙한 강함에 묵연은 저절로 다리가 풀려 제대로 서 있지 못하고 철퍼덕 자리에 주저앉아 버렸다.

그리 오랜 시간이 지나지 않아, 초만녕은 흉령들을 모조리 없애 버리고 재빨리 귀계의 틈을 보완했다. 그런 다음 공중에서 가볍게 내려와 묵연과 설몽 앞에 섰다.

그는 바닥에 주저앉은 묵연을 흘끗 내려다본 후 눈을 들어 설몽을 보았다. 봉안에서 한기가 스며 나왔다.

“사고 쳤느냐?”

묵연은 탄복했다.

사존에게는 아주 찰나에도 상황을 정확히 판단해 내는 능력이 있었다.

설몽이 말했다.

"사존, 묵연이 산 아래에 내려갔다가 도둑질과 음탕한 짓, 두 죄를 범했습니다. 사존께서 처분을 내려 주십시오."

초만녕은 아무 표정 없이 잠시 침묵하다 냉랭하게 말했다.

"알았다."

"……."

묵연과 설몽은 어리둥절했다. 그다음은? 그다음은 아무것도 없는 건가?

묵연은 속으로 쾌재를 불렀다. 그런데 슬쩍 눈을 들어 초만녕을 본 순간, 갑자기 섬뜩한 금빛이 맹렬하게 허공을 가르더니 쉬익 하며 곧장 묵연의 뺨을 강타했다!

피가 사방으로 튀었다.

그 속도가 너무 빨라 묵연은 피하는 것은 고사하고 눈 감을 새도 없었다. 뺨의 피부가 갈라지며 불에 덴 듯 극심한 통증이 찾아왔다.

초만녕은 스산한 밤바람을 맞으며 뒷짐을 지고 섰다. 흉령과 악귀의 혼탁한 기운이 가득한 공기에 사람의 피비린내까지 더해지니, 뒷산의 금지된 땅이 더욱 음산하고 무섭게 느껴졌다.

묵연을 때린 것은 초만녕의 손에 언제 나타났는지 모를 버드나무 가지였다. 연하고 푸른 잎이 달린 그 가늘고 긴 가지는 그의 신발께까지 늘어져 있었다.

이런 우아한 물건을 보면 '가냘픈 손으로 버드나무 가지 잘라다 임께 보내리'[#27]와 같은 시 구절을 떠올리는 것이 당연했다.

하지만 아쉽게도 초만녕은 가냘프지도 않고, 임도 없었다.

#27 가냘픈 손으로 버드나무 가지 잘라다 임께 보내리 작가 주: 장구령張九齡의 시 〈절양류折楊柳〉에서 인용

그의 손에 들린 버드나무 가지는 사실 천문(天問)이라 불리는 신무[#28]였다. 천문은 금홍빛을 흩뿌리며 어둠을 밝히고 있었다. 깊이를 알 수 없는 초만녕의 눈동자도 천문 빛에 반사되어 찬연하게 빛났다.

초만녕이 입술을 떼고 위엄 있게 말했다.

"묵미우, 간도 크구나. 정말로 내가 너를 다스리지 못할 거라 여겼느냐?"

열다섯의 묵연이었다면 아마도 이 말을 진지하게 받아들이지 않고 그저 사존이 자기를 겁주려 한다고만 생각했을 것이다.

그러나 환생한 묵미우는 전생에서 이미 피의 대가를 통해 사존의 '다스림'을 철저히 맛본 상태였다. 그는 갑자기 열이 나면서 잇몸까지 아파지는 기분에 즉각 발뺌하기 시작했다.

"사존……."

묵연의 뺨에는 피가 흐르고 있었다. 그는 이 상태에서 촉촉한 눈을 가만히 들어 올렸다. 지금 자신의 모습이 아주 불쌍해 보일 것을 알고 하는 짓이었다.

"저는 도둑질을 한 적도…… 음탕한 짓을 한 적도 없습니다……. 사존께선 어찌 설몽의 한마디만 듣고 저에게 확인도 없이 벌부터 주십니까?"

"……."

묵연이 백부에게 써먹는 두 가지 엄청난 재주가 있는데 첫 번째가 귀여운 척하기요, 두 번째가 불쌍한 척하기다. 지금 그 재주를 초만녕에게 써먹으려는 것이다. 그는 서러워서 금방이라

#28 신무 神武, 신령의 힘을 담고 있는 인간계 최고 무기

도 눈물을 떨굴 기세였다.

"사존 눈에는 제가 그리 형편없는 놈입니까? 어째서 제게 변명의 기회조차 주지 않으십니까?"

기가 막힌 설몽이 옆에서 발을 동동 굴렀다.

"묵연! 너, 너 이 개자식! 뻔뻔하기 짝이 없네! 사존, 이놈의 말은 들을 필요도 없습니다. 이런 놈에게 현혹되어서는 안 돼요! 이놈은 정말로 훔쳤습니다! 증거물도 있고요!"

초만녕은 눈을 내리깔고 차갑게 물었다.

"묵연, 정말 훔치지 않았느냐?"

"네."

"……내게 거짓말을 하면 어떻게 되는지 잘 알고 있겠지?"

순간, 묵연은 소름이 돋았다. 어찌 모를 수 있겠는가? 그래도 그는 딱 잡아뗐다.

"사존의 지혜로운 판단을 바랍니다!"

초만녕이 손을 들었다. 버드나무 가지가 또다시 금빛을 번쩍이며 휙 날아오더니, 이번에는 묵연의 얼굴을 때리는 게 아니라 몸을 꽁꽁 묶었다.

너무 익숙한 느낌이었다. '천문'은 사람을 때리는 것 외에 또 다른 기능이 있었으니…….

초만녕은 천문에 꽁꽁 묶인 묵연을 노려보며 다시 물었다.

"훔쳤느냐?"

묵연은 심장을 바로 강타하는 익숙한 통증을 느꼈다. 날카로운 송곳니를 가진 뱀이 순식간에 가슴을 파고들어 오장육부를 헤집는 기분이었다.

극심한 고통과 함께 저항하기 힘든 유혹이 찾아왔다. 묵연은 자기도 모르게 입을 벌려 쉰 목소리로 말했다.

"제가…… 훔…… 치지 않았어요……!"

그가 거짓말하는 걸 알아채기라도 한 듯이 천문의 금빛이 더욱 난폭해졌다. 묵연은 너무 고통스러워 식은땀을 줄줄 흘리면서도 이 가혹한 형벌을 필사적으로 참아 냈다.

이것이 바로 천문의 또 다른 기능, 심문이었다.

천문에 결박된 이상 천문의 주인 앞에서 거짓말을 할 수 있는 사람은 없었다. 사람이든 귀신이든, 살았든 죽었든 천문은 상대의 입을 열어 초만녕이 알고 싶은 것을 말하게 했다.

전생에서는 오직 한 명, 마지막까지 강력한 능력으로 천문 앞에서 비밀을 지켜 낸 자가 있었다.

바로 인간계의 제군이 된 묵미우였다.

요행을 바라는 마음이었지만, 어쨌든 그는 환생한 자신이 전생에서처럼 천문의 취조를 버텨 낼 수 있을 것이라 여겼다. 그는 입술을 꽉 깨물고 한참을 버텼다. 미간에서 굵은 땀방울이 새어 나오고, 온몸이 덜덜 떨렸다. 그는 결국 고통을 이기지 못하고 초만녕의 발 앞에 엎드려 거친 숨을 내쉬었다.

"제가…… 제가…… 훔쳤습니다……."

고통이 순식간에 사라졌다.

묵연이 숨을 채 고르기도 전에 초만녕이 더 차가운 목소리로 다음 질문을 던졌다.

"음탕한 짓을 했느냐?"

총명한 자는 어리석은 짓을 하지 않는 법. 조금 전에도 버티지 못했으니 지금은 더욱 가능성이 없을 터였다. 이번에는 반항조차 하지 않고 극심한 통증이 들이닥치자마자 냉큼 이렇게 외쳤다.

“예, 예, 그랬습니다! 사존, 그만! 그만 좀!”

옆에 있던 설몽의 얼굴이 파랗게 질렸다. 그가 놀라서 말했다.

“네, 네가 어떻게……. 용구 그놈은 사내인데, 어찌 사내와…….”

그의 말에 신경 쓰는 사람은 없었다. 천문의 금빛이 천천히 사그라졌다. 묵연은 크게 숨을 헐떡거렸다. 그는 막 물에서 건져 올려진 사람처럼 온몸이 땀으로 푹 젖은 채 백지장 같은 얼굴로 입술을 덜덜 떨며 땅바닥에 누워 꼼짝도 하지 못했다.

땀에 젖은 속눈썹 사이로, 길고 너른 소매를 바닥까지 늘어뜨리고 청옥관을 쓴 초만녕의 우아한 모습이 흐릿하게 보였다.

순간 강렬한 복수심이 솟구쳤다. 초만녕! 전생에 본좌가 너를 그렇게 대한 것이 역시 옳았구나! 다시 봐도 가증스러운 놈! 네 놈의 18대 조상까지 다 발라먹어 줄 테다!

악독한 제자가 제 18대 조상까지 발라먹을 생각을 하고 있다는 걸 모른 채, 초만녕은 우울한 표정으로 서 있다가 입을 열었다.

“설몽.”

설몽도 최근 거상이나 부잣집 자제들 사이에서 남색이 유행이란 건 알고 있었다. 대부분 남창을 데리고 노는 것이 신선한 경험이라 해 보는 것일 뿐 정말로 남자를 좋아해서 그러는 건 아니었다. 하지만 여전히 그 사실을 소화할 수 없었던 그는 한참 굳어 있다가 겨우 대답했다.

“사존, 말씀하십시오.”

"묵연은 도둑질, 음탕한 짓, 거짓말이라는 세 가지 죄를 지었다. 잘못을 뉘우치도록 염라전으로 데려가거라. 내일 진시[#29]에 선악대에 올려 공개적으로 처벌할 것이다."

설몽이 놀라며 말했다.

"예? 공개 처벌이요?"

공개 처벌이란 엄중한 죄를 지은 제자를 모든 문파 제자들 앞에 세운 후 죄를 알리고 그 자리에서 단죄하는 것을 뜻했다. 보통 이 자리에는 부엌일하는 아낙들까지 불려 나온다.

망신도 이런 망신이 없었다.

묵연은 사생지전의 공자였다. 문파의 규율이 엄격하다고는 하나, 그의 백부는 어려서 부모를 여의고 십사 년을 떠돌아다닌 묵연을 불쌍히 여겨 늘 그를 감싸고돌았다. 묵연이 큰 잘못을 저지르더라도 그저 아무도 없을 때 몇 마디 훈계할 뿐, 한 번도 손을 댄 적은 없었다.

그런데 존주의 체면 같은 건 조금도 고려하지 않고, 그의 소중한 조카를 선악대에 올려 모두의 비난을 받으며 따끔한 맛을 보게 하겠다니. 이는 설몽조차 예상하지 못한 것이었다.

묵연은 이 결정이 놀랍지도 않았다.

그는 여전히 땅바닥에 누워 냉소를 짓고 있었다.

그의 사존은 얼마나 위대하고, 얼마나 공평한 분이던가.

초만녕은 냉혈한이었다. 전생에 사매가 그의 눈앞에서 죽어갈 때, 묵연은 울며불며 그에게 매달렸다. 그의 옷자락을 붙잡고 무릎을 꿇은 채 사매를 구해 달라고 애원했었다.

#29 진시 辰時, 아침 7시~9시

그러나 초만녕은 들은 척도 하지 않았다.

결국 그의 제자는 그의 눈앞에서 숨을 거두었고, 묵연은 그의 옆에서 창자가 끊어질 듯 통곡했다. 그럼에도 그는 본체만체했다.

지금은 고작 묵연을 선악대에 올려 공정하게 처리하겠다는 것뿐이니, 별로 이상할 것도 없었다.

묵연은 지금 자신의 힘이 너무 약한 것이 분할 뿐이었다. 그의 껍질을 벗기지도 못하고, 그의 힘줄을 뽑아내지도 못하고, 그의 피를 마셔 버리지도 못하고, 그의 머리채를 붙잡고 마음껏 능욕하지도 못하고, 그의 존엄을 짓밟아 죽느니만 못하게 할 수도 없다니…….

묵연의 눈빛에 순간적으로 비친 야수의 잔인함을 초만녕은 놓치지 않았다.

초만녕은 차분하게 묵연의 얼굴을 보았다. 그 고상하고 우아한 얼굴에는 아무 표정이 없었다.

"무슨 생각을 하는 게냐?"

젠장!

천문이 아직도 안 풀렸잖아!

묵연은 버드나무 가지가 또다시 자신을 옥죄어 오는 것을 느꼈다. 오장육부를 쥐어짜 즙을 내는 것 같았다. 그는 고통으로 크게 비명을 지르며 자신의 머릿속에 있던 생각을 토해 내고 말았다.

"초만녕, 너 잘났다! 언젠가 너도 박아 버리겠어!"

사방이 쥐 죽은 듯 조용해졌다.

초만녕은 침묵했다.

설몽은 너무 놀라 할 말을 잃었다.

천문이 휙 풀리더니 초만녕의 손으로 돌아가 점점이 금빛으로 변하다가 스르르 사라졌다. 천문은 초만녕의 몸 안에 녹아 있는 것으로, 언제든지 불러낼 수도 사라지게 할 수도 있었다.

얼굴이 새파래진 설몽이 말을 더듬거렸다.

"사, 사, 사존……."

초만녕은 말없이 까맣고 긴 속눈썹을 늘어뜨린 채 자신의 손바닥을 멍하니 쳐다보다가 천천히 눈을 들었다. 얼굴에 동요는 없었다. 그저 표정이 더 냉랭해졌을 뿐이다. 그는 죽일 듯한 눈으로 묵연을 노려보다가 낮은 목소리로 말했다.

"천문이 망가졌으니 나는 가서 수리를 해야겠다."

초만녕은 이 말을 던지고 몸을 돌렸다.

설몽은 바보 머저리였다.

"천, 천문 같은 신무도 망가질 수가 있습니까?"

이 말을 들은 초만녕은 또다시 죽일 듯한 눈으로 설몽을 노려보았다. 순간 설몽은 오싹한 기분을 느꼈다.

묵연은 꺼질 듯 희미하게 숨을 쉬며 초점 없는 눈으로 허공을 바라보았다.

확실히 그는 방금, 기회만 생기면 초만녕한테 제 것을 박아버리겠다고 생각했다. '만야옥형,[#30] 북두선존(北斗仙尊)'이라 불리는 고매하신 초 종사가 남에게 밟히고 모욕당하는 것을 가장 못 참는다는 걸 잘 알고 있었으니까.

그래도 이런 생각을 초만녕 앞에서 입 밖에 내다니!

#30 만야옥형 晩夜玉衡. 밤하늘에 뜬 북두칠성 중 꼬리 쪽에 있는 세 개의 별 가운데 첫째 별

묵연은 버려진 개처럼 낑낑대며 손으로 얼굴을 감쌌다.

초만녕이 떠날 때 보인 눈빛을 떠올리자 그는 정말 자기 제삿날이 머지않았다는 생각이 들었다.

7장 본좌는 물만두를 좋아한다

뙤약볕이 내리쬐고 있었다.

사생지전은 복도와 통로가 끝없이 이어진 광대한 곳이었다.

신선 수련 문파 중에서도 신예에 속하는 사생지전은 상수진계의 명망 높은 문파들과는 많이 달랐다.

지금 한창 전성기를 누리고 있는 임기(臨沂)의 유풍문을 예로 들어보자. 유풍문의 주전(主殿)은 '육덕전(六德殿)'이라 불렸는데, 제자들이 '지(智), 신(信), 성(聖), 의(義), 인(仁), 충(忠)'의 여섯 가지 덕을 갖춘 인재가 되길 바라는 뜻이 담겨 있다. 제자들이 생활하는 구역은 '육행문(六行門)'으로, '효도, 우애, 화목, 부부애, 책임, 연민'의 여섯 가지 덕행을 다해야 한다는 의미였다. 수업을 받는 '육예대(六藝臺)'는 유풍문의 제자라면 '예절, 음악, 활쏘기, 말타기, 서예, 수학'과 같은 여섯 가지 기예에 정통해야 한다는 뜻이었다.

한마디로 말하자면, 고상하기가 그지없었다.

그런데 사생지전은 전혀 달랐다. 미천한 출신답게 이름부터가 '단심전', '선악대' 등 간단히 설명할 수 없는 것들이었다. 이런 이름은 그나마 나은 편이었다. 묵연의 아버지와 백부는 글공부와는 담을 쌓은 사람들이라 훗날 쓸 수 있는 글자가 몇 개 되지 않을 것을 생각하여 '설아' 같은 엉터리 작명 재능을 발휘하기 시작했던 것이다.

그래서 사생지전에는 저승의 이름을 딴 곳이 많았다. 제자들이 잘못을 뉘우치는 어두운 방은 염라전이었다.

휴식 공간과 학업 공간을 잇는 옥교(玉橋)는 내하교[#31]라 불렀다. 식당은 맹파당,[#32] 연무장은 도산화해,[#33] 뒷산의 금지된 구역은 사귀간(死鬼間) 같은 식이었다.

이런 이름까지도 그나마 괜찮은 축에 속했다. 조금 멀고 외진 지역은 아예 '이건 산', '이건 물', '이건 구멍'과 같은 이름을 붙였으니 말이다. '아아아', '와아악'이라는 이름으로 유명한 험준한 절벽도 있었다.

장로들의 거처 역시 그 틀을 벗어나지 못한 저만의 별명이 있었다.

초만녕도 예외일 수는 없었다. 조용한 곳을 좋아하는 그는 다른 사람과 함께 살기를 원하지 않았다. 그래서 그의 거처는 사생지전의 남봉에 위치한 대나무 숲 깊은 곳에 있었다. 뜰 앞에는 연못이 있었고 연못 안에는 홍련이 가득했다. 충만한 영력으

#31 내하교 奈何橋, 저승으로 가는 다리
#32 맹파당 孟婆堂, '맹파'는 죽은 이들이 전생의 일을 잊도록 약탕을 마시게 하는 신이다.
#33 도산화해 刀山火海, 칼을 꽂은 산과 불로 덮인 바다. 지옥 같은 곳을 의미

로 인해 홍련은 언제나 활짝 핀 채 붉은 노을처럼 아름답게 빛났다.

제자들은 암암리에 황홀한 풍경을 간직한 이 장소를……

'홍련지옥'이라고 불렀다.

여기까지 생각이 미친 묵연은 자기도 모르게 피식 웃었다.

온종일 얼굴을 찌푸리고 있는 초만녕을 본 제자들은 아수라라도 본 것 같은 표정을 짓곤 한다. 악귀가 있는 곳이 지옥이 아니면 어디가 지옥이겠는가?

설몽이 그의 사색을 중단시켰다.

"웃긴 뭘 웃어! 빨리 아침이나 먹어라. 먹고 나면 나와 함께 선악대로 가야 해. 사존께서 오늘 모두가 보는 앞에서 널 벌하기로 하셨잖아!"

묵연은 한숨을 내쉬며 버드나무 가지가 후려친 뺨의 상처를 어루만졌다.

"쓰읍…… 아파."

"쌤통이네!"

"천문은 잘 고쳐졌나 모르겠네. 완전히 고치기 전까지는 괜히 그걸로 날 심문하지 말아야 할 텐데. 내가 또 무슨 허튼소리를 할지 모르니까 말이야."

진심으로 걱정 가득해 보이는 묵연을 보고 설몽은 얼굴을 붉히며 화를 냈다.

"사람들 앞에서 허튼소리를 지껄이거나 사존께 무례를 범하면 내가 네놈의 혀를 뽑아 버릴 테니 그리 알아!"

묵연은 한 손으로 얼굴을 감싼 채 다른 한 손을 흔들며 작은 소리로 말했다.

"네가 나설 필요 없어. 사존께서 버드나무 가지를 꺼내 나를 묶으시면 나는 그 자리에서 내 명줄을 끊어 결백을 증명해 보일 테니까."

진시가 되었다. 묵연은 규율에 따라 선악대로 끌려갔다. 내려다보니 아래는 짙은 남색 옷을 입은 사람들로 가득했다. 검은색에 가까운 견고한 남색 경갑, 사자 머리로 장식된 허리띠, 반짝이는 은색 테두리가 둘린 손 보호대와 옷. 문파의 장포를 입은 사생지전의 제자들이었다.

동쪽에서 해가 떠오르고, 선악대 아래가 환해졌다.

묵연은 선악대 위에 무릎을 꿇고 앉아 계율을 관장하는 장로가 자신의 앞에서 읽어 내려가는 길고 긴 죄명을 들었다.

"옥형 장로의 제자 묵미우는 법도와 가르침을 무시했으며 문파의 규율을 어기고 패륜적 행동을 했다. 이는 본 문파의 제4조, 제9조, 제15조 계율에 저촉되므로 규율에 따라 곤장 80대, 문파 규율 필사 100회, 그리고 한 달간 금족령에 처한다. 묵미우, 이의 있느냐?"

묵연은 저 멀리 있는 새하얀 인영을 바라보았다.

그는 사생지전을 통틀어 유일하게 남색 바탕에 은색 테두리가 둘린 장포를 입을 필요가 없는 장로, 초만녕이었다.

새하얀 비단옷을 입은 초만녕은 하늘에서 내린 서리를 두른 듯 얇은 은빛 덮개를 두르고 있었다. 그러나 정작 사람이 서리보다 훨씬 차가워 보였다. 그는 약간 떨어진 곳에 조용히 앉아 있었다. 그의 표정이 정확히 보이지는 않았으나 그에게 아무런 동요가 없으리란 것 정도는 알고 있었다.

묵연은 깊은 한숨을 쉰 후 말했다.

"이의 없습니다."

계율 장로는 다시 규칙에 따라 선악대 아래에 있는 제자들에게 물었다.

"판결에 승복할 수 없거나 다른 의견이 있는 자는 지금 말하라."

제자들이 주저하며 어찌할 바 몰라 서로의 눈치를 보기 시작했다.

그들은 옥형 장로 초만녕이 정말로 자기 제자를 선악대에 올려 공개 처벌을 받게 할 줄은 상상도 못 했다.

좋게 말하면 사심 없이 공정한 사람이고, 나쁘게 말하면 냉혈 악마가 아닌가.

냉혈 악마 초만녕이 턱을 괸 채 담담하게 앉아 있자 갑자기 누군가가 확음술[#34]로 외쳤다.

"옥형 장로님, 묵 사제를 용서해 주십시오."

"……용서해 달라?"

그 제자는 묵연이 존주의 친조카이니만큼, 지금은 잘못을 저질렀더라도 앞날이 밝으리라 생각해 이 기회에 묵연에게 잘 보이려는 속셈이었다. 그가 헛소리를 늘어놓았다.

"묵 사제가 비록 잘못했다고는 하나, 평소 동문과 우애가 깊고 약자를 배려해 왔습니다. 그의 본성은 악하지 않다는 점을 고려하시어 관용을 베풀어 주셨으면 합니다!"

묵 사제의 환심을 사려는 이는 그뿐만이 아니었다.

#34 확음술 擴音術. 목소리를 크게 하는 법술

점점 묵연을 대변하려는 사람이 늘어나고, 온갖 말도 안 되는 이유들이 튀어나오자 묵연 스스로도 민망할 지경이 되었다. 내가 언제 '순수한 마음으로 천하를 너그러이 품은' 적이 있단 말인가? 지금 처벌하려고 모인 거지 칭찬하려고 모인 것은 아니지 않나?

"옥형 장로님, 묵 사제는 일찍이 저를 대신해 악을 처단하고 도를 지켰으며 흉악한 괴수를 물리쳤으니, 그 공을 인정해 주십시오. 잘못을 상쇄할 만한 공이 있으니, 감형을 바라는 바입니다!"

"옥형 장로님, 묵 사제는 저를 주화입마에서 벗어날 수 있도록 도와주었습니다. 저는 묵 사제가 잠시 판단력이 흐려져 실수한 것이라고 생각합니다. 사제의 죄에 대한 감형을 청합니다!"

"옥형 장로님, 묵 사제는 저에게 어머니를 구하라며 영약을 주기도 했습니다. 그의 본성은 선하니, 벌을 감하여 주시기 바랍니다!"

맨 마지막 사람은 앞사람에게 자신이 하려던 말을 가로채였다. 순간 할 말이 없어진 그는 초만녕의 차가운 시선과 마주치자 다급한 마음에 황당한 얘기를 했다.

"옥형 장로님, 묵 사제는 과거 제가 여자와 관계할 수 있도록……."

"푭."

누군가 참지 못하고 웃음을 터뜨렸다.

그 제자는 순간 귀까지 빨개져서 무안한 듯 뒤로 물러섰다.

"옥형, 화를 가라앉히시지요……."

계율 장로는 상황이 심상치 않게 돌아가자 급히 옆에서 초만녕을 다독였다.

초만녕이 냉랭하게 말했다.

“이렇게 어이없고 뻔뻔스런 자는 처음입니다. 저자의 이름이 무엇입니까? 누구의 제자입니까?”

계율 장로가 약간 머뭇거리더니 머리를 긁적이며 조그맣게 말했다.

“저 아이는 요렴이라 합니다.”

초만녕이 눈썹을 추켜세웠다.

“당신의 제자라고요? 부끄럽지도 않습니까?”

민망함에 얼굴이 새빨개진 계율 장로가 화제를 돌리려 했다.

“그래도 저 녀석이 노래를 잘해서 제사 때 꽤 쓸모가 있습니다.”

초만녕은 코웃음을 치며 고개를 돌렸다. 뻔뻔스러운 계율 장로와 쓸데없는 말을 섞을 마음은 추호도 없었다.

수천 명이 모인 사생지전에 머저리 십여 명 정도 있는 건 정상이었다.

똑 부러지게 말하는 사형들의 모습은, 묵연 자신이 정말 그랬었나 착각하게 할 정도였다. 대단하군, 대단해. 눈 똑바로 뜨고 거짓말할 수 있는 건 나뿐만이 아니었어. 우리 문파에 인재가 넘치는구나.

‘옥형 장로님, 은혜를 베풀어 주십시오.’라는 말을 수없이 들은 초만녕이 드디어 제자들을 향해 입을 열었다.

“묵미우를 대신해 용서를 구하겠다?”

그가 잠시 뜸을 들이더니 계속 말했다.

“좋다, 모두 올라오거라.”

그들은 영문도 모르고 벌벌 떨며 올라갔다.

초만녕의 손바닥에서 금빛이 번쩍이더니 천문이 나타나 휙 소리와 함께 열 몇 명을 통째로 꽁꽁 묶었다.

또 그거냐!

묵연은 절망했다. 그는 천문만 보면 다리의 힘이 풀렸다. 도대체 초만녕은 어디서 이런 변태 같은 무기를 구한 걸까. 전생에서 혼인하지 않았기에 망정이지, 누가 시집이라도 왔더라면 맞아 죽거나 문초를 받다 죽거나 둘 중 하나였을 것이다.

초만녕의 눈에는 비웃음이 가득했다. 그가 올라온 제자 중 하나에게 물었다.

"묵연이 너를 대신해 악을 처단하고 도를 지켰다고?"

천문의 고통을 견디지 못한 그 제자가 곧바로 소리쳤다.

"아닙니다! 아닙니다!"

다른 제자에게 물었다.

"묵연이 너를 주화입마에서 벗어나게 해 주었다고?"

"아아! 아니오! 그런 적 없습니다!"

"묵연이 네게 영약을 주었다고?"

"악! 살려 주세요! 아닙니다! 아니에요! 제가 지어낸 겁니다! 지어낸 거예요!"

초만녕이 천문을 풀었다. 그가 손을 휘두르자 타닥 불꽃이 튀며 천문이 튀어나가 거짓을 고한 제자들의 등을 후려쳤다.

순식간에 처절한 비명이 울리며 사방에 피가 튀었다.

초만녕이 미간을 찌푸리며 소리쳤다.

"웬 비명이냐? 무릎을 꿇어라! 계율사!"

"예."

"처벌해라!"

"예!"

결국 그들은 이득을 얻기는커녕 거짓을 고한 죄로 각각 곤장 열 대에 처해졌고, 추가로 옥형 장로가 휘두르는 버드나무 가지의 뜨거운 맛을 봐야 했다.

어둑한 밤, 묵연은 침상에 엎드려 있었다. 약을 발랐지만, 등이 상처투성이라 몸을 뒤집을 수 없었다. 극심한 고통에 그는 눈물이 그렁그렁한 채로 계속 코를 훌쩍였다.

그의 얼굴은 귀여운 편이어서, 이렇게 훌쩍이며 웅크리고 있으면 얻어맞은 새끼 고양이를 연상시켰다. 하나 아쉽게도 그의 머릿속에 든 생각은 새끼 고양이가 할 만한 생각이 아니었다.

그는 이불을 움켜쥐고 침상보를 이로 문 채 그것을 초만녕 그 자식이라고 상상했다. 물어! 밟아 버려! 걷어차! 찢어 버려!

유일한 위안이라면 사매가 직접 만든 물만두를 들고 병문안을 온 것이었다. 그의 부드럽고 안타까워하는 눈빛에 묵연은 눈물을 더 줄줄 흘렸다.

남자는 쉽게 눈물 흘리지 않는다는 말 따위 신경 쓰지 않는 그는 좋아하는 사람 앞에서 어리광 부리는 걸 즐겼다.

"그렇게 아파? 몸을 일으킬 수는 있고?"

사매가 침상 옆에 앉아 계속 탄식했다.

"사존도…… 사존도 참 너무하시지. 이렇게 심하게 때릴 수가……. 몇 군데는 아직도 피가 안 멈추네."

자신을 아끼는 사매의 모습에 묵연은 마음이 점점 따뜻해졌다. 그는 촉촉해진 눈을 들어 올려 깜빡거렸다.

"이렇게 사매가 걱정해 주니까 나, 나 이제 하나도 안 아픈 거 같아."

"너도 참, 이 꼴을 하고 어찌 안 아프단 말이야? 사존의 성정을 모르는 것도 아니면서, 앞으로 또 이렇게 큰 잘못을 저지를 거야?"

흔들리는 불빛 속에서 사매는 못 말리겠다는 듯, 그리고 마음 아프다는 듯 묵연을 바라보았다. 복잡하고도 안타까운 듯한 그의 눈동자는 따뜻한 봄날의 시냇물처럼 반짝였다.

묵연은 가슴이 떨려 와 얌전히 말했다.

"다신 안 그럴게. 맹세해."

"네 맹세가 진짜였던 적은 있었고?"

말은 그렇게 하면서 결국 사매도 웃고 말았다.

"물만두 다 식겠다. 일어날 수 있겠어? 정 힘들면 그냥 엎드려 있어. 내가 먹여 줄게."

이미 반쯤 일어나 있던 묵연은 그 말을 듣자마자 갑자기 푹 쓰러져 반신불수가 된 것처럼 굴었다.

사매는 할 말을 잃었다.

전생에서나 이번 생에서나 묵연이 가장 좋아하는 음식은 사매가 만든 물만두였다. 만두피는 마치 없는 듯 얇았고, 만두소는 몽글몽글 부드러웠다. 만두 하나하나가 꽉꽉 차 있는 데다, 부드럽고 맛있는 것이 입에 넣는 즉시 사르르 녹았고, 먹고 나면 입 안에 좋은 향이 남았다.

특히 그 국물은 정말 훌륭했다. 오래 끓인 뽀얀 국물에 초록색 파를 뿌리고 노란 지단을 올린 다음, 다진 마늘을 넣고 볶은 매운 마라유를 한 숟갈 뿌려 주면 입에 넣는 순간 인생이 따뜻해지는 맛이었다.

사매는 한 숟갈, 또 한 숟갈, 조심조심 그에게 떠먹여 주며 말했다.

"오늘은 마라유를 안 넣었어. 상처가 심한데 매운 건 안 좋을 것 같아서. 그냥 사골 국물로 마셔."

묵연이 시선을 떼지 않고 그를 뚫어지게 바라보며 웃었다.

"맵든 안 맵든 상관없어. 사형이 만든 거면 다 맛있어."

"말은 잘하는구나."

사매도 웃었다. 그가 국물 속에 고이 누워 있는 수란을 건져 올렸다.

"상으로 수란을 줄게. 네가 좋아하는 거잖아."

묵연이 실실 웃었다. 비죽 올라온 머리카락이 마치 피어난 꽃들 같았다.

"사매."

"왜?"

"아냐. 그냥 불러 봤어."

"……."

머리카락이 흔들렸다.

"사매."

사매가 웃음을 참으며 물었다.

"그냥 불러 봤다고?"

"응, 그냥 불러 봤어. 너무 기뻐서."

사매는 잠시 어리둥절해하다가 부드럽게 그의 이마를 어루만졌다.

"바보 녀석, 설마 열이 있는 건 아니지?"

묵연이 푸흡 웃음을 터뜨리며 몸을 반쯤 굴렸다. 그리고 곁눈으로 사매를 바라보는데, 그 눈이 밤하늘의 별을 담은 듯 반짝였다.

"매일 사매가 만들어 준 물만두를 먹을 수 있다면 너무 좋을 텐데."

이건 진심이었다.

사매가 죽은 후, 묵연은 늘 그가 만든 물만두를 먹고 싶었지만 다시는 맛볼 수가 없었다.

그때는 초만녕이 그와 철저히 연을 끊기 전이었다. 초만녕은 죄책감 때문이었는지 사매의 관 앞에서 온종일 멍하니 앉아 있는 묵연을 보고는 부엌으로 가서 밀가루를 반죽하고 소를 만들어 정성스럽게 물만두를 빚었다. 그러나 소중한 사람을 잃은 묵연은 이 광경을 보고 도저히 참을 수가 없었다. 그는 그것이 자신에 대한 조롱이자 졸렬한 모방이며, 자신을 더 고통스럽게 하려는 수작이라고만 생각했다.

사매는 죽었다. 초만녕은 분명히 사매를 구할 수 있었음에도 아무 조처도 하지 않았다. 그런데 이제 와서 사매를 대신해 물만두를 빚어 줄 생각을 하다니, 이렇게 하면 내가 기뻐할 거라 여겼단 말인가?

묵연은 부엌으로 뛰어 들어가 모든 그릇을 닥치는 대로 엎었다. 속이 꽉 찬 새하얀 물만두가 온 바닥에 뒹굴었다.

그가 초만녕을 향해 소리 질렀다.

– 당신이 뭔데? 당신이 뭔데 사매가 쓰던 물건을 써? 당신이 뭔데 사매가 만든 걸 따라 만들어? 사매가 죽어서 만족해? 제자들을 다 죽이고 미치광이로 만들어야 만족하겠어? 초만녕! 이 세상에서 그 만두를 만들 수 있는 사람은 이제 없어! 당신이 아무리 따라 해도 똑같을 수가 없다고!

지금 이 물만두 한 그릇은 그에게 기쁨이자 감격이었다. 천천히 음미하며 거의 다 먹었을 때쯤, 그는 웃고 있었지만 눈시울은 젖어 있었다. 다행히 촛불이 어두워 사매는 그의 얼굴을 자세히 볼 수 없었다.

묵연이 말했다.

"사매."

"응?"

"고마워."

사매는 잠시 어리둥절했으나 이내 부드럽게 웃으며 말했다.

"그냥 물만두 한 그릇인데 뭘 그래. 이렇게 고마워하다니, 네가 먹고 싶으면 앞으로 자주 해 줄게."

묵연은 말하고 싶었다. 물만두 한 그릇 때문만은 아니야.

고마워. 전생에서도 이번 생에서도 오로지 당신만이 나를 존중해 주고, 내 출신 그리고 수단과 방법을 가리지 않고 힘들게 살아온 십사 년을 개의치 않았지.

고마워. 갑자기 당신이 생각나지 않았다면, 나는 환생한 후에도 용구를 죽이고 더 큰 잘못을 저지르며 똑같은 길을 걸었겠지.

당신이 죽기 전으로 환생해서 다행이야. 난 어떻게든 당신을 지킬 거야. 당신에게 변고가 생긴다면 초만녕 그 냉혈 악마는 당신을 구하지 않겠지만, 내가 있잖아.

하지만 이 말을 어떻게 내뱉는단 말인가?

묵연은 그저 꿀꺽꿀꺽 국을 다 마셨다. 파 한 조각도 남기지 않고 다 먹었는데도 아쉬운 마음에 입술을 핥았다. 그러자 보조개가 깊이 패었다. 귀여운 젖먹이 새끼 고양이 같았다.

"내일도 먹을 수 있을까?"

사매가 난처한 표정을 지었다.

"다른 거 안 먹고? 질리지 않겠어?"

"매일 먹어도 안 질려. 사매가 날 귀찮아할까 봐 그게 걱정이지."

사매가 고개를 저으며 웃었다.

"밀가루가 충분한지 모르겠네. 모자라면 만들 수 없으니까. 정 안되면 설탕계란국은 어때? 그것도 네가 좋아하는 거니까."

"좋아, 좋아. 사매가 만들어 주는 건 다 좋아."

묵연은 마음에 봄날이 찾아온 것만 같았다. 너무 기뻐서 이불을 끌어안고 마구 뒹굴고 싶었다.

사매가 너그러운 것 좀 봐. 초만녕, 때릴 테면 때려라! 내겐 침상에 누워 있어도 따뜻하게 보살펴 줄 아름다운 이가 있으니까, 흥흥흥!

사존을 생각하니, 조금 전 묵연의 그 따뜻한 마음은 다시 분노로 바뀌었다.

그는 다시 원망 섞인 마음으로 침상의 벌어진 틈을 긁으면서 생각했다. 만야옥형이든 북두선존이든, 다 지랄 맞은 개소리일 뿐이야!

초만녕, 이번 생에서 한번 두고 보자!

8장 본좌는 벌을 받았다

묵연은 꼬박 사흘을 죽은 물고기처럼 침상에 누워 있었다. 그러다 상처가 막 아물어 갈 때쯤이 되자, 이제는 홍련수사로 가서 일을 하라는 명령이 떨어졌다.

이것도 처벌의 일부였다. 묵연은 금족령 기간에 산을 내려갈 수 없었고 그렇다고 놀 수도 없어, 문파의 잡다한 심부름과 고된 노동을 해야만 했다.

여기서 노동이란 보통 이런 것들이었다. 맹파당의 아주머니를 도와 접시를 닦거나, 내하교 기둥 위에 있는 365개의 사자상을 닦거나, 지루하기 짝이 없는 문서들을 베껴 쓰는 일 등등.

그렇다면 홍련수사[#35]는 어떤 곳인가? 바로 초만녕 그놈의 처소로, 사람들은 그곳을 '홍련지옥의 아수라장'이라고 불렀다.

사생지전에서 그곳에 가 본 사람은 몇 없었으나, 들어갔던 사

#35 수사 水榭, 물가에 지은 정자

람은 나올 땐 하나같이 팔이나 다리가 부러져 있었다.

그래서 초만녕의 처소는 홍련지옥 말고도 훨씬 지옥에 가까운 별명이 하나 더 있었다. 바로 '다리가 부러지는 정자'.

문파에 이런 우스갯소리가 떠돌기도 했다.

"정자의 숨은 미인이 천문을 소환한다네. 다리가 부러지는 문으로 들어가면 다리가 잘리는 고통을 알게 되고, 옥형 장로가 스스로 경맥을 끊을 수 있도록 도와준다네."

예전에 죽음을 두려워하지 않는 여제자가 있었다. 색욕에 빠져 대담하고 거침없었는데, 하필이면 옥형 장로의 미모에 반해 버렸다. 그녀는 달빛이 어둡고 바람이 거세게 부는 틈을 타서 남봉으로 몰래 숨어들어 가 홍련수사의 처마 위에 엎드렸다. 옥형 장로가 목욕하고 옷 갈아입는 모습을 훔쳐보려는 속셈이었다.

결과는 뻔했다. 용감한 여제자는 천문의 공격에 반죽음이 되어서는 울며불며 어머니 아버지를 외쳐 댔고, 그 후 백 일이 넘도록 침상에서 일어나지 못했다.

게다가 초만녕은 모진 말도 서슴지 않았다. 또 한 번 이런 짓거리를 했다가는 그 즉시 눈알을 뽑아 버리겠다고 말이다.

봤는가? 이 얼마나 체통 없는 언사인가! 얼마나 무정한 행동인가! 얼마나 사람을 열받게 하는 사내냔 말이다!

한때 문파의 바보처럼 천진난만한 여제자들은 옥형 장로가 여색을 좋아할 거라 생각하고는, 자신이 여자라는 점만 믿고 그 앞에서 알랑거리며 어떻게든 주의를 끌어 보려고 애썼다. 그러나 장로가 행실 나쁜 여제자를 확실하게 손봐 준 후로 아무도 감히 그의 주의를 끌려고 하지 않았다.

옥형 장로는 성별 구분 없이 때리고, 군자의 기질이라곤 찾아볼 수 없으며, 반반한 얼굴을 빼면 좋은 점이 없다……. 이게 바로 초만녕에 대한 문파 제자들의 평가였다.

소식을 전하러 온 어린 사제가 안타까운 눈빛으로 묵연을 바라보며 망설이다가 결국 참지 못하고 입을 열었다.

"묵 사형……."

"응?"

"……옥형 장로님이 너무나 포악해서, 홍련수사에 간 사람 중 똑바로 서서 걸어 나온 사람이 없다고 합니다. 사형은 상처도 아직 다 낫지 않았으니 차라리 접시 닦는 일을 하겠다고 말씀드리는 건 어떠세요?"

묵연은 어린 사제의 보살 같은 마음씨에 감격했지만 거절했다.

초만녕에게 부탁을 하라고?

됐다그래. 그는 또다시 천문으로 얻어맞고 싶지는 않았다.

그리하여 그는 힘겹게 옷을 걸치고 묵직한 발을 끌며 내키지 않는 모습으로 사생지전의 남봉을 향해 걸어갔다.

홍련수사, 홍련지옥. 초만녕의 처소 주변 백 리 안에는 산 사람이 보이지 않았다.

초만녕이 사는 곳에 가까이 가려는 자는 없었다. 그 몹쓸 품위와 변덕스러운 성격 때문에 문파 사람들은 그를 존경하긴 해도 가까이하려 들지는 않았다.

묵연은 살짝 불안했다. 초만녕이 자신에게 무슨 벌을 내릴지 감이 잡히지 않았다. 가는 내내 쓸데없는 생각을 하다 남봉의 정상에 도착한 그는 겹겹이 우거진 대나무 숲을 통과했다. 이윽고 활짝 핀 아름다운 붉은 연꽃 물결이 시야에 들어왔다.

마침 동쪽에서 아침 해가 찬란하게 떠오르고 있었다. 불타는 아침노을과 끝없이 펼쳐진 붉은 연꽃이 어우러져 도도하고도 눈부신 절경을 이루고 있었다. 연못 위로 구불구불 이어진 다리와 정자는 우아하게 자태를 뽐냈고, 산 쪽에서는 폭포수가 힘차게 떨어지고 있었다. 점점이 반짝이는 물방울이 바위를 치며 투둑투둑 소리가 났고, 자욱하게 피어오른 노을빛 물안개는 고요함 속에 요염함을 더해 주었다.

이에 대한 묵연의 느낌은 이랬다.

우웩.

초만녕이 사는 곳은 아무리 아름다워도 역겨울 뿐이었다!

보라, 얼마나 교만하고 사치스러우며 음란하고 방탕한가! 이런 요란한 겉치레는 또 얼마나 낭비인가! 제자들의 처소는 다닥다닥 붙은 데다 면적도 좁은데, 옥형 장로는 혼자 산 하나를 몽땅 차지하고 있지 않은가! 게다가 커다란 연못을 세 개나 파 놓고 연꽃을 가득 심어 놓다니! 뭐, 이 연꽃들이 최상급 약을 만들 수 있는 특수 품종이라고는 하지만, 그래도…….

어쨌거나 눈에 거슬렸다. 이 '다리가 부러지는 정자'를 불살라 버리지 못하는 것이 한스러웠다!

그러나 머릿속 나쁜 말은 마음속에만 담아 두어야 했다. 열여섯 나이로는 초 종사와 겨루는 것이 불가능했다. 묵연은 초만녕의 처소 앞에 서서 눈을 가늘게 뜨고 최대한 공손하게 약한 척을 했다.

"제자 묵연, 사존께 인사드립니다."

"음, 들어오너라."

집 안은 난장판이었다. 냉혈 악마 초만녕은 하얀 장포의 앞섶을 단단히 여미고 있었다. 금욕적인 분위기가 물씬 풍겼다. 오늘 그는 머리를 하나로 높이 올려 묶고 금속으로 만든 검은색의 손 보호대를 낀 채 바닥에 앉아 한 무더기의 기관 부품들을 만지작거리고 있었다. 입에는 붓이 하나 물려 있었다.

그는 무표정하게 묵연을 흘끗 보고는 붓을 문 채로 웅얼웅얼 말했다.

"이리 오거라."

묵연이 다가갔다.

쉽지 않은 일이었다. 집 안이 온통 각종 도면과 금속 부품, 나무 조각들로 발 디딜 틈이 없었기 때문이었다.

묵연은 미간을 찌푸렸다. 전생에서도 그는 초만녕의 방에 들어가 본 적이 없었다. 멀끔한 미남자가 정작 자기 처소는 이렇게 엉망으로 만들어 놓다니…… 할 말이 없었다.

"무엇을 만들고 계십니까?"

"야유신(夜遊神)이다."

"예?"

초만녕은 입에 물고 있는 붓 때문에 말하기가 영 불편했는지, 귀찮다는 듯 짧게 대꾸했다.

"야유신."

묵연은 바닥에 난잡하게 쌓여 있는 부품을 묵묵히 바라보았다.

그의 사존이 '초 종사'로 칭송을 받는 건 괜한 것이 아니었다. 솔직히 초만녕은 굉장히 강한 사내였다. 그가 가진 세 가지 신급 무기와 결계술, 기관제조술 모두 최고 경지에 이르렀다고 해도 손색이 없었다. 그의 성격이 그렇게나 고약하고 까다로운데도 수진계의 여러 대문파가 그를 얻기 위해 앞다투어 야단인 이유가 바로 이 때문이었다.

환생한 묵연은 '야유신'에 대해 매우 잘 알고 있었다.

그것은 초만녕이 만든 기갑 병기로, 저렴하면서도 전투력이 강했다. 어두운 밤에 하수진계의 백성들을 귀신의 공격으로부터 보호할 수 있었다.

전생에서는 야유신이 없는 집을 찾아보기가 힘들 정도였다. 하나당 가격은 빗자루만큼 쌌지만, 효과는 흉악한 몰골을 한 문신(門神)보다 훨씬 나았다.

초만녕이 죽은 후에도 야유신은 도사를 부를 수 없는 가난한 사람들을 보호해 주었다. 세상을 안타까이 여기고 백성들의 고생을 불쌍히 여기면서도 제자들에게 그렇게나 냉정한 초만녕이라니…… 하하. 묵연의 마음속에 경멸이 일었다.

묵연은 바닥에 앉아 지금은 아직 부품 더미에 불과한 '야유신'을 바라보았다. 옛 기억이 마음속 깊은 곳을 스쳐 지나갔다. 그는 얼른 야유신의 손가락 관절을 들어 자세히 살펴보았다.

초만녕은 부품의 결합 부분을 끼워 넣은 다음 여태 물고 있던 붓을 내려놓고 묵연을 노려보았다.

"그건 방금 기름을 발라 놓은 것이니 만지면 안 된다."

"아……."

묵연이 손가락 관절을 내려놓으며 마음을 가다듬고는, 천진난만하고도 귀여운 표정으로 눈웃음을 치며 물었다.

"사존, 제게 보조를 맡기려고 부르신 건가요?"
초만녕이 말했다.
"그래."
"무엇을 하면 될까요?"
"집을 치워라."
묵연의 표정이 굳었다. 그는 지진이 휩쓸고 지나간 것 같은 방을 바라보았다.
"……."
초만녕은 신선술에선 천재지만, 생활 기술에선 바보였다.
깨진 지 오래된 찻잔 중 다섯 번째 찻잔을 치우고 나자 묵연은 거의 한계에 다다랐다.
"사존, 얼마나 오랫동안 안 치우신 거예요? 세상에, 이건 너무 지저분하잖아요!"
도면을 보고 있던 초만녕은 고개도 들지 않고 대답했다.
"일 년은 안 했을 거다."
"……."
묵연은 어이가 없었다.
"그럼 평소에 어디서 주무시는데요?"
"뭐?"
도면에 무슨 문제가 있는지 초만녕은 평소보다 질문을 귀찮아했다. 그가 자신의 머리카락을 긁적이며 톡 쏘아붙였다.
"당연히 침상이지."
묵연이 침상을 바라보았다. 거의 다 완성된 각종 기갑이 잔뜩 쌓여 있고 옆에는 톱, 도끼, 줄 등 온갖 공구들이 시퍼렇고 날카롭게 빛나고 있었다.

용하네. 머리통이 지금까지 무사하다니.

한참 부지런히 움직이고 나니 톱밥과 먼지가 쓰레받기 세 개를 가득 채웠다. 책꽂이를 닦기 전 하얗던 걸레도 열 장이 넘게 시커메졌다. 정오가 되어 겨우 절반 정도가 정리되었다.

망할 초만녕, 웬만한 악녀보다도 독하군.

집 청소는 보기엔 가혹한 벌 같지 않고 듣기에도 힘들 것 같지 않았다. 그런데 청소할 곳이 일 년 내내 한 번도 안 치운 귀신 나올 것 같은 집일 줄이야! 온몸이 상처투성이인 지금은 말할 것도 없고, 사지 멀쩡할 때라도 이런 고문은 사람을 반 죽여 놓는 처사였다!

"사존……."

"왜?"

"이 옷들은……."

한 석 달은 쌓여 있었던 거겠지.

초만녕이 마침내 야유신의 팔을 연결하는 데 성공했다. 그는 시큰거리는 어깨를 주무르며 옷장 위에 산더미같이 쌓인 장포들을 냉담하게 바라보았다.

"내가 빨래하마."

묵연은 안도의 한숨을 내쉬었다. 아이고, 천지신명님 감사합니다! 그런데 좀 이상했다.

"어? 사존께서 빨래를 할 줄 아신다는 말씀입니까?"

초만녕이 그를 한번 쳐다보고는 뜸을 들이다 차갑게 말했다.

"뭐가 어려우냐? 물에 넣고 담갔다 꺼내서 햇빛에 말리기만

하면 되는 것을."

묵연은 어이가 없었다. 초 종사를 사모하는 아가씨들이 이 말을 듣는다면 어떤 반응을 보일까. 묵연은 이 겉만 번지르르하고 아무 쓸모도 없는 남자가 정말 불쾌했다. 이런 얘기를 하면 얼마나 많은 소녀들의 환상이 깨지려나.

"시간도 늦었으니 나와 함께 식당에 가자. 남은 건 돌아와서 다시 하고."

맹파당은 사람들로 북적거렸다. 사생지전의 제자들은 삼삼오오 모여 밥을 먹고 있었다. 초만녕은 옻나무 쟁반에 음식을 담아 조용히 구석자리에 앉았다.

그러자 그를 중심으로 주변 20척[#36] 내에 있던 사람들이 모조리 자리를 떴다.

옥형 장로와 감히 가까이 앉을 수 있는 사람은 없었다. 만에 하나라도 그의 비위를 건드렸다가는 천문에 흠씬 두들겨 맞을 테니 말이다. 초만녕 자신도 이 점을 잘 알고 있었다. 하지만 그는 전혀 개의치 않고 차갑고 도도한 얼굴로 기품 있게 식사를 했다.

그런데 오늘은 좀 달랐다.

묵연은 그를 따라왔으니 당연히 그의 옆에 앉아야 했다.

묵연 역시 다른 사람들처럼 그가 무서웠지만, 다행히 죽음도 한 번 겪었던지라 초만녕에 대한 공포가 남들만큼 심하지는 않았다.

특히 처음 봤을 때의 공포가 차츰 사라지자 전생에 초만녕에게 품었던 증오가 다시 서서히 고개를 들었다. 초만녕이 아무리 대단해 봤자 얼마나 대단하겠는가? 전생에서는 그래도 자신의

#36 척 尺. 길이의 단위. 약 30센티미터

손에 죽지 않았던가.

묵연은 그의 앞에 앉아 침착하게 탕수갈비를 쩝쩝거리며 씹어 먹었다. 깨끗해진 뼈다귀가 금세 한가득 쌓였다.

초만녕이 갑자기 젓가락을 내던졌다.

묵연은 어안이 벙벙했다.

"……먹으면서 쩝쩝거리지 않을 수는 없느냐?"

"뼈다귀를 씹는데 어찌 소리를 내지 않을 수 있습니까?"

"그럼 뼈를 먹지 마."

"하지만 전 뼈다귀를 좋아하는데요."

"저리 꺼져라."

두 사람이 티격태격하는 소리가 점점 커지자 제자들이 그들을 힐끔거리기 시작했다.

묵연은 초만녕의 머리를 접시로 내리치고 싶은 마음을 꾹 누르며 기름으로 반들반들한 입술을 오므렸다. 잠시 후, 그는 눈을 가늘게 뜨고 입가에 옅은 미소를 지었다.

"사존, 목소리 좀 낮추세요. 남들이 들으면 사존과 저를 비웃지 않겠습니까?"

체면을 중시하는 초만녕이 곧바로 목소리를 낮추었다.

"꺼져."

묵연이 자지러지게 웃었다.

초만녕은 말이 없었다.

"아, 사존, 절 노려보지 마시고 식사하세요, 식사. 제가 목소리를 최대한 낮추겠습니다."

묵연은 웃을 만큼 웃었는지 다시 순한 양처럼 굴었다. 뼈다귀를 뜯어 먹는 소리도 확실히 작아졌다.

초만녕은 상대가 강하게 나오면 본인도 강하게 나왔지만, 부드러운 상대에게는 자신도 부드럽게 반응했다. 묵연이 고분고분해지자 초만녕의 안색이 누그러졌다. 아까처럼 고약하게 성질을 부리는 일도 없이, 그저 고개를 숙이고 우아하게 자신의 청경채두부볶음을 먹었다.

그러나 조용했던 시간도 잠시, 묵연이 또 발동을 걸었다.

묵연도 자기에게 무슨 몹쓸 병이 있는지는 몰랐지만, 어쨌거나 이번 생에서는 초만녕을 보기만 하면 어떻게든 그를 괴롭히고 싶어 안달이 났다.

초만녕은 손으로 갈비를 잡고 뜯는 묵연을 쳐다보았다. 소리를 크게 내지는 않았지만, 손에 기름을 묻힌 채였다. 기름진 양념장이 반들반들 윤이 났다.

초만녕의 관자놀이에 튀어나온 핏대가 꿈틀거렸다. 참자.

그는 속눈썹을 아래로 내리깔고 묵연을 외면한 채 자신의 식사에만 집중했다.

그런데 묵연은 먹는 게 너무 즐거워 과도하게 흥분했는지, 다 먹고 버리려던 뼈다귀가 아차 하는 순간 초만녕의 밥그릇 안으로 날아들었다.

초만녕은 지저분하고 흉악한 그 갈비 뼈다귀를 노려보았다. 주위의 공기가 순식간에 얼어붙었다.

"묵연……!"

"사존……."

묵연도 꽤나 놀란 표정이었지만, 이게 얼마만큼이 진실이고 얼마만큼이 가짜인지는 알 수 없었다.

"그게…… 어, 일부러 그런 건 아니었어요."

이렇게 말하는 게 더 이상하지.

"……."

"노여워 마세요. 제가 꺼낼게요."

묵연은 정말로 초만녕의 그릇 안으로 젓가락을 뻗어 신속하게 뼈다귀를 꺼내 갔다.

초만녕의 얼굴이 새파랗게 질렸다. 너무나 혐오스러워 기절하기 일보 직전처럼 보였다.

묵연이 속눈썹을 파르르 떨었다. 잘생긴 얼굴에 애처로운 억울함이 묻어났다.

"사존, 제가 그렇게나 싫으세요?"

"……."

"사존, 정말 죄송하다고요."

됐다.

초만녕은 생각했다.

애처럼 똑같이 굴어 뭣 하겠는가.

그는 천문을 소환해 묵연을 후려치고 싶은 충동을 억눌렀다. 다만 식욕이 완전히 사라져 버렸다. 그는 몸을 일으켰다.

"나는 다 먹었다."

"에? 겨우 이것만 드시고요? 젓가락질도 몇 번 안 하셨잖아요."

초만녕이 차갑게 말했다.

"배가 안 고프다."

묵연은 속으로 너무 신이 났지만 입으로는 여전히 알랑거리는 말을 쏟아 냈다.

"그럼 저도 그만 먹을게요. 우리 이제 홍련지…… 아, 홍련수사로 돌아가요."

초만녕이 눈을 가늘게 떴다.

"우리?"

그의 눈에 비웃음이 가득했다.

"누가 우리란 말이냐? 장유유서도 모르느냐? 말 똑바로 하거라."

"네네."

묵연의 입은 부지런히 대답했다. 반달 모양으로 구부러진 눈이 영리하고도 사랑스러웠다.

그러나 그의 속마음은 표정과 전혀 달랐다. 장유유서? 말 똑바로 하라고?

후훗, 전생에 무슨 일이 있었는지 초만녕이 알게 된다면 그도 확실히 깨닫게 될 것이다. 결국 이번 생에서도 오로지 나 묵미우야말로 지존이라는 것을.

초만녕이 아무리 고귀하고 오만하다 한들, 결국 자신의 신발 밑에 묻은 진흙처럼 자신에게 의지해 구차하게 살아가지 않겠는가?

스승의 보폭에 맞춰 따라가는 묵연의 얼굴에는 찬란한 미소가 걸려 있었다.

사매가 그의 마음속 하얀 달빛이라면, 초만녕은 그의 목구멍에 걸린 생선 가시였다. 그는 이 생선 가시를 뽑아내거나 아예 삼켜 위액으로 녹여 버릴 작정이었다.

어쨌든, 다시 태어난 그는 누구든 용서할 수 있었다.

다만 초만녕만은 절대로 용서하지 않으리라.

그러나 초만녕도 그리 호락호락하게 그를 용서해 줄 생각은 없는 모양이었다.

묵연은 홍련지옥의 장서각 앞에 서서 50열로 늘어선 10단 책장을 보며 자신의 귀를 의심했다.

"사존, 방금 뭐라고…… 하셨어요?"

초만녕이 담담하게 말했다.

"여기 있는 책들을 모두 닦으라고 말했다."

"……."

"다 닦고 나면 장서 목록을 만들어라."

"……."

"내일 아침에 검사하겠다."

"!"

뭐? 그럼 오늘 밤에는 홍련지옥에서 자야 한다는 건가?

하지만 오늘 밤에는 사매와 약속이 있단 말이다! 사매가 붕대를 갈아 주기로 했다고!

그는 타협을 하고자 입을 벌렸으나, 초만녕은 더는 상대하기 싫다는 듯 넓은 소매를 휙 휘두르며 기관실로 들어가서는 단호하게 문을 닫았다.

약속을 지키지 못하게 된 묵연은 초만녕에 대해 더욱 깊은 증오심을 품게 되었다. ……초만녕의 책을 몽땅 불태워 버리겠어!

아니지!

그의 머리가 팽팽 돌아갔다. 그보다 훨씬 악독한 방법이 떠올랐다…….

9장 본좌는 연기하는 게 아니다

초만녕의 취향이란 정말 눈 뜨고 봐 줄 수가 없었다.

지루하고, 무미건조하고, 절망적이었다.

꽉 찬 이 책장을 보라, 이게 다 무슨 구닥다리란 말인가!

≪상고결계도록(上古結界圖錄)≫, ≪기화이초도보(奇花異草圖譜)≫, ≪임기유풍문금보(臨沂儒風門琴譜)≫, ≪초목집(草木集)≫. 그나마 심심풀이로 볼만한 책은 ≪촉지유기(蜀地遊記)≫, ≪파촉식기(巴蜀食記)≫ 정도였다.

묵연은 비교적 새것으로 보이는, 초만녕이 잘 안 볼 것 같은 책 몇 권을 꺼냈다. 그러고는 모든 쪽을 춘화로 가득 채워 놓았다.

그는 그림을 그리면서 생각했다. 흥, 여기에 있는 책이 못해도 8천 권은 될 텐데, 초만녕이 춘화로 바뀐 걸 발견하더라도 그게 언제가 될지 모르잖아. 그땐 누가 했는지도 알 수 없을 테니 그저 혼자 울화만 치밀겠지. 정말 기가 막히다, 기가 막혀.

그렇게 혼자 상상을 하다 결국 책을 끌어안고 키득키득 웃음 소리를 내기에 이르렀다.

묵연은 연이어 열 권이 넘는 책에 낙서를 했다. 상상력을 발휘해 호방하고 대담하게 춘화를 그려 나갔다. 그 솜씨는 조의출수[#37]나 오대당풍[#38]이라 할 수 있을 만큼 뛰어났다. 누군가 옥형 장로에게 책을 빌리러 왔다가 공교롭게도 이 책 중 한 권을 빌린다면, 아마 이런 얘기들이 나돌 것이다.

"옥형 장로는 파렴치한 인간이었어. ≪청심결(淸心訣)≫에 몰래 남녀가 그 짓을 하는 그림을 끼워 넣다니!"

"옥형 장로가 스승의 본분을 망각했나 봐. 검보[#39] 안에 남색하는 그림이 있더라니까!"

"북두선존은 무슨! 사람의 탈을 쓴 짐승이지!"

묵연은 생각할수록 우스웠다. 나중에는 아예 붓을 쥔 채 배를 잡고 바닥을 데굴데굴 구르며 웃었다. 너무 우스워 두 발을 동동 구르는 통에 장서각 입구에 누가 서 있는 것도 알아차리지 못했다.

장서각에 도착한 사매는 책 더미 사이에서 이리저리 구르며 미친 듯이 웃고 있는 묵연을 발견했다.

사매가 말했다.

"……연아, 지금 뭐 하는 거야?"

묵연은 깜짝 놀라 우물쭈물 일어나 앉았다. 그러고는 황급히 그 야하기 짝이 없는 그림을 덮고 짐짓 아무 일도 없다는 표정

#37 **조의출수** 曹衣出水. 중국 인물화의 한 화풍
#38 **오대당풍** 吳帶當風. 중국 인물화의 한 화풍
#39 **검보** 검법을 악보처럼 일정한 기호나 그림으로 기록한 것

을 지었다.

"바, 바닥을 닦고 있었어."

사매가 웃음을 참았다.

"옷으로 말이지?"

"아, 걸레가 안 보여서. 이 얘긴 그만하고, 사매. 이 늦은 밤에 어쩐 일이야?"

"네 방에 갔었는데 네가 없기에 물어 보니 여기 있다고 해서 왔지."

장서각 안으로 들어온 사매가 묵연을 도와 바닥에 쌓여 있는 책을 정리하며 부드럽게 말했다.

"특별한 일도 없고 해서 너를 보러 온 거야."

묵연은 뛸 듯이 기뻤으나 약간 놀랍기도 해 입을 다물었다. 그렇게 말이 청산유수인 사람도 가끔은 말문이 막힐 때가 있었다.

"그럼…… 음…… 그럼 앉아!"

기분이 좋아 한참을 빙빙 돌던 묵연은 약간 긴장된 목소리로 말했다.

"가, 가서 차를 좀 내올게."

"아냐, 나 몰래 온 거야. 사존께 들키기라도 하면 귀찮아지잖아."

묵연이 머리를 긁적였다.

"그렇긴 하지……."

초만녕 이 변태! 조만간 내가 끝장을 내 주고 말겠어. 더는 네 놈의 폭정에 굴복하지 않겠다!

"저녁 아직 안 먹었지? 내가 먹을 걸 좀 가져왔어."

묵연의 눈이 반짝였다.

"물만두?"

"퓹, 질리지도 않니. 물만두는 아니야. 홍련수사가 멀어서 오다가 퍼질까 봐 안 가져왔어. 자, 볶음 요리를 좀 가져왔는데 입맛에 맞으려나 모르겠네."

사매가 옆에 놔두었던 찬합을 열었다. 안에는 붉은색 음식들이 조금씩 들어 있었다. 돼지귀볶음 한 접시, 돼지고기볶음 한 접시, 매콤한 닭고기볶음 한 접시, 오이무침 한 접시, 그리고 쌀밥 한 그릇.

"아, 고추 넣었어?"

"네가 분명 먹고 싶어 할 것 같아서 조금 넣었어."

사매가 미소 지으며 말했다. 사매와 묵연은 둘 다 매운 음식을 좋아해서 고추를 넣지 않으면 맛이 없다는 말에 동의했다.

"하지만 네 상처가 아직 안 나아서 많이 넣진 못하고 그냥 맛만 날 정도로. 그래도 빨간 게 아예 없으면 섭섭하잖아."

묵연이 신나서 젓가락을 물자 보조개가 쏙 들어갔다. 촛불 아래 그의 보조개는 너무나 사랑스러웠다.

"와! 감동해서 눈물 날 것 같아!"

사매가 웃음을 참았다.

"너 다 울 때까지 기다렸다간 이거 다 식겠다. 일단 먹고 나서 울어."

묵연은 탄성을 지르며 젓가락을 빨리 놀렸다.

그는 며칠 굶은 개처럼 음식을 먹었다. 초만녕은 게걸스럽게 먹는 묵연의 모습을 항상 못마땅해했지만, 사매는 그 모습을 싫어하지 않았다.

사매는 언제나 너그러웠다. 미소를 지으며 그에게 천천히 먹으라고 말하고, 차를 따라 주었다. 찬합은 순식간에 싹싹 비워졌다. 묵연은 배를 쓸어내리며 눈을 가늘게 뜬 채 숨을 내쉬었다.

"좋다……."

사매가 지나가는 말처럼 물었다.

"물만두가 맛있어, 아니면 이게 맛있어?"

묵연은 음식에 관해서는 늘 첫사랑을 대하듯 열정적인 태도를 보였다. 그가 고개를 비스듬히 기울인 채 반짝이는 까만 눈으로 사매를 쳐다보더니 씩 웃었다.

"물만두."

사매가 웃으며 고개를 젓더니 잠시 후 입을 열었다.

"연아, 붕대 갈아 줄게."

연고는 왕 부인이 만들어 준 것이었다.

왕 부인은 약학 선문 '고월야'의 제자 출신으로, 무공이 약해 싸움은 싫어했지만 의술 공부는 무척이나 좋아했다. 그녀는 사생지전의 약초밭에서 진귀한 약초들을 직접 심고 키웠다. 그래서 사생지전에는 한 번도 약이 부족했던 적이 없었다.

묵연은 윗도리를 벗은 후 사매를 등지고 앉았다. 등의 상처는 여전히 따끔거렸지만 사매가 따뜻한 손가락으로 약을 떠 조금씩 문지르며 펴 발라 주니 통증이 점점 사라지는 기분이 들었다. 그러자 이내 엉뚱한 생각으로 마음이 붕 뜨기 시작했다.

"됐다."

사매는 새 붕대를 두른 다음 꼼꼼히 매듭을 지었다.

"이제 옷 입어."

묵연이 고개를 돌려 사매를 바라보았다. 흐릿한 촛불 아래 눈처럼 하얀 사매의 피부를 보니 온갖 감정이 밀려왔다. 묵연은 입이 바짝바짝 마르는 것 같았다. 옷도 입기 싫었다. 주저하던 그는 결국 고개를 숙이고 재빨리 옷을 걸쳤다.

"사매."

"응?"

이렇게 구석지고 은밀한 서재 안에 있으니 외로운 두 남자 사이의 분위기가 야릇해졌다. 묵연은 사실 애정이 듬뿍 담긴 감동적인 말을 하고 싶었으나, 자신의 연호도 '극파'라고 정하는 무식쟁이가 어떻게 그런 말을 생각해 낼 수 있겠는가. 그는 한참 뜸을 들이다 결국 얼굴까지 빨개진 후에야 겨우 한마디를 내뱉었다.

"사매는 정말 좋은 사람이야."

"이거 가지고 뭘, 당연한 건데."

"나도 사매에게 정말 잘해 줄 거야."

묵연의 말투는 차분했지만, 손바닥은 이내 땀으로 젖었다. 어쨌든 이렇게라도 파도가 휘몰아치는 속마음을 표현했다.

"내가 더 강해지면, 아무도 사매를 괴롭히지 못하게 할 거야. 그게 사존이라도."

사매는 묵연이 왜 갑자기 이런 말을 하는지 어리둥절했다. 그러나 곧 부드럽게 말했다.

"그래. 그럼 앞으로는 연이만 믿어야겠다."

"응……."

더듬거리며 대답하던 묵연은 사매의 그윽한 눈빛에 더욱 마음이 초조해져 감히 다시 쳐다보지 못하고 고개를 떨구었다.

그는 사매에게만은 언제나 조심스러웠는데, 그게 좀 심한 편이었다.

"아, 사존께서 이렇게 많은 책을 다 닦으라고 하신 거야? 밤새 장서 목록도 만들어야 하고?"

묵연은 죽어도 그에게 약한 모습을 보이고 싶지 않았다.

"할 만해. 서두르면 다 할 수 있어."

사매가 말했다.

"내가 도와줄게."

"안 돼. 사존에게 들키기라도 하면 사매도 같이 벌받을 거야."

묵연은 단호했다.

"늦었으니까 얼른 가서 쉬어. 내일 아침에 수련도 있잖아."

사매가 그의 손을 붙잡고 웃으며 말했다.

"괜찮아, 사존은 못 보실 거야. 우리가 조용히……."

어디선가 얼음 같은 목소리가 들려와 그의 말을 잘랐다.

"조용히 뭘 말이냐?"

기관실에서 언제 나왔는지, 차가운 표정의 초만녕이 가늘고 긴 봉안으로 그들을 노려보고 있었다. 흰옷을 입고 한기를 내뿜으며, 그가 장서각 입구에 냉엄하게 서서 무표정으로 그들을 바라보았다. 그의 시선이 서로 맞잡은 사매와 묵연의 두 손에 잠시 머물렀다.

"사명정, 묵미우, 너희들 간도 크군."

사매의 얼굴이 순식간에 백지장처럼 하얘졌다. 그는 얼른 묵연의 손을 놓으며 기어들어 가는 목소리로 말했다.

"사존……."

묵연도 속으로 불길하다고 중얼거리며 고개를 숙였다.

"사존."

장서각 안으로 들어온 초만녕은 묵연을 외면한 채 바닥에 무릎 꿇은 사매를 내려다보며 담담하게 말했다.

"홍련수사는 사방에 결계가 쳐져 있다. 몰래 들어온다고 내가 모를 줄 알았느냐."

사매가 두려움에 떨며 머리를 조아렸다.

"잘못했습니다."

묵연은 조급해졌다.

"사존, 사매는 그저 제 붕대를 갈아 주러 온 것뿐입니다. 금방 가려고 했으니, 벌하지 말아 주십시오."

사매도 조급해졌다.

"사존, 묵 사제와는 무관한 일입니다. 제 잘못입니다. 벌은 달게 받겠습니다."

"……."

초만녕의 표정이 굳어졌다.

몇 마디 하지도 않았는데 이 두 사람은 급하게 서로가 잘못이 없다고 주장하며, 그를 힘을 합쳐 물리쳐야 할 괴물처럼 대하고 있었다. 잠시 침묵하던 초만녕은 경련으로 실룩거리는 미간을 겨우 펴며 차분하게 말했다.

"동문 간에 우애가 두텁구나. 감동적이야. 그러고 보니 이 집 안에서 악인은 나뿐인 것 같군."

묵연이 입을 열었다.

"사존……."

"……부르지 마라."

초만녕은 더는 말하기 싫다는 듯 넓은 소매를 휘익 내저었다. 묵연도 자신이 어쨌기에 이렇게 화를 내는지 알 수가 없었다. 그저 다른 사람들이 자기 앞에서 서로를 위하는 모습을 보이는 게 싫은 것 같았다. 그게 어떤 의미든 간에 자기 눈이 더럽혀진다고 여기나 보다.

세 사람 사이에 긴 침묵이 흘렀다.

초만녕이 갑자기 몸을 돌려 걸어갔다.

사매가 얼굴을 들었다. 눈시울이 붉어진 그가 어쩔 줄 몰라 하며 말했다.

"사존?"

"너는 돌아가서 문파의 규율을 열 번 베껴 쓰거라."

사매는 눈을 내리깔더니 잠시 후, 작은 목소리로 말했다.

"……예."

묵연은 여전히 그 자리에서 무릎을 꿇고 있었다.

사매가 일어나며 묵연을 보았다. 그는 잠시 주저하더니 다시 무릎을 꿇고 앉아 초만녕에게 애원했다.

"사존, 묵 사제의 상처가 인제 막 나았습니다. 감히 청하오니, 묵 사제에게 너무 가혹한 벌은 내리지 말아 주십시오."

초만녕은 말없이 깜박이는 등불 아래 홀로 서 있었다. 잠시 후 그가 돌아섰다. 그의 눈썹은 날카롭게 치켜 올라갔고, 눈에서는 횃불이 타오르는 것 같았다. 그는 화를 내며 말했다.

"말이 많다. 안 가고 뭣 하느냐!"

초만녕은 원래 준수하게 생겼으나 부드러운 구석이 없어 화를 내니 더욱 무섭게 보였다. 사매는 놀라서 덜덜 떨며 자신이 사존의 화를 돋워 묵연을 더욱 괴롭힐까 봐 겁이 났다. 그래서 황급히 몸을 굽혀 물러났다.

장서각에는 두 사람만 남았다. 묵연은 조용히 한숨을 내쉬었다.

"사존, 제가 잘못했습니다. 이제 장서 목록을 만들도록 하겠습니다."

초만녕이 고개도 돌리지 않고 말했다.

"피곤하면 그만 가 보거라."

묵연이 얼른 고개를 들었다.

초만녕이 차갑게 말했다.

"너를 여기 잡아 두지 않겠다."

왜 갑자기 이렇게 착하게 나를 놔주는 거지? 분명 한번 떠보는 걸 거야!

묵연은 머리를 굴렸다.

"가지 않겠습니다."

초만녕이 뜸을 들이더니 냉소를 지었다.

"……그래, 그럼 좋을 대로 하거라."

말을 마친 그는 넓은 소매를 휙 저으며 몸을 돌려 떠났다.

묵연은 멍해졌다. 아무 꿍꿍이도 없다고? 그는 초만녕이 분명 자기에게 버드나무 가지 맛을 또 한 번 보여 줄 거라 생각했었다.

자정이 되어서야 일이 다 끝났다. 묵연은 하품을 하며 장서각을 나섰다.

밤이 깊었지만 초만녕의 침실에서는 여전히 희미한 빛이 새어 나오고 있었다.

어라? 망할 놈의 악마가 아직도 안 자나?

묵연은 초만녕에게 인사라도 하고 갈 생각으로 침실 쪽으로 다가갔다. 안에 들어가 보니 초만녕은 이미 잠들어 있었다. 기억력이 나쁜 이 사람은 잠들기 전에 촛불 끄는 것을 잊은 모양이었다.

아니면 만들려던 것을 절반 정도 조립하다 너무 피곤해서 기절해 버린 걸지도 몰랐다. 묵연은 침상 옆에 대충 모양새가 갖춰진 야유신을 바라보며 그럴 가능성을 짐작해 보았다. 그러다 초만녕이 미처 벗지 않은 금속 손 보호대와 손에 꼭 쥐고 있는 반쪽짜리 기계를 보고서야 자신의 추측이 틀리지 않았음을 확인했다.

잠이 든 초만녕은 그리 살벌해 보이지 않았다. 그는 기갑 부품과 톱과 도끼로 가득 찬 침상 위에 웅크리고 있었다. 벌려 놓은 잡동사니가 너무 많아 몸을 뉠 공간이 거의 없다시피 했다. 몸을 작게 구부린 채 긴 속눈썹을 내리깔고 있는 그의 모습이 외롭고 쓸쓸해 보였다.

묵연은 한참이나 그를 멍하니 쳐다보았다.

오늘 초만녕은…… 도대체 왜 화가 났던 걸까?

설마 정말 사매가 몰래 홍련수사에 들어와 책 정리를 도와주려던 것 때문인가?

묵연은 침상 옆으로 가 흰자위를 번득이며 초만녕의 귀에 대고 아주아주 작은 목소리로 그를 불러 보았다.

"사존?"

"……으음……."

초만녕이 작게 소리를 내며 품에 있던 차가운 기갑을 꽉 안았다. 깊은 잠에 빠졌는지 숨소리가 일정했다. 날카로운 금속 손 보호대를 낀 채 베개 삼아 베고 있었는데, 그 모양이 마치 고양이나 표범의 발톱 같았다.

금방 깰 것 같지 않은 그의 모습을 보니 묵연의 마음에 순간 못된 생각이 솟았다. 묵연은 눈을 가늘게 뜨며 입가에 음흉한 미소를 띠었다. 그러고는 초만녕의 귀에 딱 붙어 나직한 목소리로 그를 불렀다.

"사존, 일어나세요."

"……."

"사존?"

"……."

"초만녕?"

"……."

"하, 정말 깊이 잠드셨구먼."

신이 난 묵연은 베개 옆에 팔을 받치고 엎드린 채 웃으며 초만녕을 쳐다보았다.

"아주 좋아. 지금이야말로 네놈과 결판을 낼 시간이다."

초만녕은 누가 자기와 결판을 내려는 것은 전혀 모른 채 눈을 꼭 감고 깊은 잠을 자고 있었다. 잘생긴 얼굴은 편안해 보였다.

묵연은 위엄 있는 자세를 취해 보였다. 아쉽게도 그는 어릴 때부터 악방에서 자라 글공부를 거의 해 본 적이 없었다. 어릴 때 들었던 거라곤 죄다 저잣거리의 싸우는 소리나 화본[#40]의 대사뿐이었다. 그래서 그가 여기저기서 짜깁기해 만들어 낸 말들은 터무니없이 황당하고 우습게 들렸다.

"대담하고 간사한 초가야, 네놈은 본왕을 속이고 무시했다. 너는…… 에, 너는……."

머리를 긁적거렸다. 더는 할 말이 생각나지 않았다. 전생에 스스로 황제가 된 후 입에 붙은 욕이라곤 '이 천한 것' 아니면 '이 개새끼'였는데, 이런 말은 초만녕에게는 어울리지 않는 것 같았다.

한참 동안 머리를 굴리다 갑자기 악방의 어린 누나들이 입에 달고 다니던 말이 생각났다. 뜻은 정확히 몰라도 어쨌든 나쁘지 않은 것 같았다. 그래서 묵연은 미간을 찌푸리며 큰 소리로 말했다.

"박정하고 천한 것 같으니, 네 죄를 알렷다?"

"……."

"네가 말하지 않으면 본좌는 네가 죄를 인정한 것으로 알겠다!"

초만녕은 시끄럽게 느껴졌는지 잠시 웅얼거리다가 기갑을 끌어안고 계속 잠을 잤다.

"네가 이렇게 큰 죄를 지었으니 본좌는 규율에 따라 너를…… 음, '아가리 형(刑)'에 처하겠다! 유공(劉公)!"

습관적으로 부르고 나서야 유공이 전생의 사람이었다는 것이 생각났다.

묵연은 고민 끝에 썩 내키진 않지만 자신이 시종 역할까지 맡기로 했다. 그래서 알랑거리는 말투로 말했다.

#40 **화본** 話本. 민간 이야기꾼의 대본이 되는 소설

"폐하, 부르셨습니까."

그리고 곧바로 목소리를 가다듬으며 위엄 있게 말했다.

"즉시 형을 집행하라."

"명을 받들겠사옵니다."

좋아, 대사를 다 읽었어.

묵연은 손바닥을 비비며 초만녕에게 '형을 집행할' 마음의 준비를 마쳤다.

사실 아가리 형이란 건 없었다. 묵연이 지금 막 지어낸 형벌이었다.

그럼 지금 막 지어낸 아가리 형을 어떻게 집행한단 말인가?

초대 폭군 묵연은 엄숙하고 진지하게 목을 가다듬더니, 날카롭고 흉악한 눈빛을 하곤 초만녕의 눈처럼 새하얗고 차가운 얼굴에 천천히 다가갔다. 옅은 색의 입술에 점점 가까워졌다.

그리고…….

묵연이 갑자기 동작을 멈추고 초만녕을 뚫어져라 쳐다보다가, 찰진 박자로 한 글자씩 욕을 했다.

"초만녕, 이 나쁜 새끼, 세상에 둘도 없는 쫌, 생, 이."

철썩. 철썩.

허공에 대고 따귀 두 대를 갈겼다.

히히, 집행 성공이다!

후련하군!

묵연은 기뻐하다 말고 갑자기 목에 따가움을 느꼈다. 뭔가 이상하다는 것을 깨닫고 얼른 아래를 내려다본 그는 길고 고결한 눈과 마주쳤다.

"……."

"지금 뭐 하는 것이냐."

초만녕의 목소리는 얼어붙은 호수처럼 차가웠다. 선기(仙氣)가 더 강해진 건지, 아니면 한기가 더 세진 건지 알 수가 없었다.

"본좌는…… 퉤. 소인…… 퉤퉤퉤!"

다행히 이 두 마디 말은 모깃소리만큼 작게 내서인지, 초만녕이 미간을 찌푸리긴 했지만 분명하게 들은 것 같지는 않았다. 묵연은 기지를 발휘해 다시 손을 들어 초만녕의 얼굴 근처 허공에 대고 따귀 두 대를 날렸다.

"……."

점점 일그러지는 스승의 표정을 마주한 채, 전(前) 인간계 제존은 간사하기 그지없게 어리숙한 웃음을 지으며 말했다.

"저, 저는 지금 사존을 위해 모기를 잡던 중이었습니다."

10장 본좌의 첫 세상 경험

다행히 묵연 혼자 북 치고 장구 친 '아가리 형'의 내용을 초만녕이 다 들은 건 아니었다. 묵연은 온갖 헛소리를 늘어놓은 끝에 얼렁뚱땅 그를 속여 넘길 수 있었다.

묵연이 침실에 도착했을 때는 이미 늦은 시각이었다. 그는 한숨 잔 후, 다음 날 평소와 마찬가지로 아침 수련을 하러 나갔다. 아침 수련이 끝난 후에는 오전에 그가 가장 좋아하는 순서가 기다리고 있었다. 바로 아침 식사였다.

식사를 하는 곳인 맹파당은 아침 수련이 끝나면서 점점 사람으로 붐볐다.

묵연은 사매의 맞은편에 앉았다. 늦게 도착한 설몽은 다른 사람에게 사매의 옆자리를 뺏겨 어쩔 수 없이 우울한 얼굴로 묵연의 옆자리에 앉았다.

만약 묵연에게 사생지전 심법[#41]의 정수를 꼽아 보라고 한다면, 그는 분명 '벽곡[#42]할 필요가 없다'를 꼽을 것이다.

속세를 멀리하는 상수진계의 많은 문파와 달리, 자신들만의 독자적인 수련법을 가진 사생지전은 육식을 금하거나 금식을 요구하지 않았다. 그래서 사생지전에는 언제나 음식이 풍족했다.

묵연은 마라죽을 먹으며 안에 든 땅콩 부스러기를 씹었다. 앞에 있는 볶은 콩과 노릇노릇 바삭한 군만두는 그가 특별히 사매를 위해 가져온 것이었다.

설몽이 묵연을 흘겨보며 비웃었다.

"묵연, 홍련지옥에서 걸어 나올 줄은 몰랐다. 대단한걸."

묵연은 고개도 들지 않고 대꾸했다.

"그럼, 내가 누군데."

"네가 누군데?"

설몽이 비아냥거렸다.

"사존이 네 다리를 안 부러뜨렸다고, 설마 네가 뭐라도 되는 줄 아나 보지?"

"아, 그럼 넌 뭔데?"

설몽이 차가운 미소를 지었다.

"나야 사존의 수제자지."

"너 혼자 정한 거냐? 어휴, 어디에 사존의 도장이라도 받아서 벽에 걸어 놓고 모시든가. 안 그러면 수제자라는 칭호에 면목이 서겠나."

뚝 소리가 들렸다. 설몽이 젓가락을 부러뜨린 것이다.

사매가 얼른 맞은편에서 중재에 나섰다.

#41 심법 心法. 마음 혹은 정신의 수련법

#42 벽곡 辟穀. 신선이 되는 수련 과정의 하나로 곡기를 끊고 솔잎, 대추 등을 먹으며 도를 닦는 일

"그만들 하고 식사하세요."
설몽이 코웃음을 쳤다.
"……흥."
묵연도 실실 웃으며 그를 따라 했다.
"흥."
그러자 머리끝까지 화가 난 설몽이 탁자를 내려쳤다.
"이 겁대가리 없는 놈이!"
상황이 심상치 않게 돌아가자 사매가 급히 설몽을 붙잡았다.
"소주님, 보는 눈이 많습니다. 그만 싸우고 식사하세요."
설몽과 묵연은 영 사이가 좋지 않아 사촌 형제간인데도 눈만 마주치면 으르렁거렸다. 사매는 설몽을 타이른 후 양쪽에 말을 붙이며 두 사람 사이에서 분위기를 풀어 보려고 애썼다.
그가 설몽에게 물었다.
"소주님, 주모(主母)님께서 키우시는 얼룩 고양이는 언제 새끼를 낳을까요?"
설몽이 대답했다.
"아, 아리 말이야? 어머니께서 착각하신 거야. 새끼를 밴 게 아니라 그냥 너무 많이 먹어서 배가 나와 보이는 것뿐이었어."
사매는 할 말을 잃었다.
"……."
이번에는 묵연에게 물었다.
"연아, 오늘도 사존 처소에 가서 일해?"
"안 가도 될 거야. 정리할 건 다 하고 왔어. 오늘은 사매가 규율 필사하는 거 도와줄게."

사매가 웃으며 말했다.

"날 도울 시간이 어디 있어? 너는 백 번 써야 하잖아."

설몽은 눈썹을 추켜세우며 사매를 의아하게 쳐다봤다. 사매는 항상 자기 본분을 지키는 사람이 아닌가.

"네가 왜 규율을 필사해야 해?"

사매가 난처한 표정을 지었다. 그가 대답하기도 전에 갑자기 웅성거리던 식당이 조용해졌다. 세 사람이 고개를 돌려 보니 흰 옷을 휘날리며 맹파당으로 들어오는 초만녕이 보였다. 그는 표정 없는 얼굴로 식사거리를 고르기 시작했다.

천 명이 넘는 사람들이 밥을 먹는 식당이 초만녕 한 사람이 들어오자 무덤처럼 조용해졌다. 제자들은 모두 고개를 숙이고 밥만 퍼먹었다. 말을 하더라도 조용히 소곤거리기만 했다.

사매가 조용히 한숨을 쉬었다. 그는 초만녕이 쟁반을 들고 항상 앉는 구석으로 가 혼자 조용히 죽을 먹는 모습을 보며 저도 모르게 말했다.

"사실 나는 가끔 사존이 불쌍해."

묵연이 눈을 들었다.

"그게 무슨 말이야?"

"봐, 사존이 앉는 곳 근처에는 아무도 앉으려 하지 않아. 사존이 오니까 크게 떠드는 사람도 없고. 예전에 존주께서 계실 때는 그래도 괜찮았는데, 존주께서 안 계시니 말 상대도 없잖아. 많이 외로우시지 않을까?"

묵연이 콧방귀를 꼈다.

"그것도 본인이 자초한 일이지, 뭐."

설몽이 또 화를 냈다.

“어디서 겁도 없이 사존을 비웃어?”

“내가 언제 사존을 비웃었다고 그래? 사실을 말한 것뿐인데.”

묵연은 사매에게 군만두 하나를 집어 주며 말했다.

“성격이 저런데 누가 같이 있고 싶어 하겠냐고.”

“너!”

묵연이 실실 웃는 얼굴로 설몽을 보며 나른하게 말했다.

“동의 못 하시겠다? 그럼 네가 사존이랑 같이 앉아서 밥 먹어. 우리랑 앉지 말고.”

그 한마디에 설몽은 입을 다물었다.

그 역시 초만녕을 존경하긴 했으나 다른 사람들과 마찬가지로 두려운 마음이 더 컸다. 그는 민망하고 화가 났지만 그렇다고 반박할 수도 없어, 애꿎은 식탁 다리만 두어 번 걷어차며 혼자 화풀이했다.

묵연은 득의양양한 표정을 지으며 도발하듯 설몽을 흘겨보았다. 그러고는 사람들 너머 초만녕에게로 시선을 던졌다.

이유는 알 수 없지만, 식당 가득한 남색 경갑 사이로 홀로 흰 옷을 입은 그를 보니 묵연은 갑자기 어젯밤 차디찬 쇳덩이들 사이에서 웅크린 채 잠을 자던 그의 모습이 떠올랐다.

사매 말이 맞다. 초만녕은 정말 불쌍했다.

하지만 그게 뭐 어떻다는 거지? 그가 불쌍해질수록 묵연은 더 신이 났다. 생각하다 보니 절로 입꼬리가 더 크게 휘었다.

시간은 빠르게 흘러갔다.

초만녕은 그 후 묵연에게 홍련수사로 오라고 명하지 않았다. 묵연은 매일 접시와 그릇을 닦거나, 백모가 키우는 닭이나 오리 새끼에게 모이를 주거나, 약밭에 가서 잡초를 뽑았다. 한가로운 나날이었다.

눈 깜짝할 사이에 한 달이라는 금족 기간이 끝났다.

금족령이 풀리는 날, 왕 부인이 묵연을 단심전으로 불렀다. 그녀가 묵연의 머리를 쓰다듬으며 물었다.

"연아, 상처는 다 나았니?"

묵연이 배시시 웃었다.

"백모님께서 마음 써 주신 덕에 다 나았습니다."

"다행이구나. 앞으로 밖에 나갈 때는 주의하거라. 또 그렇게 큰 사고를 쳐서 사존의 노여움을 사지 않도록 말이다. 알겠지?"

묵연은 고분고분한 척하기 선수였다.

"백모님, 명심하겠습니다."

"그리고 하나 더."

왕 부인이 향나무로 만든 탁자에서 서신 한 통을 들어 올리며 말했다.

"너도 입문한 지 만 일 년이 되었으니 퇴마 임무를 맡을 때가 되었다. 어제 네 백부가 전서구로 서신을 보내 네 금족 기간이 끝나면 하산하여 이 임무를 완수하라 하셨어."

사생지전의 규칙에 따라 제자들은 입문한 지 만 일 년이 지나면 세상에 나가 경험을 쌓고 퇴마 임무를 수행해야 했다.

첫 퇴마 임무에는 사존이 동행해 도움을 준다. 또한 반드시 동문 한 사람을 선택해 함께 가야 했는데, 이는 제자들이 서로

의지하며 '진심은 죽어도 변함이 없다'는 것을 깨닫게 해 주기 위함이었다.

묵연의 눈이 빛났다. 그는 서신을 열어 쭉 훑어본 후 기분이 좋은 나머지 입이 벌어졌다.

왕 부인이 걱정스럽게 말했다.

"연아, 네 백부는 네가 빨리 명성을 얻길 바라신단다. 그래서 너에게 이런 중요한 임무를 맡기신 거야. 비록 옥형 장로의 실력이 대단하다고는 하나, 싸움 중엔 어디서 칼이 날아들지 모르니 그도 너를 보호하지 못할 수 있어. 즐거운 기분에 취해 적을 얕잡아 봐선 안 된다."

"그럴 리가요!"

묵연은 손을 내저으며 웃었다.

"백모님, 염려 마세요. 제 몸은 제가 잘 지키겠습니다."

그는 말을 마치자마자 재빨리 행낭을 준비하러 갔다.

"걔도 참……."

그의 뒷모습을 바라보는 왕 부인의 온화하고 아름다운 얼굴에는 걱정이 가득했다.

"임무 받아 나가는 게 저리 즐거울꼬?"

묵연이 어찌 즐겁지 않겠는가?

백부가 그에게 퇴마 임무를 내린 곳은 채접진으로, 그곳에 사는 진 원외[#43]가 청한 일이었다.

소란을 피우는 게 어느 집 귀신인지는 중요하지 않았다. 중요한 건 그가 전생에 이 채접진에서 요사스러운 기운에 현혹되어

#43 원외 員外. 지주(地主)나 상인이 과거(科擧)를 보지 않고 돈으로 사는 한직

이성을 잃고 환각에 빠져 사매에게 억지로 입을 맞췄다는 사실이다. 이는 묵연에게 몇 번 되지 않는 사매와의 접촉으로, 정말이지 아찔하고 넋이 나가는 경험이었다.

더구나 그는 현혹된 상태였기 때문에 사매도 그를 책망하기 어려웠다. 당하고도 따질 수 없는, 거저 얻은 입맞춤이었다!

묵연은 기분이 좋아져 눈이 반달 모양이 되었다. 반드시 초만녕과 함께 가야 한다는 점도 거슬리지 않았다.

퇴마는 스승님께 맡기고 자신은 사매의 마음을 사로잡으면 되니, 이런 꿀 같은 임무가 어찌 즐겁지 않겠는가?

함께 갈 동문으로 사매를 선택한 후 사존에게 전했다. 세 사람은 빠르게 말을 몰아 귀신이 소란을 피운다는 채접진에 도착했다.

꽃이 많이 나는 이 지역은 사람들이 사는 거주지 밖 수십 리가 전부 꽃밭이었다. 그래서 항상 형형색색의 나비들이 날아다녔고, 이런 이유로 채접진이라는 이름을 얻게 되었다.

세 사람이 도착했을 때는 이미 날이 저문 뒤였다. 마을 입구는 북소리가 울리며 시끌벅적했고, 붉은 옷을 입은 악사들이 피리를 불며 골목을 돌아 나오고 있었다.

사매가 신기하다는 듯 물었다.

"신부를 데려가는 길일까요? 어째서 밤에 가는 거죠?"

초만녕이 대답했다.

"영혼결혼식이다."

영혼결혼식은 '사혼식'이라고도 불리는데, 혼인하지 못하고 일찍 죽은 남녀를 맺어 주는 사후 결혼식이었다. 이러한 풍습은 가난한 지역에서는 별로 없었으나, 채접진같이 풍요로운 곳에서는 혼인하지 못하고 죽은 젊은 자식에게 짝을 찾아 주는 게 흔한 일이었다.

영혼결혼식의 대열은 규모가 어마어마했다. 두 줄로 늘어선 대열 중 한쪽은 진짜 능라주단을 어깨에 메고, 다른 한쪽은 지전을 들고 있었다. 이렇게 붉은색과 흰색으로 치장된 가마를 에워싼 행렬이 등불을 들고 마을에서부터 꼬리를 물고 이어졌다.

묵연 일행은 말고삐를 잡고 길가로 비켜서서 영혼결혼식 대열이 먼저 지나가게 했다. 가마가 가까이 오자 그제야 안에 앉아 있는 게 산 사람이 아니라 종이를 발라 만든 귀신 신부라는 걸 알 수 있었다. 귀신 신부는 연지를 찍고 분을 발랐는데, 입술은 선홍빛으로 빛났으며 붉은 노을 같은 양 볼이 창백한 얼굴을 더욱 도드라지게 했다. 그런 얼굴로 미소를 짓고 있으니 소름이 확 끼쳤다.

"무슨 이런 구닥다리 풍습이 다 있대. 돈이 남아도나 봐."

묵연이 작은 소리로 구시렁거렸다.

초만녕이 말했다.

"채접진 사람들은 풍수를 중히 여긴다. 가문에 외로운 묘가 있어선 안 된다고 생각하지. 그랬다가 구천을 떠도는 외로운 영혼 때문에 가운(家運)이 기운다고 말이야."

"……없는 말이죠?"

"여기 사람들은 그렇게 믿는다."

"아, 하긴 수백 년간 그래 왔으니 그들이 믿는 미신은 애초에 존재하지 않는다고 해도 받아들이지 못하겠네요."

사매가 조용히 물었다.

"이 영혼결혼식 대열은 어디로 가나요?"

초만녕이 말했다.

"방금 우리가 올 때 묘우[#44]를 하나 지나오지 않았느냐. 그곳엔 신불이 모셔진 게 아니다. 문머리에는 '쌍희자'[#45]가 붙어 있고 불단에는 '하늘이 내려 준 인연', '저승에서 행복하길' 같은 말들이 적힌 붉은 비단이 쌓여 있었지. 내 생각에 아마 거기로 가는 듯싶다."

"그 묘우는 저도 주의 깊게 보았습니다."

사매는 생각에 잠겼다.

"사존, 거기서 모시는 게 귀신 주례인가요?"

"맞다."

귀신 주례는 민간에서 만들어 낸 귀신이다. 사람들은 망자의 결혼식에도 삼서육례가 필요하며, 혼인 증서 교환뿐 아니라 주례를 증인으로 세워 두 망자가 부부의 연을 맺었음을 인정받아야 한다고 믿었다. 채접진에서는 영혼결혼식이 성행하다 보니 자연스럽게 귀신 주례도 필요했다. 그래서 그것을 대신할 금상을 만들어 마을 밖 묘지 앞에 모셔 놓고, 영혼결혼식의 당사자들이 합장되기 전 귀신 신부를 절집으로 데려와 예를 올렸던 것이다.

이런 황당무계한 장면은 거의 처음인지라 묵연은 상당히 흥미진진하게 바라보았다. 그러나 초만녕은 냉담한 눈길만 한번 던

#44 묘우 廟宇, 신주를 모신 집
#45 쌍희자 雙喜字, 결혼 등 경사를 나타내는 글자로 두 개의 '喜'(희) 자로 구성

지고는 후 말머리를 돌렸다.

"가자, 귀신이 난리를 부린다는 그 집에 가 봐야겠다."

"도사님들, 제 팔자는 왜 이리 사나울까요! 드디어 오셨군요! 아무도 손을 안 써 주시면 저, 저는 차라리 죽는 게 낫겠다 생각한 참입니다!"

사생지전에 귀신을 쫓아 달라 청한 사람은 채접진 최고의 부를 가진 상인, 진 원외였다.

진씨 집안은 향분을 팔아 돈을 벌었다. 집에는 아들 넷과 딸 하나가 있었다. 이 집 맏아들은 아내를 얻은 후, 집안 다툼을 싫어하는 아내 때문에 상의 끝에 분가를 결심했다. 집안에 돈이 많았기에 북산 깊은 곳에 넓은 땅을 샀는데 천연 온천 못까지 딸려 있어 즐기기에 딱 좋았다.

그런데 집을 지으려 첫 삽을 뜬 그날, 삽 끝에 딱딱한 무언가가 걸렸다. 확인하러 다가간 맏며느리는 그 자리에서 정신을 잃고 쓰러졌다. 온통 붉은 칠이 된 관이 나온 것이다!

채접진에는 공동묘지가 있어서 마을 사람이 죽으면 모두 그곳에 묻혔다. 그런데 이 외로운 관은 무슨 이유에선지 북산에 묻혀 있었고, 무덤도 묘비도 없었으며 관 전체가 핏빛이었다.

더는 건드릴 엄두가 안 나 황급히 원래대로 흙을 덮어 놓았지만, 이미 너무 늦었는지 그날부터 진씨 집안에 해괴한 일이 벌어지기 시작했다.

"맨 처음은 우리 며느리였습니다."

진 원외가 하소연했다.

"너무 놀란 나머지 유산이 됐습니다. 그다음은 우리 맏아들이었지요. 마누라 건강 챙긴다고 산에 약초를 캐러 갔는데, 그만 발을 헛디뎌 산 아래까지 굴러떨어진 겝니다. 찾았을 때는 이미 숨이 끊긴 상태였습니다……. 하!"

긴 한숨을 내쉰 그는 흐느낌이 새어 나와 더는 말을 잇지 못하고 손만 내저었다.

진 부인도 손수건을 꺼내 연신 눈물을 닦았다.

"부군 말씀대롭니다. 그 후 몇 달 동안 우리 아들들에게 연이어 재앙이 닥쳤지요. 실종되거나 죽거나……. 아들 넷 중 이미 셋을 잃었습니다!"

초만녕은 미간을 찌푸리며 진씨 부부를 훑어보았다. 그의 시선이 곧 안색이 창백한 막내에게 가닿았다. 막내는 묵연과 엇비슷한 열대여섯 살쯤으로 보였고, 용모가 수려했다. 그러나 공포와 두려움으로 인해 얼굴이 일그러져 있었다.

사매가 물었다.

"다른 자제분들은…… 어찌 돌아가신 건지 말씀해 주실 수 있나요?"

"아, 둘째는 형을 찾으러 나갔다가 뱀에 물렸습니다. 그 뱀은 독이 없는 풀뱀이라 그때는 아무도 신경 쓰지 않았어요. 그런데 며칠 후 밥을 먹다 갑자기 뻣뻣하게 굳어서 쓰러지더니…… 으흑흑, 아들아……."

사매는 한숨을 내쉬었다. 마음이 너무 아팠다.

"그럼 시신에 중독된 흔적이 있었나요?"

"아, 독은 무슨요. 저희 집은 저주를 받은 게 분명합니다! 아들들이 줄줄이 가 버렸고, 다음은 막내입니다! 다음은 막내라고요!"

미간을 찌푸린 초만녕의 시선이 번개처럼 진 부인에게로 떨어졌다. 그가 물었다.

"부인께선 어찌 다음 차례가 부인이 아니고 막내라고 생각하시는 겁니까? 악귀가 남자만 골라 죽인단 말씀입니까?"

진씨 집안의 막내는 다리를 덜덜 떨며 한쪽에 웅크리고 있었다. 눈은 잔뜩 부었으며, 입을 열자마자 높고 날카로운 소리가 나왔다.

"저예요! 저라고요! 제가 알아요! 붉은 관 안에 있던 사람이 찾아왔어요! 그가 찾아왔어요! 도사님, 도사님, 살려 주세요! 저 좀 살려 주세요!"

말을 하다 이성을 잃은 그가 달려들더니 초만녕의 다리를 붙잡으려 했다.

원래 낯선 자와의 접촉을 싫어하는 초만녕은 얼른 옆으로 피하며 진 원외 부부를 쳐다보았다.

"도대체 어떻게 된 일입니까?"

두 사람이 서로 눈을 마주치더니 떨리는 목소리로 말했다.

"이 집에 어떤 곳이 있는데, 우리는, 우리는 못 갑니다. 도사님도 보시면 바로 아실 겁니다. 정말이지 너무 괴이해요, 너무……."

초만녕이 말을 잘랐다.

"어딥니까?"

부부는 머뭇거리다가 손을 뻗었다. 떨리는 손가락이 가리키는 곳은 집 안에 선조들을 모셔 놓은 사당이었다.

"저깁니다……."

초만녕이 먼저 가고 묵연과 사매가 그 뒤를 따랐다. 진씨 집안사람들은 한참 뒤에서 그들을 따라왔다.

문을 열고 들어가니 사당 안은 대가 댁 사람들이 조상님을 모셔 놓은 향사(香舍)와 매우 비슷했다. 위패가 몇 줄에 걸쳐 빽빽하게 놓여 있고, 양쪽에는 촛불이 창백한 빛을 내고 있었다.

안에 있는 모든 위패의 글자는 음각으로 새겨져 있고, 황색 칠이 되어 있었으며, 망자의 이름과 항렬이 적혀 있었다.

위패에는 '현조고 OO 태부군의 위패', '현고 OO 태군의 위패' 식의 규칙을 가지고 쓰여 있었다.

그러나 정중앙에 놓인 위패 하나는 음각으로 글자를 새기고 칠을 한 게 아니라, 그냥 붉은색으로 이렇게 쓰여 있었다.

[진언길의 위패
양상 사람 진손 씨[#46] 세움]

그들 뒤에 숨어 있던 진씨 집안사람들이 뭔가 확인이라도 하듯 쭈뼛쭈뼛 흰 비단이 펄럭이는 사당을 들여다보았다. 그러나 피로 쓴 듯한 위패 위 선홍빛 글자를 보더니 곧장 무너져 내렸다.

진 부인이 목 놓아 울었다. 막내아들의 얼굴은 하얗게 질려서 산 사람 같지 않았다.

이 위패는 첫째, 글이 법도에 맞지 않았다. 둘째, 글씨가 삐뚤빼뚤했다. 잠이 쏟아질 때 억지로 쓴 것처럼 너무 조잡해서 거의 알아볼 수 없었다.

#46 진손 씨 '진씨 집안에 시집 온 손씨 부인'을 지칭

사매가 고개를 돌려 물었다.

"진언길이 누군가요?"

진씨 집안 막내아들이 그의 뒤에서 흐느끼며 떨리는 목소리로 말했다.

"저, 저예요."

진 원외가 울면서 말했다.

"도사님, 지금 상황이 이렇습니다. 둘째가 죽고 나서야 저희도 깨달았습니다…… 사당에 위패가 하나 늘었다는 것을요. 그 위패에는 늘 집안의 살아 있는 사람의 이름이 쓰였는데, 일단 이름이 나타나면 칠 일 이내에 반드시 그 사람에게 화가 닥쳤습니다! 셋째의 이름이 위패에 나타났을 때 저는 셋째를 방에 가두고, 방 밖에 향의 재를 뿌렸습니다. 사람을 불러 술법도 써 봤고, 할 수 있는 건 다 했습니다. 그런데 칠 일째 되던 날! 셋째도 결국은 죽었어요……. 아무 이유도 없이 그렇게 죽었습니다!"

그는 말을 하면 할수록 흥분하며 두려움에 떨었다. 그가 털썩 무릎을 꿇었다.

"제가 살면서 나쁜 짓이라곤 한 게 없는데, 하늘은 어찌 제게 이러시는 겁니까! 어찌!"

사매는 마음이 아파 오열하는 그를 얼른 부축해 달랬다. 그러곤 고개를 들어 조용히 말했다.

"사존, 이 일을 어찌하죠……."

초만녕은 고개를 돌리지 않았다. 그는 여전히 흥미롭게 그 위패를 쳐다보고 있었다. 마치 위패에서 곧 꽃이라도 필 것처럼 말이다.

갑자기 초만녕이 물었다.

"양상 사람 진손 씨. 당신을 가리키는 것입니까, 진 부인?"

11장 본좌는 입맞춤을 할 거다, 아싸!

"네, 접니다!"

진 부인이 슬피 울며 말했다.

"하지만 이 위패는 제가 쓴 게 아닙니다! 제가 어찌 제 자식을 저주하겠어요? 전……."

"깨어 있을 때는 쓰지 않겠지만, 잠들어 있을 때는 모를 일이지요."

초만녕은 위패를 집어 들어 손바닥을 통해 영력을 불어넣었다. 그러자 갑자기 위패에서 날카롭고 처참한 비명이 터져 나오더니, 곧이어 시뻘건 피가 콸콸 흘러나왔다.

초만녕의 눈동자에 차가운 빛이 섬뜩하게 빛났다. 그가 큰소리로 외쳤다.

"몹쓸 악귀가 날뛰며 감히 이런 짓을 벌이다니!"

손바닥에 영력이 크게 담기자 위패에 새겨져 있던 글자가 비명과 함께 조금씩 흐릿해지더니 끝내 완전히 자취를 감추었다. 초만녕은 그 길고 가느다랗고 차가운 하얀 손가락으로 위패를 움켜잡고 산산조각 내 버렸다.

뒤에 있던 진씨 집안사람들은 깜짝 놀라 넋이 나갔다. 진씨 집안사람들뿐 아니라 사매도 놀라 어리둥절했다.

사매는 경탄을 금치 못했다.

"정말 대단하세요."

묵연도 내심 감탄했다. 엄청 사납네.

반쯤 옆으로 돌린 초만녕의 준수한 얼굴에는 아무런 표정이 없었고, 그저 뺨에 핏방울이 조금 튀어 있을 뿐이었다. 그는 자신의 손가락 끝에 묻은 핏자국을 자세히 살피며 진씨 집안사람들에게 말했다.

"오늘은 모두 여기 뜰 안에 계시고, 아무 데도 가지 마십시오."

이제 그들은 감히 거역할 수 없어 다급히 대답했다.

"예! 알겠습니다! 도사님의 분부에 따르겠습니다!"

초만녕은 성큼성큼 걸어 사당을 빠져나왔다. 그는 얼굴에 묻은 핏방울을 아무렇게나 닦고 손가락으로 진 부인을 가리켰다.

"특히 부인, 절대로 잠들면 안 됩니다. 그것이 또 붙을 수 있으니 아무리 졸려도 깨어 있어야 합니다."

"예…… 예예!"

진 부인이 거듭 대답하며 눈물이 그렁그렁한 얼굴로 반신반의하며 물었다.

"도사님, 그럼 저희 아들은…… 이제…… 이제 아무 일도 없는 거겠지요?"

"잠깐은 그렇습니다."

진 부인은 어리둥절했다.

"잠깐이요? 계속이 아니라요? 그, 그러면 어떻게 해야 우리 아들 목숨을 지킬 수 있겠습니까?"

초만녕이 말했다.

"귀신을 잡아야 합니다."

초조해진 진 부인은 실례를 무릅쓰고 체면 불고하고 다급히 물었다.

"그럼 도사님께선 언제 잡으러 가실 건가요?"

"지금 바로."

초만녕이 진씨 집안사람들을 훑어보며 물었다.

"맨 처음 붉은 관을 파낸 위치가 어딥니까. 아는 분은 길을 안내해 주십시오."

맏아들의 아내 요(姚) 씨는 여인치고는 키가 크고 총명한 인상이었다. 두려운 표정이었지만 다른 사람들에 비하면 침착한 편이었다. 그녀가 말했다.

"그곳은 저와 죽은 제 남편이 함께 고른 곳이니 위치는 제가 잘 압니다. 제가 도사님을 안내해 드리지요."

세 사람은 진요 씨[#47]를 따라 북쪽으로 향했다. 곧, 일행은 진씨 집안이 샀다는 그 부지에 도착했다.

그곳에는 이미 접근을 막는 울타리가 쳐져 있었다. 주변에 인가라곤 찾아볼 수 없었고 시커먼 산언덕에는 잡초가 무성했다. 새나 벌레 울음소리조차 들리지 않는, 적막 그 자체였다.

#47 진요 씨 '진씨 집안에 시집 온 요씨 부인'을 지칭

산허리쯤 도착하자 시야가 확 트였다. 진요 씨가 말했다.

"도사님들, 바로 이곳입니다."

붉은 관을 발견했던 자리에는 여전히 진묘석[#48]이 있었다. 묵연은 그것을 보자마자 웃음을 터뜨렸다.

"이런 돌덩어리가 무슨 소용이죠? 딱 봐도 뭣도 모르는 사람의 소행인 것 같은데, 치워 버리세요."

진요 씨는 당황했다.

"마을의 선생께서 이렇게 진묘석으로 눌러 놓아야 무덤 안의 사악한 귀신이 못 나온다고 하셨습니다."

묵연이 헛웃음을 지었다.

"그 선생도 참 능력자군요."

진요 씨가 머뭇거리다가 주변에 지시를 내렸다.

"옮, 옮겨라!"

초만녕이 냉담하게 말했다.

"그럴 필요 없습니다."

그가 손을 들자 손가락 끝에서 금빛이 반짝이더니 천문이 그의 손에 소환되었다. 그리고 그 버드나무 가지를 휘두르니 진묘석의 머리 부분이 순식간에 산산조각 났다. 초만녕은 무표정한 얼굴로 그 돌무더기 위에 올라서서 손을 든 채로 나지막이 말했다.

"숨어서 뭣 하느냐? 일어나라!"

아래쪽에서 끼기긱 하는 기괴한 소리가 나더니, 별안간 높이가 12척이나 되는 두꺼운 관이 흙을 뚫고 튀어나왔다. 진흙과 흙먼지가 사방에 흩날렸다.

#48 진묘석 鎭墓石, 무덤을 누르기 위해 놓아두는 신수 형상의 석상

사매가 놀라 외쳤다.

"관의 사기(邪氣)가 너무 강합니다!"

초만녕이 말했다.

"물러서라."

그가 손바닥을 뒤집으며 내리치자, 꽉 닫힌 붉은 관이 천문에 의해 두 동강 나며 금빛 불꽃이 사방에 튀었다. 잠깐의 정적이 흐른 후, 관 뚜껑이 쾅 하며 폭발했다. 자욱했던 연기가 사라지자 관 안에 든 것의 정체가 보였다.

관 안에는 벌거벗은 남자가 누워 있었다. 콧날이 오뚝하고 준수한 얼굴이었다. 피부가 백지장 같다는 것 말고는 그냥 자고 있는 사람과 별반 다를 게 없었다.

묵연이 남자의 하체를 훑어보곤 눈을 가리며 말했다.

"어이쿠, 속옷도 안 입었잖아. 완전 저질이네."

사매는 아무 말이 없었다.

초만녕도 침묵했다.

진요 씨가 깜짝 놀라 소리쳤다.

"서방님!"

그러고는 곧장 관을 향해 달려들었다. 초만녕이 손을 뻗어 그녀를 막고 눈을 치켜뜨며 물었다.

"부군이십니까?"

"네! 제 남편입니다!"

진요 씨는 놀람과 슬픔의 감정이 교차했다.

"서방님께서 어찌 여기 계신 걸까요? 분명히 선산에 묻었는데, 수의도 제대로 입고 있었는데 어찌하여……."

여인은 말을 잇지 못하고 가슴을 치며 오열했다.

"어떻게 이럴 수가 있습니까! 저렇게 끔찍하고, 끔찍하게! 서방님…… 서방님!"

사매가 탄식하며 말했다.

"부인, 너무 슬퍼 마십시오."

초만녕과 묵연은 슬피 우는 이 여인을 외면했다. 초만녕은 누군가를 위로하는 것에 서툴렀고, 묵연은 측은지심이라곤 전혀 없었다. 두 사람은 그저 관 안에 누운 시체만을 바라보고 있었다.

묵연은 전생에서 이미 이 일을 겪어 보았기 때문에 무슨 일이 생기든 놀랍지 않았다. 그러나 어쨌거나 처음 보는 것처럼 연기를 해야 했기에 턱을 어루만지며 말했다.

"사존, 시체가 조금 이상합니다."

초만녕이 말했다.

"나도 안다."

"……."

묵연은 전생에서 초만녕이 그들에게 분석해 준 얘기를 하고 싶어 근질거렸다. 이번 생에서 그 얘기를 꺼내 초만녕을 놀라게 해 줄 생각이었는데, 초만녕은 그저 '나도 안다'라는 말 한마디만 던질 뿐이었다.

자고로 스승이라면 차근차근 제자를 이끌어 자신의 생각을 말하도록 격려하고 칭찬해 주어야 하는 것 아닌가?

묵연은 '나도 안다'라는 초만녕의 말을 못 들은 척, 굴하지 않고 입을 열었다.

"시체에 아직 부패의 흔적이 없습니다. 진 대공자에게 일이 일어난 건 보름도 지났는데, 지금 날씨로 봐선 이미 짓무르고 체액이 흘러나와 관 안이 흥건해야 합니다. 이게 첫 번째 이상한 점입니다."

초만녕은 '어디 계속 해보시지.' 하는 눈빛으로 말없이 그를 냉담하게 쳐다보았다.

"두 번째."

묵연은 꼼짝도 하지 않고 서서 초만녕이 전생에서 분석했던 내용을 계속해서 줄줄 늘어놓았다.

"이 붉은 관은 열기 전까지만 해도 사기가 엄청났는데 열자마자 모조리 흩어졌습니다. 게다가 시체에는 사기가 거의 없다시피 합니다. 이것도 매우 이상합니다."

초만녕은 여전히 아무 말이 없었다.

"세 번째, 관을 열었을 때부터 공기 중에 달콤한 향기가 약하게 퍼진 걸 혹시 느끼셨습니까?"

그 향기는 너무나 희미해서 주의를 기울이지 않으면 절대 알아챌 수 없었다. 묵연이 그렇게 말하자 사매와 진요 씨는 그제야 공기 중에 퍼진 연한 향기를 맡을 수 있었다.

사매가 말했다.

"정말 그렇네."

냄새를 맡아 보던 진요 씨의 안색이 변했다.

"이 향기는……."

사매가 물었다.

"부인, 왜 그러십니까?"

진요 씨는 두려움에 목소리마저 변했다.

"이 향기는, 저희 시어머니께서 만드신 백접향분입니다!"

순간 모두가 침묵했다. 사당의 그 예언 위패에 쓰여 있던 '양상 사람 진손 씨 세움'이라는 글자가 다시 눈앞에 나타난 것만 같았다.

사매가 말했다.

"……설마 이 일이 정말 진 부인의 소행일까요?"

묵연이 말했다.

"그건 아닌 것 같아."

초만녕도 말했다.

"아니다."

두 사람은 거의 동시에 말하고 서로를 바라보았다. 초만녕의 표정에는 아무 변화가 없었다.

"말해 보거라."

묵연은 사양하지 않고 말했다.

"제가 알기로 진씨 집안이 이렇게 부유해진 것은 노부인이 직접 만든 백접향분 덕분입니다. 이 향분의 배합 정보는 기밀이라 외부로 알려지진 않았지만, 완제품을 손에 넣기란 그리 어려운 일이 아니죠. 채접진의 아가씨 열 명 중 대여섯은 전부 이 향분을 바릅니다. 그뿐만이 아닙니다. 오기 전에 좀 알아봤는데, 진 대공자는 원래부터 모친이 배합한 백접향분을 좋아해서 종종 물에 향을 풀어 몸을 담갔다고 합니다. 그러니 그의 몸에서 이 향기가 난다고 해서 이상할 건 전혀 없죠. 오히려 이상한 점은……."

그는 다시금 관 속에 벌거벗은 채 누워 있는 남자에게로 시선을 돌렸다.

"죽은 지 보름이 지났는데, 마치 방금 바른 것 같은 향기가 난다는 겁니다. 제 말이 맞죠, 사존?"

초만녕은 여전히 아무 말이 없었다.

"맞으면 칭찬 좀 해 주세요."

초만녕이 말했다.

"음."

묵연이 하하 웃으며 말했다.

"참, 말을 아껴도 너무 아끼시네."

그가 미처 다 웃기도 전에 갑자기 장포가 펄럭이더니, 초만녕이 그를 끌고 몇 척 뒤로 물러났다. 손 안의 천문이 금빛으로 번쩍거렸고 불빛이 사방으로 튀었다.

"조심하거라."

공기 중의 백접향분 향기가 별안간 짙어졌다. 향기가 퍼지면서 초목 사이에 짙은 안개가 끼더니 놀랄 만한 속도로 빠르게 퍼져 나갔다. 안개는 삽시간에 산허리를 집어삼켰고, 한 치 앞도 보이지 않게 되었다.

묵연의 마음이 꿈틀했다.

환각 세계가 시작된 것이다.

"꺅!"

짙은 안개 속에서 가장 먼저 들려온 것은 진요 씨의 비명이었다.

"도사님, 살려 주세……."

마지막 말이 입 밖으로 나오기도 전에 목소리는 끊겼다.

초만녕이 손가락 끝에 남색 불빛을 피워 묵연의 이마에 추적주문을 그려 넣으며 말했다.

"조심하거라, 내가 가서 살펴보고 오마."

그는 말을 마치자마자 짙은 안개 속으로 사라졌다.

묵연은 자신의 이마를 만지며 조용히 웃었다.

"좋아, 주문 그려 넣는 위치까지 전생과 똑같단 말이지. 초만녕, 정말 아무것도 바뀌지 않았군."

안개는 오는 것도 빨랐고, 사라지는 것도 빨랐다. 얼마 지나지 않아 안개는 인제 그랬냐는 듯 자취를 감추었다. 그러나 눈앞에 펼쳐진 광경은 안개보다 더욱 놀라웠다. 전생에서 묵연도 소스라치게 놀랄 정도였다.

안개가 걷히자, 황량하고 잡초가 무성하던 산허리는 온데간데없었다.

그 대신 넓고 우아한 정원이 펼쳐져 있었다. 정자와 누각, 정자로 이어지는 구불구불한 다리, 돌을 쌓아 만든 석가산과 조경용 나무, 자갈이 깔린 오솔길. 끝이 보이지 않을 정도로 넓었다.

묵연은 이곳을 보자마자 너무 기뻐 데굴데굴 구르고 싶은 심정이었다.

망나니 묵연이 온종일 그리워한 것이 바로 이 환각 세계였다. 전생에서도 그들은 똑같이 여기서 길을 잃었는데, 사매를 먼저 발견한 묵연이 환각 상태에서 평생 처음이자 유일했던 입맞춤을 그에게 했던 것이다.

아쉽게도 당시 사매는 너무 놀라 묵연이 손을 놓은 틈을 타 도망가 버렸다. 입 안에 들어온 음식을 제대로 씹기도 전에 치워버린 느낌이었다. 그 아쉬움이란 이루 말할 수 없었다.

그 후 환각 세계는 사라졌고, 사매도 그에게 그 일을 따지지 않았다. 환각 세계에서의 입맞춤은 애초부터 없었다는 듯 그 누구도 다시 얘기를 꺼내지 않았다. 가끔 꿈에 그 장면이 나왔는데, 묵연은 그것이 자신의 집념이 너무 강해 스스로 만들어 낸 상상이 아닐까 의심스럽기도 했었다.

하지만 상상이든 아니든 상관없었다. 묵연은 입술을 핥으며 생각했다. 이번엔 절대로 사매를 그냥 달아나게 하지 않겠어! 제대로 된 입맞춤을 한번 해 봐야지!

12장 본좌가 엉뚱한 사람에게 입맞춤을…… 헐……

환각 세계에서 한참을 걸었지만, 도무지 방향을 파악할 수가 없었다.

백접향분의 향기가 점점 짙어졌다. 이 향을 오래 맡은 사람은 알 수 없는 감정을 느끼게 되고 오감이 예민해져 보통 사람은 하기 힘든 행동을 하곤 했다.

묵연도 초조와 불안을 느끼기 시작했다. 배 속에서 한 줌의 불씨가 점화된 듯 온몸의 혈액이 점점 끓어오르는 기분이었다.

샘물, 그는 샘물을 찾아야 했다. 그 샘물이 어디 있었지?

그는 이 환각 세계에 물이 솟아나는 샘이 있다는 것을 알고 있었다. 그가 전생에서 샘물 근처에 도착했을 때는 이미 입이 바짝 마르고 머리가 핑핑 돌고 눈이 어질어질한 상태였다. 어쩔 수 없이 손으로 물을 마구 퍼마시며, 차라리 독으로 죽는 게 목말라 죽는 것보다 낫겠다고 생각했다.

그러나 샘물을 마신 후 의식이 점점 흐려지는 게 느껴졌고, 그러던 중 어둠 속에서 사매가 그를 발견했다. 의술을 배운 사매는 즉시 묵연의 몸에서 독을 제거하려 했다. 하지만 머리가 어지러웠던 그는 여전히 독에 중독되어 환각 상태였고, 귀신에 홀린 듯 사매에게 입을 맞추었다.

번개같이 빠른 인간계의 옛 제군은 재빨리 달콤했던 그때의 기억을 되새겼다. 환각 세계를 한참 돌아다니던 중, 마침내 샘물이 찰랑거리는 소리가 들려왔다. 그는 너무 기뻐서 얼른 그쪽으로 뛰어가 벌컥벌컥 물을 마시기 시작했다.

역시나 샘물의 영향으로 향기가 일으킨 초조와 불안이 더욱 심해졌다. 그는 샘물 깊은 곳으로 확 빠져 버리고 싶은 충동이 들었고, 자기도 모르는 사이 상반신을 쑥 밀어 넣고 있었다.

묵연이 의식을 거의 잃어버릴 때쯤, 전생에서와 마찬가지로 어디선가 손이 나타나 그를 홱 잡아 올렸다. 순간 물방울이 사방으로 튀면서 공기가 코 속으로 확 들어왔다. 묵연은 숨을 헐떡거리며 물방울이 매달린 속눈썹을 들어 올렸다. 눈앞에 사람의 형체가 보였다.

그 형체가 점점 또렷해지더니 화가 난 듯한 목소리로 말했다.

"이 물을 마시다니, 죽고 싶은 게냐?"

묵연은 개처럼 물기를 털 다음 눈앞의 사람이 또렷하게 보이자 안도의 한숨을 내쉬었다.

"사매……."

"조용히 하고 약이나 먹어라!"

검붉은색 알약이 입술에 닿자 묵연은 입을 벌려 얌전히 약을 받아먹었다. 두 눈은 여전히 사매의 아름다운 얼굴에 고정되어 있었다.

순간, 전생에서와 똑같이 알 수 없는 초조함이 그를 덮쳤다. 게다가 묵연은 애초부터 단정하고 품위 있는 군자도 아니었다. 그래서 그는 재빨리 사매의 손목을 잡고 사매가 미처 반응하기도 전에 그의 입술에 자신의 입술을 포갰다.

찰나의 순간, 불꽃이 사방으로 튀고 머릿속이 새하얘졌다.

묵연은 원래부터 방탕한 삶을 살아왔지만, 침상 위의 뜨거운 순간엔 입맞춤도, 과도한 부드러움도 필요치 않았다. 오직 몸과 몸이 섞이면 그만이었고, 입을 맞추는 일은 거의 없었다.

사매는 전혀 예상치 못한 급습에 뻣뻣하게 굳은 채 그 자리에서 있었다. 그는 입 안으로 혀가 들어오자 겨우 정신을 차리고 필사적으로 반항하기 시작했다.

"너 지금 뭐 하는…… 읍!"

말을 끝내기도 전에 묵연이 또다시 거칠게 사매의 얼굴을 비틀어 입술을 겹쳤다. 묵연의 입맞춤은 전생에서보다 훨씬 격렬했다. 두 사람은 샘물 옆에서 뒤엉켰다. 묵연은 자신의 몸으로 사매를 단단히 누르고 입을 맞추며 생각했다. 내 기억과 똑같아. 사매의 촉촉하고 차가운 입술도, 볼도, 귓바퀴도 여전히 달콤하군…….

"움직이지 마……."

입을 열자, 그는 완전히 쉬어 버린 자신의 목소리에 깜짝 놀랐다.

이런.

이 샘물은 어떻게 된 게 전생에서보다 효력이 강해진 것 같지?

전생에서의 상황을 생각해 보면, 그는 사매와 그렇게 오랫동안 엉켜 있을 시간도 없었고 입맞춤도 몇 번 하지 않았다. 나이가 어렸던 묵연은 양심의 가책을 느껴 손에서 힘을 뺐고, 그 순간 사매는 곧바로 몸을 일으킨 다음 경공을 써 달아나 버렸기 때문이었다.

그러나 이번 생의 묵연은 음험한 마음이 강한 데다 뻔뻔함이 극을 달렸다. 그래서 양심의 가책을 느끼기는커녕 오히려 정욕에 사로잡혀 다짜고짜 사매를 덮치고 과감하게 입술을 포갰다.

사매는 묵연의 몸에 눌린 채 발버둥 치며 화냈지만, 묵연은 이미 사악한 기운에 지배되어 사매의 비명을 들을 수 없었다. 그의 눈에는 오로지 아름다운 얼굴과, 사람의 마음을 유혹하는 촉촉한 입술만 어른거릴 뿐이었다.

저 깊숙한 곳에서 불길이 타올랐다. 묵연은 본능에 따라 더욱 난폭하게 입을 맞추며 상대방의 이를 비틀어 열고 곧장 혀를 밀어 넣었다. 그러고는 입 안의 달콤함을 음미했다.

심장이 북을 치듯 둥둥 울렸다.

정신없는 와중에도 그는 복잡하게 여며진 사매의 장포를 벗기고 허리띠를 풀었다. 매끄럽고 탄탄한 피부에 손이 닿는 순간, 눌려 있던 사매가 홱 일어났다. 그러나 곧바로 다시 묵연에게 눌리고 말았다.

묵연은 사매의 귓바퀴를 깨물며 작은 소리로 말했다.

“가만있어 봐. 우리 둘 다 재미 좀 보게.”

“묵미우!”

"와, 화가 나면 날 그렇게 부르는 거야? 오히려 낯선 느낌인데."

묵연은 웃으며 그의 귓불을 핥았고, 손으로 그의 허리를 더듬었다.

더러운 쓰레기 묵연, 열여섯 살의 어린 쓰레기는 지금의 서른두 살 노련한 쓰레기와는 비교도 되지 않았다.

묵연은 점점 더 파렴치한이 되어 가고 있었다.

사매의 몸은 잔뜩 굳어 있었다. 묵연은 그의 몸이 약하게 떨리는 것을 느낄 수 있었다. 정말이지 그렇게 가녀려 보이던 사람이 알고 보니 이렇게 탄탄한 근육과 남자다운 선의 소유자였다니.

묵연은 더는 참지 못하고 상대방의 속옷을 잡아당겼다.

마침내 사매가 폭발했다.

"묵미우! 죽고 싶은 게냐!"

펑 하는 소리와 함께 엄청난 영력이 그를 강하게 밀어냈다. 영력이 너무 사납고 포악해서 미처 막을 틈도 없었다. 묵연은 샘물가의 바위까지 날아가 부딪쳤고 하마터면 피를 토할 뻔했다.

사매는 헝클어진 옷의 앞섶을 잡고 분노에 가득 차 벌떡 일어났다. 손바닥에서 금빛의 영류가 미친 듯이 돌더니 불꽃이 타닥타닥 소리를 내며 튀었다. 그의 눈동자가 이글이글 타올랐다.

묵연은 머리가 핑핑 돌고 눈이 어지러운 상황에서도 뭔가 잘못됐다는 것을 어렴풋이 알아차렸다.

"천문, 소환!"

격노한 목소리에 이어 사매의 손 안에서 강하고 날렵한 금빛 버드나무 가지가 나타났다. 천문은 눈이 부실 정도로 밝게 빛났고, 이따금 불꽃을 튀겼다. 금빛 줄기가 갈라지자 버드나무 잎이 흩날렸다.

묵연은 어리둥절했다.

사매가 언제부터 천문을 불러낼 수 있었지?

그러나 이 생각이 떠오르자마자 천문이 휙 하며 허공을 가르더니, 눈앞으로 날아와 그를 사정없이 후려갈겼다. 버드나무 가지는 인정사정 봐주지 않았다. 쓰레기 답선군의 피부가 터지고 살이 찢기며 피가 사방으로 튀었다. 용구처럼 묵연에게 괴롭힘을 당한 사람이 이 장면을 봤다면 분명 손뼉을 치고 기뻐하며 이렇게 소리쳤을 것이다.

'잘한다! 잘 때린다! 더 때려라! 백성을 위해 해악을 제거하자! 하루에 한 가지씩 착한 일을 하자!'

묵연은 정신없이 몰아치는 포악한 채찍 세례를 받으며 마침내 제정신을 차렸다.

그렇게 자상한 사매가 어떻게 이렇게 날 때릴 수 있지?

버드나무 가지를 휘두르는 기술이 이토록 숙련된 사람이 초만녕 말고 또 누가 있단 말인가!

초만녕은 손에서 힘이 빠지자 그제야 채찍질을 멈추고 숨을 고르며 손목을 주물렀다. 그가 다시 버드나무 가지를 들어 때리려 하자, 묵연이 얼른 바위에 기대더니 피를 울컥 토했다.

"……그만 때리세요, 이러다 저 죽어요……."

묵연은 그 후에도 몇 번이나 피를 토했다. 처참한 기분이었다. 오늘은 분명 그의 방탕한 삶에 한 획을 그은 날이 될 터였다.

그에게 다가온 사람이 초만녕일 줄 누가 알았겠는가?

게다가 왜인지는 모르겠지만 초만녕은 분명 사매의 얼굴을 하고 있었고, 목소리까지 사매와 완전히 똑같았단 말이다!

그는 피 묻은 입가를 닦고 숨을 몰아쉬며 고개를 들었다.

신의 무기에 심하게 두들겨 맞아서인지, 아니면 초만녕이 그의 입에 집어넣은 약의 효과인지는 몰라도, 이번에 고개를 들었을 때 눈앞에 서 있는 사람은 사매가 아니었다.

어두운 표정의 초만녕이 살벌하게 나무 아래에 서 있었다. 화가 머리끝까지 치밀어 오른 듯, 이글이글 타오르는 두 눈이 묵연을 노려보았다.

난폭하고 사나운 그의 모습은 소름 끼칠 정도로 무서웠다.

그러나…….

묵연도 그를 몇 초간 바라보았다.

수치스럽게도…… 자신의 아랫부분이 단단해지는 게 느껴졌다.

초만녕은 조금의 빈틈도 없는 사람이었다. 그런데 지금은 금욕주의자라 불릴 만큼 복잡하게 여며 놓은 흰 장포가 다 풀어헤쳐진 상태였다. 거의 어깨에서 흘러내리기 직전인 장포를 그의 가늘고 긴 손이 꼭 붙들고 있었다. 그의 입술은 난폭한 입맞춤으로 붉게 부어올랐고, 목에는 여기저기 입맞춤의 흔적이 남아 있었다. 사나운 표정이었음에도 오히려 사람의 마음을 더욱 두근거리게 만들었다.

전생에서 초만녕에 대한 기억은 광기, 피비린내, 증오, 방종, 정복, 쾌감 등이 쌓여 만들어진 기억의 집합이었다.

묵연이 별로 생각하고 싶지 않은 것들이었다. 애당초 꺼낼 생각이 없던 그 기억들은 피비린내와 백접화 향이 가득한 이곳에서 갑자기 묵연의 마음을 아프게 했고, 그는 이런 감정을 숨기는 게 어려웠다.

마치 밀물처럼, 순식간에 마음을 덮쳤다.

괴로웠다. 그는 초만녕의 이런 모습을 차마 눈 뜨고 볼 수 없었다.

그를 증오하고 미워해서 그의 살점으로 만두소를 만들어 쪄 먹을 수 없는 게 한이라고 해도, 묵연은 결국 인정할 수밖에 없었다.

전생에서 가장 통쾌했던 몇 가지 일들, 가장 가슴 뛰었던 사건, 짜릿했던 경험 같은 건 모두 초만녕과 연결되어 있었기 때문이었다.

그를 미워하는 것은 별개였다.

하지만 남자의 경우, 특히 묵연처럼 파렴치함이 극을 달리는 짐승만도 못한 남자의 경우에는, 육체의 본능에 따라 움직이는 것 또한 별개의 문제였다.

초만녕이 호흡을 가다듬었다. 정말 화가 났는지 천문을 쥐고 있는 손이 약하게 떨렸다.

"정신이 드느냐?"

묵연은 울컥 올라오는 피를 다시 삼켰다.

"……예, 사존."

초만녕은 아직 분이 다 풀리지 않은 것 같았다. 하지만 그 역시 환각 세계에 귀신이 있다는 것을 알고 있었으므로 묵연을 탓할 수는 없는 노릇이었다. 그는 제자리에서 잠시 주저하다 결국 버드나무 가지를 집어넣었다.

"오늘 일은……."

묵연이 그의 말을 잘랐다.

"오늘 일은 하늘이 알고 땅이 알고 사존이 알고 제가 압니다. 저는 절대 발설하지 않겠습니다! 만일 제가 발설하는 날에는 천벌을 받고 죽어 버릴 거예요!"

잠시 아무 말이 없던 초만녕이 냉소를 지으며 말했다.

"네놈의 맹세를 내가 백 번도 넘게 들은 것 같은데, 한 번도 책임을 진 적이 없지 않으냐."

"이번엔 정말이에요!"

몸이 절로 반응하는 거야 어쩔 수 없지만, 초만녕을 범하려 했던 오늘 일을 생각하면 묵연의 생각에도 공개적으로 떠벌릴 만한 일은 아니었다. 마치 취두부를 좋아하는 것처럼 말이다.

취두부는 다른 사람이 냄새를 맡지 않도록 아무도 없는 구석에 가서 먹으면 그만이었다. 초만녕과 자는 것도 마찬가지였다.

묵연은 지금까지 초만녕을 증오해 왔다. 그러니 어떻게 다른 사람에게 자신이 그를 싫어하면서도 한편으로는 내심 덮치고 싶다고 말할 수 있겠는가? 머리가 어떻게 되지 않고서야 어떻게 그런단 말인가?

게다가 전생에 있었던 초만녕과의 거지 같은 일들을 더는 언급하고 싶지도 않았다. 그냥 용서해 버리고 말지 뭐.

"이 환각 세계는 사람을 유혹하는 힘이 매우 강하다. 네가 안에서 누군가를 마주치면, 그들은 모두 네가 가장 보고 싶은 사람의 모습을 하고 있을 거다."

초만녕이 묵연과 나란히 걸으며 말했다.

"정신을 집중하고 마음을 가라앉혀야만 환상에 홀리지 않을 수 있다."

"아……."

응? 잠깐만!

묵연이 갑자기 몸을 부르르 떨었다. 어떤 일이 생각난 것이다.

정말 그런 거라면, 전생의 환각 세계에서 내가 봤던 사매도 사매가 아니었을 수 있다는 얘긴가? 그럼 혹시…….

그는 옆에서 걷고 있는 초만녕을 힐끔 보았다. 갑자기 소름이 돋았다.

그럴 리가 없어!

만약 전생에서 입맞춤한 게 초만녕이었다면, 분명 채찍질을 면치 못했을 텐데! 최소 따귀라도 맞았을 텐데!

분명 초만녕은 아닐 거야! 그는 아닐 거야!

마음속으로 마구 소리를 지르고 있는데, 초만녕이 갑자기 걸음을 멈추더니 묵연을 자기 뒤로 잡아끌었다.

"조용."

"무슨 일이죠?"

"앞에 뭔가가 있다."

지금의 상황은 이미 전생과는 완전히 달라졌다. 묵연은 앞으로 어떻게 될지 전혀 몰랐기 때문에 초만녕의 말을 듣자마자 곧바로 물었다.

"혹시 사매가 아닐까요?"

초만녕이 미간을 찌푸리며 말했다.

"환각 세계에서는 절대 환상 속에서 본 사람이 누군지 말해서는 안 돼. 생각을 떨쳐 내지 못하면 조금 이따 보게 되는 것이 바로 그 사람의 모습으로 변한단 말이다. 잡념을 없애거라.”

“…….”

묵연은 노력해 보았으나 이내 불가능하다는 걸 깨달았다.

초만녕이 묵연을 흘끗 바라보았다. 초만녕의 손에는 언제부터였는지 영력으로 만들어 낸 비수가 들려 있었다. 그는 묵연의 팔에 비수를 푹 찔렀다.

“악!”

“쉿.”

초만녕은 이미 알고 있었다는 듯 다른 손을 묵연의 입술에 갖다 댔다. 손끝에서 금빛이 빛났다. 묵연은 순간 아무 소리도 낼 수 없었다.

“아프냐?”

“…….”

뭐라는 거야! 네놈이 찔려 봐라! 아픈가, 안 아픈가!

묵연은 눈물을 머금은 채 애처롭게 고개를 끄덕였다.

“아프면 됐다. 이 통증 말고 다른 건 아무것도 생각하지 말아라. 내 뒤에 바싹 붙어. 가 보자.”

묵연은 가는 내내 속으로 초만녕을 욕하며 그의 뒤에서 꼬불꼬불한 길을 따라 조용히 걸었다. 뜻밖에도 길을 따라 걸어갈수록 시시덕거리는 사람들의 말소리가 더욱 크게 들렸다. 이렇게 적막한 곳에서는 말도 안 되는 상황이었다.

길게 이어진 높은 담을 돌아 두 사람은 마침내 소리가 시작되는 지점에 도착했다.

그곳에는 형형색색 비단으로 장식된 건물이 있었는데, 불빛이 휘황찬란했고 붉은 천이 나부꼈다. 넓은 뜰에는 백 개가 넘는 술상이 차려져 있었고, 상 위에는 생선, 고기, 채소 등 없는 게 없었다. 손님들은 잔을 나누며 왁자지껄 떠들어 댔다.

문이 활짝 열린 뜰 안에서 붉은색으로 쓰인 커다란 '쌍희자(囍)'가 눈길을 끌었다. 보아하니 아주 시끌벅적한 축하연이 열리고 있는 게 틀림없었다.

"사존……."

묵연이 낮은 소리로 말했다.

"축하주 마시는 사람들 좀 보세요……. 다들 얼굴이 없습니다!"

13장 본좌의 신부

초만녕은 묵연이 알려 주기 전부터 이미 그 점을 알아차리고 있었다.

사람들이 즐겁게 이야기를 나누고 있었지만, 목소리가 어디서 들려오는지 알 수 없었다. 앉거나 서서 축하주를 들고 있는 사람들은 하나같이 종이를 발라 만든 것처럼 이목구비가 없었기 때문이다.

"어떡하죠? 들어가서 저 사람들과 술이라도 마셔야 할까요?"

초만녕은 상황에 맞지 않는 묵연의 농담에 웃지 않았다. 그는 고개를 숙이고 깊은 생각에 잠겼다.

바로 그때, 멀리서 저벅저벅 발소리가 들리더니 뿌연 안개 속에서 두 줄로 늘어선 긴 행렬이 나타났다. 그들은 천천히 본채로 다가오고 있었다.

초만녕과 묵연은 무의식적으로 석가산 뒤에 몸을 숨겼다. 두 줄의 맨 앞에선 아이들이 배시시 웃고 있었는데, 한 쌍의 금동옥녀[#49]였다. 그 둘은 눈코입이 있을 뿐 아니라 윤곽도 뚜렷하고 진했다. 마치 그 생김새가 망자를 위해 불에 태우는 남자아이, 여자아이 모양의 종이 인형과 거의 비슷했다.

그들은 붉은 초를 하나씩 들고 있었다. 어린아이 팔뚝만큼 굵은 그 초는 용과 봉황이 휘감고 있었는데, 탈수록 진한 백접향 분 향기가 코를 찔렀다. 묵연은 하마터면 또 정신이 흐릿해질 뻔했다. 다행히 초만녕이 칼로 찌른 부분이 아직도 아팠고, 자신이 그 상처를 또 한 번 찔러 가까스로 정신을 붙들 수 있었다.

초만녕이 그를 쳐다보았다.

묵연이 말했다.

"……흠, 꽤 쓸 만한 방법이라서요."

그는 잠시 머뭇거리다 물었다.

"사존, 사존은 어째서 몸에 상처를 내지 않았는데도 정신을 잃지 않으십니까?"

초만녕이 말했다.

"이 향기는 나에게 아무 영향도 미치지 못한다."

"네? 어째서요?"

초만녕은 차갑게 말했다.

"난 정력[#50]이 강하니까."

"……."

묵연은 잠자코 있었다.

금동옥녀를 선두로 두 행렬이 차례차례 계단을 올랐다. 초만

#49 금동옥녀 金童玉女. 선인의 시중을 드는 사내아이와 여자아이
#50 정력 定力. 어지러운 생각을 없애고 마음을 한 곳에 쏟는 힘

녕이 다시 시선을 돌려 그들을 관찰하다 자기도 모르게 낮은 소리를 냈다.

"음?"

그는 놀라는 일이 거의 없었다. 그래서 묵연도 호기심이 생겨 그의 시선을 따라 쳐다보다가 기겁하고 말았다.

휘청거리며 걷는 그 행렬의 사람들은 모두 눈을 감은 시체들이었다. 그들은 피부가 창백했고, 살아 있을 적의 얼굴을 유지하고 있었으며, 대부분 스무 살도 안 되어 보이는 젊은 남녀였다. 그런데 그중 하나가 유독 낯이 익었다.

조금 전까지 관 안에 누워 있던 진씨 집안의 대공자가 언제 왔는지 이 행렬에 합류해 있었다. 그도 눈을 감은 채 촛불이 퍼뜨리는 묘한 향기를 따라 천천히 걸었다. 다만, 다른 자들은 모두 또 다른 시체와 짝을 이루고 있는 반면, 진 대공자 옆에는 종이로 만든 귀신 신부가 둥실둥실 떠가고 있었다.

진 대공자는 아무것도 아니었다. 줄의 끝에 선 사람들을 본 순간, 묵연의 얼굴이 하얗게 질렸다.

사매와 진요 씨가 고개를 푹 숙인 채 시체들의 뒤를 따라 걷고 있었던 것이다. 그들 역시 눈을 꼭 감은 채 백지장 같은 얼굴로 앞서간 망자들과 똑같이 걸었다. 죽었는지 살아 있는지조차 가늠할 수 없었다.

화가 치민 묵연이 뛰쳐나가려는 순간, 초만녕이 그의 어깨를 거칠게 잡아챘다.

"기다려라."

"하지만 사매가……!"

"나도 안다."

초만녕이 천천히 이동하고 있는 행렬에 시선을 고정한 채 조용히 말했다.

"경거망동해서는 안 돼. 보거라, 저기에 결계가 있다. 네가 지금 경솔하게 뛰어들면 결계가 울릴 거고, 아마 저 얼굴 없는 귀신들이 다 네게 달려들 게다. 그렇게 되면 상황은 수습할 수 없어진다."

초만녕은 결계 종사였다. 그는 결계 치는 실력이 뛰어났고, 눈도 지독하게 예리했다. 묵연이 보니, 과연 연회장 입구에 투명에 가까운 흐릿한 막이 쳐져 있었다.

뜰 앞에 도착한 금동옥녀는 들고 있던 촛불을 후 불었다. 그러자 불꽃이 더욱 활활 타올랐다. 그들은 천천히 결계를 통과해 뜰 안으로 들어갔다.

뒤를 따르던 남녀 무리 역시 차례차례 금동옥녀를 따라 아무 문제없이 투명한 결계를 통과했다. 그러자 뜰 안에서 축하주를 마시고 있던 얼굴 없는 귀신들이 하나둘 고개를 돌려 줄줄이 들어오는 남녀를 보고 웃으며 손뼉을 치기 시작했다.

초만녕이 말했다.

"가자, 저들의 뒤를 따라가면 돼. 결계를 통과할 때는 숨을 참고 눈을 감아야 한다. 그리고 무슨 일이 있어도 저 시체들과 똑같이 행동해야 하고 말을 해선 안 된다."

더 말할 필요도 없었다. 사매를 구할 생각이 간절했던 묵연은 얼른 초만녕의 뒤를 따라 시체 무리 속으로 들어갔다.

두 행렬의 시체들은 서로 수가 같았다. 초만녕이 사매 뒤에 섰으니 묵연은 어쩔 수 없이 진요 씨 뒤에 설 수밖에 없었다. 행렬은 매우 천천히 움직였다. 묵연은 몇 번이나 사매를 쳐다보았지만, 창백한 옆얼굴과 힘없이 축 처져 있는 새하얀 목밖에 볼 수 없었다.

어렵사리 결계 앞에 다다른 두 사람은 숨을 참고 순조롭게 결계를 통과해 뜰 안으로 들어갈 수 있었다. 막상 들어와 보니 뜰 안은 밖에서 보는 것보다 훨씬 넓었다. 초롱을 달고 오색 천으로 장식한 3층짜리 본채 외에도 뜰의 양쪽에 작은 곁채들이 빽빽하게 늘어서 있었는데, 족히 백 칸은 되어 보였다. 모든 곁채의 창문에는 크고 시뻘건 쌍희자가 붙어 있고, 붉은 등이 걸려 있었다.

뜰 안을 가득 메운 얼굴 없는 하객들이 일제히 일어나자 축포가 터지고 피리 소리가 울려 퍼졌다.

본채 앞에 있던 얼굴 없는 주례가 높낮이가 있는 가락으로 노래를 시작했다.

"길시(吉時)가 되어 신랑, 신부가 뜰에 도착했으니……."

묵연은 어리둥절했다. 뭐? 늘어선 시체들이 신랑 신부라고?

그는 얼른 고개를 돌려 도움을 바라는 눈빛으로 초만녕을 쳐다보았다. 그러나 북두선존은 미간을 찌푸린 채 자신만의 생각에 잠겨 묵연에게 눈길을 줄 생각은 전혀 없어 보였다.

묵연은 백부님의 고심이 헛수고였다고 생각했다. 산에서 내려와 경험을 쌓는데 이런 스승과 함께 오다니, 정말이지 같이 오지 않은 것보다 못한 게 아닌가.

갑자기 뜰 안쪽에서 머리를 땋아 내린 아이들이 왁자지껄 웃으며 뛰어나왔다. 선홍색 옷을 입었으나 머리를 땋아 묶은 댕기는 흰색이었다. 그들은 두 줄로 선 행렬을 빼곡히 둘러싸더니 각자 한 명씩 잡고 양쪽에 늘어선 곁채로 인도하기 시작했다.

묵연은 어찌할 바 몰라 초만녕을 향해 입을 뻥긋거렸다. 사존, 이제 어떡해요?

초만녕이 고개를 저으며 아이들을 따라 썰물처럼 흩어지는 시체들을 가리켰다. 그냥 그들을 따라가라는 뜻이었다.

다른 방법이 없었다. 묵연은 어쩔 수 없이 머리를 땋은 남자아이에게 손을 붙잡힌 채 비틀거리며 곁채 중 한 곳으로 들어갔다. 그가 들어가자마자 아이는 허공에 손을 휘둘렀고, 탁 하는 소리와 함께 문이 닫혔다.

묵연은 그 작은 아이를 뚫어져라 쳐다보았다. 도대체 이 얼굴 없는 꼬마 귀신이 자신에게 뭘 하려는 건지 감이 오지 않았다.

전생에서는 초만녕이 사매를 먼저 구한 후 환각 세계를 파괴했다. 그 과정에서 자신은 아무것도 한 게 없었다. 그저 가볍게 요사스러운 귀신들을 물리친 다음 사매와 입 맞춘 황홀했던 시간을 회상했을 뿐, 일이 끝난 후 초만녕이 한 설명은 거의 귀담아듣지 않았더랬다.

그러니 상황에 변수가 생겼다 해도 앞으로 어떤 일이 발생할지 전혀 모르니 그냥 부딪쳐 보는 수밖에 없었다.

방 안에 화장대가 하나 있었다. 그 위에 거울이 올려져 있었고, 나무 옷걸이에는 '여의문'[#51]이 수놓인 진홍색 길복[#52]이 단정히 걸려 있었다.

#51 여의문 如意紋. 만사형통을 상징하는 무늬
#52 길복 吉服. 혼인 때 신랑 신부가 입는 옷

아이는 묵연을 보며 앉으라는 듯 등받이가 없는 작은 의자를 탁탁 쳤다.

묵연은 이곳의 귀신들이 전부 바보 같다고 생각했다. 멍청하긴, 말만 안 하면 죽었는지 살았는지도 구분 못 하다니. 그는 아이의 뜻에 따라 화장대 앞에 앉았다. 아이가 바스락거리며 걸어와 그의 머리를 빗겨 주고 옷을 갈아입혔다…….

그때, 창문으로 해당화 한 송이가 날아들어 오더니 놋대야에 담긴 물 위로 천천히 떨어졌다.

묵연의 눈이 반짝 빛났다. 일명 '만야옥형'이라 불리는 그 해당화는 초만녕이 소리 없이 말을 전할 때 쓰는 것이었다.

그가 해당화를 물에서 건지자 해당화가 순식간에 활짝 피어나더니 꽃술에서 연한 금빛이 반짝였다.

묵연은 그 금빛을 손끝으로 잡아 귀에 집어넣었다. 초만녕의 목소리가 귓가에 울리기 시작했다.

– 묵연, 천문으로 확인해 보니 이곳은 채접진의 그 귀신 주례가 만들어 낸 환각 세계다. 귀신 주례는 백 년 동안 마을 사람들의 향불 공양을 받아 점점 도를 깨쳤다. 영혼결혼식을 하는 사람이 많을수록 귀신 주례의 힘도 강해지고, 그래서 그렇게 영혼결혼식을 좋아하는 것이다. 두 줄로 늘어선 그 시체들은 분명 지난 수백 년 동안 그가 보는 앞에서 연을 맺은 채접진의 귀신 부부일 테지. 놈은 이런 왁자지껄한 분위기를 좋아해서 매일 밤 시체들을 환각 세계로 불러들여 영혼결혼식을 되풀이하고, 그럴 때마다 힘은 더 커지고 있다.

묵연은 생각했다. 이런 변태가 다 있나!

다른 신선들은 아무리 한가해도 소년 소녀를 맺어 주는 게 전부인데, 귀신 주례인지 뭔지 하는 이놈은 몸만 신선이 되고 머리는 신선이 못 되었는지 유일한 취미라는 게 고작 죽은 남녀를 맺어 주는 거라니. 더구나 한 번 맺어 줬으면 됐지, 이미 영혼결혼식을 치른 시체들을 밤마다 무덤에서 불러내 또 맺어 주고, 또 맺어 주고 한단 말이야.

시체들끼리 단체로 그 짓을 하는 게 뭐가 그리 보기 좋다고?

이 노처녀 신선은 단단히 미친 게 분명해.

초만녕이 말했다.

– 귀신 주례의 진짜 몸은 여기에 없다. 너는 경거망동하지 말고 조금 있다가 금동옥녀의 지시에 따라 움직이거라. 귀신 주례는 영혼결혼식에서 힘을 흡수하려 할 것이고, 마지막에는 분명 진짜 모습을 내보일 게다.

묵연은 묻고 싶었다. 사매는요? 사매는 어떻게 됐는데요?

– 사매는 걱정할 필요 없다. 진 부인과 마찬가지로 향분에 미혹되어 잠시 의식을 잃은 것뿐이다.

역시 빈틈없는 초만녕. 묵연이 궁금해할 것들을 정확히 설명해 주었다.

– 너나 잘 챙겨라. 모든 건 내가 알아서 하겠다.

말을 마친 후, 목소리는 사라졌다.

거의 동시에 아이가 묵연의 치장을 끝냈다. 고개를 들어 보니, 거울에 수려한 얼굴이 비쳤다. 원래부터 살짝 올라가 있는 입꼬리, 깔끔하고 시원한 눈매. 옷깃은 겹쳐 있었고, 길복은 타오르는 듯한 붉은색이었으며, 긴 머리카락은 흰색 천으로 묶여 있었다. 영락없이 영혼결혼식의 신랑 모습이었다.

아이가 이쪽으로 오라는 듯 손짓하자 굳게 닫혀 있던 곁채의 문이 활짝 열렸다.

회랑에는 길복을 입은 남녀 시체들이 죽 늘어서 있었다. 가만 보니 이 귀신 주례는 머리통을 진흙으로 만든 게 분명했다. 일단 짝 맞춰 혼인만 시키면 장땡이라는 건지 남남, 여여끼리 짝지어 절을 시키는 것도 개의치 않는 모양새였다.

이 회랑에는 시체가 한 줄만 늘어서 있었다. 나머지 한 줄은 맞은편에 서 있었는데, 거리가 너무 멀어서 초만녕과 사매가 나와 있는지 정확히 보이지 않았다.

행렬은 천천히 앞으로 이동했다. 이따금 본채에서 주례의 노랫소리가 들렸고, 한 쌍 또 한 쌍의 영혼결혼식이 천천히 치러지고 있었다.

묵연은 앞에 서 있는 진요 씨를 바라보았다. 아까부터 계속 뭔가가 거슬리는 기분이었다. 한참을 생각하는 동안 줄은 점점 줄어들었다. 마지막 몇 쌍이 남았을 무렵, 이 돌대가리 쓰레기는 마침내 깨달았다…….

아! 줄 선 순서대로라면, 내 앞의 이 여자가 사매랑 혼인하는 거잖아? 그럼 나는 초만녕 그놈이랑 짝인 거고? 그럴 순 없지!

전임 인간계 황제는 못마땅한 마음에 입을 삐죽거렸다. 그러고는 거리낌 없이 진요 씨를 밀치며 앞으로 끼어들었다.

옆에 서 있던 아이가 일순 어리둥절해했다. 묵연은 얼른 고개를 푹 숙이고 목매달아 죽은 귀신처럼 축 늘어진 자세로 시체 사이에 섞였다. 수련의 경지가 낮은 금동옥녀들은 무슨 문제가 생긴 건지 알아차리지 못하고 멍청히 있을 뿐 아무 반응도 보이지 않았다.

묵연은 쾌재를 불렀다. 신이 나서 행렬을 따라갈 준비를 하는데, 마침 회랑 맞은편에 서 있는 사매와 마주쳤다.

같은 순간.

초만녕도 자신의 앞에 서 있는 사매를 보았다. 아무리 생각해도 어떤 위험이 닥칠지 알 수가 없었다.

초만녕은 말투는 사나워도 마음은 약했다. 사람들의 미움을 살 정도로 모진 성격이지만, 사실 그는 살아 있는 한 절대 자신의 제자를 위험에 빠뜨릴 순 없었다.

그래서 그는 사매를 밀어냈다. 정신이 흐릿한 녀석을 뒤로 밀고, 사매가 서 있던 자리에 자신이 섰다.

그의 차례가 되었다.

회랑 끝에는 귀신 수모[#53]가 검은색과 붉은색이 교차하는 쟁반을 들고 서 있었다. 수모는 초만녕이 다가오는 것을 보며 웃었다. 눈코입이 없는 얼굴은 소녀처럼 맑고 깨끗한 소리를 냈다.

"축하드립니다, 신부님. 축하드려요. 처음 만나더라도 평생을 안 사이 같으니, 검은 머리가 파뿌리 되도록 함께하네요."

초만녕의 얼굴이 순간 흙빛으로 변했다.

신, 신부……? 눈도 안 달렸나?

그는 다시 한번 귀신 수모의 텅 빈 얼굴을 확인하고 꾹 참았다.

망할 놈의 귀신, 진짜 눈이 없군.

귀신 수모는 배시시 웃으며 쟁반 위에 있던 붉은 면사포를 집

#53 수모 手母. 혼례에서 신부의 단장 및 그 밖의 일을 곁에서 거들어 주는 여자

어 들어 초만녕의 얼굴을 가렸다. 잠시 후 얼음처럼 차가운 손이 가볍게 초만녕을 부축하며 말했다.

"신부님, 이쪽으로."

14장 본좌의 혼례식

붉은 면사포가 눈앞에 드리워졌다. 사물을 알아볼 순 있었지만, 분명히 보이지는 않았다. 초만녕은 미간을 찌푸린 채 어두운 표정으로 귀신 수모를 따라 연회장인 화청으로 들어갔다.

눈을 드니 연붉은 면사포 너머에 누군가 서 있는 게 보였다. 초만녕은 주변의 온도가 순식간에 떨어진 것 같은 기분이 들었다.

묵연도 아연실색했다.

저쪽에서 나오는 게…… 사매였어야 되는 거 아니야?

눈앞의 '신부'는 곱게 치장을 하고 얇은 면사포로 얼굴을 가리고 있었다. 면사포 때문에 얼굴이 정확히 보이진 않았지만, 아무리 봐도 초만녕의 그 살벌하고도 잘생긴 낯짝이 불쾌한 표정으로 자신을 바라보고 있는 게 분명했다. 그 눈빛은 금방이라도 살인을 저지를 것 같았다.

"……."

묵연은 처음엔 망연자실했으나 점점 표정이 복잡미묘해졌다. 온갖 감정이 주마등처럼 얼굴을 스치다 결국은 기이한 침묵이 되었다. 초만녕과 마주 보고 있자니 분위기가 극도로 어색해졌다.

마침 두 사람 뒤에 서 있던 금동옥녀들이 키득키득 웃더니 손뼉을 치며 맑은 목소리로 노래를 부르기 시작했다.

"백제(白帝)의 물보라는 깨끗하고 원앙새 혼귀가 꽃을 물고 환영하네. 관에 부부를 합장하니, 생전의 소원이 죽어서 이루어졌네. 황천에서 둘이 함께하니 외로운 혼백은 헤어지지 않으리."

노래는 귀기가 가득했지만, 또 한편으론 애절하기도 했다.

만약 소리를 낼 수 있었다면 묵연은 이렇게 딱 한 마디 했을 것이다.

퉤.

그러나 말을 할 수가 없었다.

앞쪽에 한 쌍의 종이 얼굴 남녀가 있었다. 이목구비는 없으나 옷은 귀티가 나고 화려했는데 약간 크고 헐렁해 보였다. 중년 부모의 대역인 듯싶었다.

주례가 늘어진 목소리로 외치기 시작했다.

"신부는 교태 부리고 싶어도 부끄러워 입을 열지 못하고, 고개를 숙여 부드러운 눈빛만 보내네. 붉은 면사포가 얼굴과 미소를 가리고 있으니, 낭군께서 오셔서 걷어 주시오."

"……."

원래부터 마뜩잖은 표정을 짓고 있던 묵연은 이 노래를 듣고 나니 터질 듯한 웃음에 입술이 씰룩거려 미칠 것 같았다.

하하하하, 교태 부리고 싶어도 부끄러워 입을 열지 못하다니,

아하하하하!

사색이 된 초만녕은 화를 참으며 눈을 감았다. 그렇게 하면 귀로 아무것도 듣지 않을 수 있다고 여기는 것 같았다.

귀신 수모는 헤헤 웃으며 묵연에게 접선을 건넸다. 부채 '선(扇)'과 착할 '선(善)'은 발음이 같으므로, 이 혼사가 좋은 인연임을 의미했다.

"신랑은 면사포를 걷으시오."

묵연은 웃음을 참으며 수모의 말대로 순순히 부채 손잡이를 잡고 초만녕의 면사포를 걷어 올렸다. 웃음을 참느라 속눈썹이 파르르 떨렸다. 초만녕의 표정이 참으로 볼만했다.

상대의 비웃는 눈빛을 감지한 듯 초만녕은 참다못해 눈을 번쩍 떴다. 두 눈은 금방이라도 터질 듯한 살기로 번뜩였다.

붉은 면사포를 쓰고 진홍색 길복을 입었어도 그의 날카로움은 숨겨지지 않았다. 하지만 분노와 굴욕감으로 충혈된 눈꼬리가 어딘지 독특한 분위기를 풍겼다.

그 눈빛을 본 묵연은 저도 모르게 얼이 빠져 순식간에 표정을 굳혔다. 문득 이 장면이 전생의 어떤 순간과 겹쳐지며, 자신이 지금 전생에 있는 건지 현생에 있는 건지 갑자기 혼란스러워졌다.

순간, 묵연의 온몸이 식은땀에 젖었다.

그는 과거에 초만녕에게 세 가지 악행을 저질렀다.

첫 번째, 그를 죽였다. 즉, 초만녕에게 살수를 썼다.

두 번째, 치욕을 주었다. 억지로 자신과 관계할 것을 강요했다.

세 번째, …….

세 번째는 그가 전생에 했던 일 중, 가장 통쾌하고도 가장 후

회되는 일이었다.

물론 답선제군은 자신이 한 일에 대한 후회를 인정하지 않겠지만, 마음속 깊숙이 자리한 고통은 끝까지 떨치지 못할 것이다.

빌어먹을. 왜 또 그 미친 과거가 생각나는 거야. 왜 또 그때의 초만녕이 떠오르는 거냐고.

묵연은 고개를 흔든 후 입술을 꽉 깨물고 기억 속 초만녕의 얼굴을 지우려 애쓰며 눈앞의 그를 다시 살펴보았다.

초만녕은 계속 '널 죽여 버리겠다'는 눈빛으로 묵연을 바라보고 있었다. 그는 이 까다로운 사람의 성질을 돋우고 싶지 않아 어쩔 수 없다는 표정으로 가련한 미소를 지어 보였다.

주례가 말했다.

"신랑 신부는 옥관례를 올리시오."

옥관례란 신혼부부가 자신을 정결히 한 후 서로 손을 씻어 주는 의식을 말했다.

귀신 수모가 깨끗한 물이 가득 담긴 자기 주전자를 들고 왔다. 그러고는 두 사람이 손을 씻을 수 있도록 물을 부어 주었다. 손을 씻은 물은 아래에 있는 대야에 담겼다.

초만녕의 얼굴은 혐오로 가득했다. 그냥 각자 알아서 씻으면 끝이지 왜 상대방의 손을 씻겨 줘야 하는 거지? 묵연은 약간 넋이 나가서 수그러든 모습으로 묵묵히 초만녕의 손을 씻겼다. 그러나 영 내키지 않았던 초만녕은 묵연의 손에 물을 확 뿌렸고, 묵연의 소매는 잔뜩 젖어 버렸다.

"……."

묵연은 푹 젖은 소매를 한참 동안 바라보았다. 정신이 어디를 헤매는지 얼굴에는 아무 표정이 없었고, 그저 새카만 눈동자 깊은 곳에 묘한 빛이 비칠 뿐이었다.

그는 불안한 마음으로 생각했다.

초만녕은 변하지 않았다. 한 번도 변한 적이 없다.

모든 행동, 모든 생각, 전생이나 이번 생이나 조금도 바뀌지 않고 완전히 똑같다…….

그가 천천히 고개를 들었다. 그 순간, 마치 자신이 사생지전에, 무산전 앞에 서 있는 것 같았다. 끝도 없이 긴 계단 아래에서부터 자신을 향해 걸어온 초만녕이 자신 앞에 무릎을 꿇고, 그 고귀한 머리를 바닥에 찧었다. 꼿꼿하던 허리가 굴욕적으로 구부러졌다. 초만녕은 그의 앞에 엎드려 일어나려 하지 않았다.

"옥관례를 마쳤습니다."

갑작스러운 귀신 수모의 긴 외침이 묵연을 기억의 늪에서 끄집어냈다.

화들짝 정신이 들면서 초만녕과 눈이 마주쳤다. 새카만 눈동자가 섬뜩한 빛으로 번쩍였다. 차가운 눈이 내린 곡도 같은 소름 돋는 눈빛이었다.

"……."

……아, 전생은 어쨌거나 전생이다. 초만녕이 그에게 무릎 꿇는 일은 이번 생에서는 상상만으로도 족했다. 그게 실현됐다간 치러야 할 대가가 너무 컸다…….

옥관례 다음은 동뢰례,[#54] 그다음은 합근례[#55]였다.

귀신 수모가 부드러운 목소리로 노래하듯 외쳤다.

#54 동뢰례 同牢禮, 신랑 신부가 같이 음식을 먹는 의식
#55 합근례 合巹禮, 신랑 신부가 잔을 주고받는 의식

"부부가 함께 잔을 드니, 지금부터 영원히 헤어지지 않으리."

합근례 다음 순서는 천지신명에게 절을 올리는 것이었다.

초만녕은 금방이라도 폭발할 것 같은 얼굴이었다. 미세하게 치켜 올라간 봉안은 위협적이었다. 묵연은 밖에 나가고 나서 그가 저 귀신 주례를 갈아 마셔 버린다 해도 많이 봐준 셈일 거라고 생각했다.

하지만 이런 상태의 초만녕을 더는 쳐다볼 수 없었다.

더 봤다간 그 더럽고 혼란스러운 기억의 늪에 빠져 헤어 나오기 힘들 것 같았다.

"일 배~ 천지신명님께 절~."

아무리 연기라 한들 초만녕의 저 오만한 성격으로는 절대 무릎을 꿇지 않을 거라고 생각했다. 그러나 뜻밖에도 이 영혼결혼식을 끝까지 버텨 낼 생각인지 초만녕은 미간을 찌푸린 채 눈을 감고 무릎을 꿇었다. 두 사람은 나란히 머리를 조아렸다.

"이 배~ 부모님께 절~."

참 나, 저 얼굴 없는 종이 인형한테 하라는 거지? 저것들도 부모라고.

"삼 배~ 부부 맞절~."

초만녕은 짙은 속눈썹을 내리깐 채 몸을 돌렸다. 그러고는 묵연을 보지도 않고 이를 악물며 천하를 집어삼킬 듯한 기세로 신속하고 빠르게 몸을 숙였다.

그런데 두 사람은 호흡이 안 맞아도 너무 안 맞았다. 조금 가까이 갔다가 쾅 하고 서로 머리를 부딪친 것이다.

헉 하고 숨을 들이켠 초만녕은 자신의 이마를 만지며 아파서 눈물이 그렁그렁한 눈으로 똑같이 이마를 만지고 있는 묵미우를 사납게 노려보았다.

"……."

묵연이 입 모양으로 말했다.

'죄송해요.'

초만녕은 말없이 어두운 표정으로 눈의 흰자위를 번득였다.

다음은 결발례[#56]였다. 주례가 '결발로 부부가 되니 의심 없이 서로 은애하리'를 외치자 귀신 수모가 금색 가위를 가져왔다. 묵연은 자기도 모르게 움츠러들며 뒤로 물러섰다. 초만녕이 갑자기 심사가 뒤틀려서 가위로 자신을 찔러 죽이지 않을까 조마조마했기 때문이다. 초만녕은 그럴 마음이 충분히 있어 보였지만, 다행히 서로의 머리카락만 한 줌 잘라 금동옥녀가 가져온 주머니에 넣었다. 그 주머니는 '신부' 초만녕이 받았다.

묵연은 정말 묻고 싶었다. 설마 욱해서 내 머리카락으로 저주 인형을 만드는 건 아니겠죠?

주례가 외쳤다.

"성~ 혼~."

두 사람 모두 안도의 한숨을 내쉬며 바닥에서 일어났다. 그런데 그 주례가 또 유유히 외쳤다.

"길시가 되었으니 신방으로 들어가시오~."

뭐, 라, 고!

묵연은 순간 얼어붙었다.

아까 삼켰던 피를 다시 뿜을 뻔했다!

#56 결발례 結髮禮, 혼례식에서 남녀의 머리카락을 조금씩 잘라 하나로 묶는 풍습

무슨 말도 안 되는 소리야. 초만녕과 합방이라도 했다간 이 망할 놈의 혼례가 진짜 영혼결혼식이 될 판이라고! 미녀 앞에서 죽으면 여한이 없다지만, 그가 이번 생에서 원하는 건……. 아니지, 전생이든 현생이든 그가 원하는 건 진흙탕에 빠져도 물들지 않을 순수한 사매지, 제자를 묶어 진흙탕에 빠뜨리고 물들길 기다리는 냉혈 악마 초만녕이 아니라고!

지금 도망가도 안 늦을까?

15장 본좌가 처음 보는 합방 방식이로다

물론 도망가는 건 상상일 뿐이었다. 사매가 여기 있는 한, 상황이 어떻게 돌아가든 혼자만 갈 수는 없었다.

그런데 이 망할 놈의 귀신 주례가 자기 일을 너무나도 성심성의껏 하는 것이 아닌가.

화가 치민 묵연은 얼굴이 붉으락푸르락해졌다. 아니, 혼례를 올려 줬으면 됐지 무슨 빌어먹을 합방까지 간섭하고 난리야? 게다가! 전부 망할 놈의 시체뿐이잖아! 딱딱하게 굳은 시체! 그런데 어떻게 합방을 하냐고!

지금 초만녕의 표정이 어떨지 그는 감히 쳐다볼 수도 없어, 애써 융단만 주시하며 모르는 척 외면했다. 그는 지금 어딘가에 숨어서 뿌듯해하고 있을 귀신 주례를 잡아와 고래고래 소리를 지르고 싶은 심정이었다. 야, 이 씨발 놈아! 네놈 합방하는 거나 보여 줘라!

금동옥녀들이 두 사람을 둘러싸더니 안채로 홱 밀어 넣었다.

안채에는 관이 하나 놓여 있었다. 시뻘건 색이 칠해진 커다란 관은 일반적인 관보다 두 배는 컸는데, 얼마 전 밖에서 파낸 그 관과 똑같은 모양이었다.

초만녕은 알겠다는 듯 낮게 중얼거렸다.

묵연 역시 귀신 주례의 의도를 알아차리곤 크게 안도의 한숨을 내쉬었다.

망자는 당연히 합방이 불가능했다. 여기서의 신혼 첫날밤이란, 같은 관 안에 들어가 무덤에 합장되어 '죽어서도 함께하는 것'을 완성하는 것이었다.

이때, 금동옥녀가 낭랑한 목소리로 그들의 추측이 맞는다는 것을 증명해 주었다.

"신부께서 먼저 신방에 들어가시어요."

초만녕이 넓은 소매를 탁탁 털더니 굳은 얼굴로 관 안에 들어가 누웠다.

"이제 신랑께서 들어가시어요."

묵연은 관 입구에 엎드린 채 눈을 껌뻑거렸다. 초만녕이 자리를 거의 다 차지하고 있었기 때문이다. 관이 크긴 해도 성인 남자 둘이 눕기엔 역시나 좁았다. 묵연은 결국 초만녕의 넓은 옷자락을 깔고 누울 수밖에 없었고, 그의 분노의 눈초리를 피하지 못했다.

한 쌍의 금동옥녀가 관을 돌며 또 노래를 시작했다. 아까 불렀던 그 스산하고도 어딘가 모르게 애절한 저승의 노래였다.

"백제의 물보라는 깨끗하고 원앙새 혼귀가 꽃을 물고 환영하네. 관에 부부를 합장하니, 생전의 소원이 죽어서 이루어졌네. 황천에서 둘이 함께하니 외로운 혼백은 헤어지지 않으리.”

노래가 끝나자 금동옥녀가 양쪽에서 관 뚜껑을 들어 천천히 관 위에 올렸다. 쾅 하는 둔탁한 소리와 함께 주위가 삽시간에 암흑으로 변했다.

초만녕과 묵연은 그렇게 관 안에 합장되었다.

관은 무척이나 두꺼운 나무로 만들어져서 작은 소리로 얘기하면 밖에서는 들을 수가 없었다. 초만녕은 손을 들어 소리를 막는 결계를 쳤다. 안에서 나는 소리가 밖으로 새어 나가지 않게 확실히 하려는 것이었다. 결계를 치고 나서 그가 처음으로 한 말은…….

“옆으로 좀 가거라. 내 팔이 깔렸다.”

“…….”

분명 ‘팔이 깔렸다’는 것보다 더 중요한 말이 많을 텐데?

묵연은 속으로 불평하면서도 옆으로 조금 움직였다

“조금 더 가라. 내가 다리를 못 펴겠다.”

다시 조금 움직였다.

“더 가라고! 내 얼굴에 붙지 마라!”

묵연은 억울했다.

“사존, 제가 지금 관 벽에 완전히 붙어 있는데 어떻게 더 움직이라는 말씀이세요?”

초만녕은 ‘흥’ 하며 콧방귀를 뀌고는 입을 다물었다.

묵연이 구석에 딱 붙어 몸을 웅크리고 있던 그때, 갑자기 관이 흔들렸다. 밖에서 누군가 합장이 된 관을 들어 옮기는 모양이었다. 관은 흔들거리며 알 수 없는 방향으로 이동하고 있었다. 묵연은 귀를 쫑긋 세우고 밖에서 무슨 소리가 들리는지 알아보려 했다. 사매도 지금 진요 씨와 함께 관에 합장되었을 거라고 생각하니 순간 기분이 울적해졌지만, 딱히 다른 방법도 없었다.

초만녕의 결계는 과연 대단했다. 안에서 나는 소리는 밖으로 나가지 않아도 바깥의 소리는 안으로 들어왔다. 그들은 관 안에서 축포를 터트리고 징과 북을 치는 소리를 들었다. 묵연이 물었다.

"이 귀신들은 정말 할 일이 너무나 없나 봐요. 우리를 어디로 데려가는 걸까요?"

관 속은 칠흑같이 깜깜해서 얼굴은 보이지 않고 목소리만 들렸다.

"채접진의 풍습과 똑같을 테니, 마을 밖의 묘우로 가는 거겠지."

묵연은 고개를 끄덕이며 귀를 기울였다.

"……사존, 발소리가 점점 많아지는 것 같아요."

"백귀야행,[#57] 합장을 한 관은 전부 거기로 가겠지. 내 추측이 틀리지 않는다면, 절집 앞에 도착한 후 그 귀신 주례가 진짜 모습을 드러낼 것이다. 영혼결혼식을 올린 모든 부부의 몸에서 공덕(功德)을 앗아 가려고 말이다."

묵연이 물었다.

"이렇게나 관이 많은데, 수백 개의 관이 마을을 가로지르는데도 발견하는 사람이 없다고요?"

"발견할 수 없지."

#57 백귀야행 百鬼夜行. 밤에 온갖 귀신이 집단으로 돌아다닌다는 뜻

초만녕이 말했다.

"관을 든 것도 귀신 금동옥녀니까. 귀신이 들고 있는 물건은 보통 사람의 눈에는 보이지 않는다."

묵연이 또 물었다.

"어떻게 이렇게 잘 아세요?"

초만녕이 대답했다.

"아까 곁채에서 천문으로 귀신 금동 하나를 심문했다."

"……."

잠시 침묵이 흘렀다. 묵연이 또 물었다.

"그럼 그때 산에서 파낸 붉은 관 속의 진 공자는 어찌 된 일입니까? 진씨 집안은 왜 사람들이 줄줄이 죽는 거죠?"

초만녕이 말했다.

"모른다."

묵연은 조금 놀랐다.

"귀신 금동이 그건 안 알려 줬어요?"

"귀신 금동이 자기도 잘 모른다더군."

"……."

잠깐의 정적이 흐르고, 초만녕이 다시 입을 열었다.

"그런데 내 생각엔, 그 집 사람들이 우리에게 말하지 않은 게 있는 것 같다."

"어째서요?"

"기억해라. 이 절집에서 모시는 것들은 사기가 강하다고는 해도, 이미 선체(仙體)를 얻었기 때문에 사람들의 공양을 받아야만 점점 강해질 수 있다."

묵연은 전생에서도 초만녕의 수업을 제대로 들은 적이 없어서 매번 무슨 일에 맞닥뜨릴 때마다 기본적으로 필요한 상식이 부족했다. 그래도 이번 생에서는 겸허하게 가르침을 구하는 편이 낫다고 생각해 질문했다.

"선체는 또 무엇입니까?"

"……지난달에 신선과 귀신과 신과 마귀의 다른 점에 관해 설명할 때 넌 뭘 하고 있었느냐?"

묵연은 속으로 생각했다. 본좌는 환생한 몸인데, 십 년도 더 전에 있었던 수업에서 내가 뭘 하고 있었는지 어찌 기억한단 말이냐! 아마 책상 밑으로 몰래 ≪구룡일봉의 난교전≫을 봤거나, 아니면 멍하니 사매를 바라보고 있었거나, 그것도 아니면 네놈의 목을 쳐다보며 어떻게 하면 쥐도 새도 모르게 따 버릴 수 있을까 생각했겠지!

초만녕이 차갑게 말했다.

"돌아가면 ≪육계견문록(六界見聞錄)≫을 열 번 베껴 쓰거라."

"……네."

수업 중 딴짓을 한 대가는 너무도 쓰라렸다.

"천하의 신선은 신과 다르다. 신은 자유롭지만, 신선은 속박을 받지. 사람이 간절히 빌어야만, 사람의 일에 개입할 수 있다."

묵연은 소름이 돋았다.

"그렇다면 진씨 집안의 살인 사건도 누군가가 간절히 빌었기 때문이라는 말씀입니까?"

묵연의 목소리는 어둠 속에서 더욱 차갑게 들렸다.

"내 생각에, 귀신 주례에게 간청한 건 꼭 산 사람이 아닐 수도 있을 것 같다."

묵연이 입을 쩍 벌리고 질문을 더 퍼부으려는데, 관을 든 금동옥녀가 급경사를 만났는지 관이 심하게 흔들리면서 오른쪽으로 기울어졌다.

흔들림을 미처 예상하지 못한 데다 관 안은 미끄러웠고, 잡을 만한 것도 없었다. 묵연은 그대로 굴러서 스승의 가슴팍에 세게 부딪쳤다.

"윽……."

묵연은 부딪쳐서 아픈 코를 감싼 채, 멍한 정신에도 고개를 들어 무슨 상황인지 파악하려고 애썼다. 그 순간, 아주 희미한 해당화 향기가 코끝을 스쳤다. 새벽녘의 연무처럼 가볍고도 밤의 서늘함을 살짝 머금은 향기였다. 세상에 사람을 미혹하는 향기는 많으나, 이 향기는 오히려 차갑고 깨끗했으며 맡는 순간 정신이 맑아졌다.

묵연은 흠칫하며 그대로 굳어 버렸다.

이 해당화 향기는 그에겐 너무나도 익숙한 초만녕의 체취였다. 묵연에게는 언제나 욕망과 뒤섞여 있던 향기였다.

그 순간, 저 깊은 곳에 단단히 박혀 있던 사악한 생각이, 마치 벼락이 떨어져 숲을 태우듯 그의 머릿속을 쾅 하고 내리쳤다.

16장 본좌는 경악했다

묵연을 보고 짐승이라고 마냥 비난할 수는 없는 노릇이었다. 수도 없이 몸을 섞은 사람과 이렇게 폐쇄된 공간에 갇히면, 그리고 너무나도 익숙한 상대방의 향기를 맡아 버리면, 침상 위에서의 일이 진심이든 아니든, 보복이든 사랑이든 상관없이 순간 마음에 파도가 치는 건 지극히 자연스러운 일 아닌가.

게다가 묵연은 원래부터 개자식이었으니까.

사매는 묵연의 하얀 달빛이었다. 차마 건드리지도, 망가뜨리기도 싫은 사람이었다.

묵연은 오로지 초만녕을 괴롭히는 데에 전념했다. 초만녕에게만 자신의 어둠과 짐승 같은 욕망과 뼛속까지 사무친 난폭함을 아무 거리낌 없이 분출했다.

초만녕을 부수고 그를 갈기갈기 찢고 꿰뚫어서 사매에게는 절대 할 수 없는 온갖 더러운 짓거리를 강요했다.

전생에서 고개를 빳빳이 들고 걷는 초만녕의 목울대가 오르락내리락하는 걸 볼 때마다, 그는 피를 갈구하는 사악한 괴수로 변하고 싶은 충동을 느꼈다. 그래서 이 남자의 목을 물어 피를 마시고 뼈와 살을 잘근잘근 씹어 먹고 싶었다.

그는 초만녕에게 어떤 측은지심도 느끼지 못했다. 그저 죽을 힘을 다해 초만녕을 망가뜨리려 했다.

마지막에 가서는 기의 습관이 되어 버렸다. 초만녕의 향기만 나면 배 속에서 불길이 일었고, 초만녕을 침상에 묶어 놓고 덮치고 싶어 몸이 근질근질했다.

관 속은 조용했다. 초조하게 뛰는 묵연의 심장 소리마저 들릴 정도였다.

그는 초만녕의 얼굴이 가까이 있다는 걸 알고 있었다. 상대방의 숨결이 느껴졌다. 지금 목을 물어 버리면, 초만녕도 벗어날 수 없을 것이다. 그러나…….

관두자.

묵연은 조금 뒤로 물러나며 초만녕과 거리를 두었다. 정말 쉽지 않은 일이었다. 관 안이 매우 비좁았기 때문이다.

"죄송해요, 사존."

묵연이 하하 웃으며 얌전한 척을 했다.

"관이 이렇게 흔들거릴 줄은…… 몰!"

말이 떨어지기가 무섭게 관이 또 기울었다. 묵연은 또 데구루루 굴러 초만녕의 가슴팍에 부딪쳤다.

"……."

묵연이 다시 물러나면 관은 다시 흔들거렸다. 이런 상황이 계속 반복되었다.

"빌어먹을, 누가 이기나 해보자."

묵연은 또 뒤로 물러났다.

금동옥녀는 비탈을 걷고 있는 것 같았다. 관 안은 미끄럽고 잡을 만한 것도 없어서 묵연은 얼마 지나지 않아 또 무력하게 초만녕의 얼굴 앞으로 굴러갔다.

"사존……."

입술을 깨물며 억울하다는 듯 말했다.

묵연은 원래 얼굴이 소년처럼 귀여웠다. 게다가, 자신의 흉악한 꼬리를 숨긴 채 강아지처럼 구니 억울해하는 그 모양새가 제법 그럴듯했다.

초만녕은 아무 말이 없었다.

묵연도 더는 계속 이리저리 구르고 싶지 않아서 아예 포기하고 말했다.

"고의는 아니에요."

"……."

묵연이 작게 말했다.

"하지만 부딪칠 때마다 등의 상처가 너무 아파요……."

어둠 속에서 초만녕이 가볍게 한숨을 쉰 것 같았다. 하지만 바깥의 징과 북소리가 시끄러워 묵연도 자신이 똑똑히 들었는지 확신할 수 없었다.

그러나 곧바로, 묵연은 더욱 분명하게 해당화 향을 맡을 수 있었다. 초만녕이 그의 손을 묵연의 등 뒤에 갖다 대고 묵연이 세게 부딪치지 않도록 막아 주었기 때문이다.

껴안은 건 아니었다. 초만녕의 팔은 묵연과의 신체적 접촉을 피하기 위해 허공에 걸려 있었다. 그의 옷만 묵연과 닿아 있었다. 그러나 어쨌든 매우 가까운 자세였다.

"조심하거라, 또 부딪치지 않게."

그의 낮은 목소리는 계곡물에 담긴 도자기처럼 고고한 단정함이 묻어났다. 증오의 감정 없이 순수하게 듣는다면 정말 좋은 목소리였다.

"……예."

그렇게 침묵이 흘렀다.

묵연은 아직 자라는 소년이어서 성인이 됐을 때만큼 키가 크지 않았다. 초만녕의 가슴팍에 기댄 그의 이마는 딱 초만녕의 턱까지 왔다.

이런 느낌은 익숙하면서도 낯설었다.

옆에 누워 있는 이 사람은 익숙했다.

그런데 지금의 자세는 너무 낯설었다.

지나간 옛일을 생각해 보면, 자신은 언제나 사생지전의 무산전에 누워 있었다. 외톨이가 된 답선제군은 숨조차 쉴 수 없는 끝없는 어둠 속에서 필사적으로 초만녕을 끌어안고 있었다.

그때의 묵연은 이미 초만녕보다 키도 컸고, 힘도 셌다. 집게 같기도, 올가미 같기도 한 그의 팔뚝은 인간 세상에서 마지막 남은 불꽃을 태우는 것 같은 미미한 온기를 품 안에 지키고 있었다.

그는 고개를 숙여 초만녕의 길고 새카만 머리에 입을 맞추었다. 그리고 초만녕의 목덜미에 탐욕스럽게 얼굴을 파묻고는 일

말의 동정심도 없이 물어뜯었다.

– 난 네가 싫다, 초만녕. 너무 싫어서 죽을 것 같다.

목소리가 갈라졌다.

– 하지만, 난 이제 너밖에 없어.

마침 그때 관이 세게 흔들거려 묵연을 기억에서 끄집어냈다. 징과 북소리도 멈췄고, 주위는 쥐 죽은 듯 조용했다.

"사존……."

초만녕이 손을 그의 입술에 갖다 대며 낮은 목소리로 말했다.

"쉿, 도착했다."

바깥에서는 더는 바스락거리는 발소리가 들리지 않았다. 사면이 정적에 휩싸였다.

초만녕이 손가락 끝에 희미한 금색 불빛을 만들더니 관 벽에 대고 그었다. 그러자 두 사람이 밖을 내다보기에 딱 적당한 크기의 좁은 틈이 생겼다.

예상대로 그들은 채접진 바깥에 와 있었다. 귀신 주례를 모시는 묘우 앞은 이미 합장된 관으로 발 디딜 틈이 없었다. 점점 짙어지는 백접향분의 향기가 틈새를 통해 관 안에도 퍼졌다.

순간, 묵연은 뭔가 이상한 느낌이 들었다.

"사존, 이 향기와 환각 세계에서의 향기가 진 공자의 관에서 나던 향기와는 좀 다른 것 같지 않으세요?"

"……무슨 말이냐?"

묵연은 냄새에 예민한 편이었다.

"북산에 있었을 때 관이 열리던 순간 나던 향기는 정말 좋았어요. 불편한 느낌이 전혀 없었으니, 분명 백접향분이 맞을 거예요. 그런데 환각 세계에 들어간 이후부터는 향이 비슷하긴 한데 약간 다르다는 느낌이 들었어요. 어떻게 다른지 도저히 떠오르질 않았는데, 지금은…… 어떻게 다른지 알 것 같아요."

초만녕이 고개를 돌려 그를 바라보았다.

"이 냄새가 싫다고?"

묵연은 계속 틈에 얼굴을 붙이고 바깥을 주의 깊게 살피며 말했다.

"예. 전 어렸을 때부터 향불 냄새를 싫어했거든요. 여기, 그리고 환각 세계에서 나던 냄새는 절대로 백접화 향이 아닙니다. 채접진 사람들이 귀신 주례에게 공양을 드릴 때 태우는 특제 선향[#58]이지요. 저길 보세요……."

초만녕이 그의 시선을 따라갔다. 묘우 앞에 사기 향로가 있고 그 안에는 팔뚝만 한, 기다란 선 모양의 선향 세 개가 타면서 달큼한 냄새를 바람에 실어 보내고 있었다.

채접진 사람들은 온갖 꽃을 이용해 각종 향료를 만들었다. 그래서 신에게 공양을 올릴 때 쓰는 향불도 밖에서 사 오지 않고 각자 마을에서 만든 향불을 썼다. 향불을 만드는 데 쓰는 재료 대부분은 마을 바깥에 심은 꽃들이었기 때문에, 모르는 사람이 맡으면 차이가 거의 없을 정도로 향이 비슷했다.

#58 선향 향료 가루를 가늘고 긴 선 모양으로 만들어 풀로 굳힌 향

초만녕이 조용히 물었다.

"설마 진 공자의 관에서 나던 향이 환각 세계에서 나던 향과 아무 상관이 없다는 거냐?"

그가 새로 알게 된 사실을 제대로 파악하기도 전에 갑자기 묘우에서 붉은빛이 새어 나와 생각의 흐름을 끊었다. 관 안에 숨어 있던 두 사람은 틈에 바짝 붙어 밖을 내다보았다. 묘우 안에서 나오는 번쩍거리는 빛이 주변을 환하게 비췄다. 묘우 옆에 놓인 철로 만든 받침상 위에는 소원을 빌 때 쓰는 붉은 연등이 늘어서 있었다. 꺼져 있던 연등들이 하나씩 켜지기 시작했다.

합장한 관 옆을 지키던 금동옥녀들이 하나둘 무릎을 꿇으며 일제히 암송했다.

"주례 마마께서 속세에 내려오시어 외로이 떠도는 넋을 고난에서 영원히 벗어나게 해 주시고, 좋은 사람을 만나 함께 합장되고 황천길을 함께하게 해 주셨습니다."

큰 소리로 암송을 하니, 마침내 귀신 주례가 온몸에서 금빛을 내뿜으며 묘우에 나타났다. 그녀는 눈을 내리깐 채 천천히 입꼬리를 올리며 공양대 위에서 뛰어내렸다.

동작이나 자세가 매우 아름답고 우아했다.

그런데 명색이 여인인 주례의 진흙으로 만들어진 몸은 너무 무거웠던지 '쿵' 하는 소리를 내며 바닥에 커다란 구멍을 만들어 버렸다.

묵연이 '풉' 하고 웃음을 터뜨렸다.

초만녕은 가만히 있었다.

귀신 주례는 자신의 착지가 상당히 불만족스러운 듯 큰 구멍을 잠시 바라보다가 구멍에서 천천히 걸어 나와 옷매무새를 정리했다.

귀신 주례는 화려하게 화장한 여인이었다. 치렁치렁 장신구를 단 그녀는 기쁨의 기색이 역력했다. 어두운 밤, 그녀가 고개를 이리저리 돌리더니 백 명이 합장된 관 앞에 섰다. 밤바람에는 시체들의 피비린내가 진동했다. 그녀는 기분이 좋아진 듯 천천히 두 팔을 벌리며 '큭, 큭' 하고 웃었나.

"너희가 나를 믿고 섬겼으니 좋은 인연을 만나 생전에 하지 못한 혼인을 하게 된 것이다."

부드러운 목소리가 들리자 귀신들은 너도나도 감격하여 머리를 조아렸다.

"주례 마마께서 보우하사……."

"주례 마마께서 혼인의 복을 주시길……."

여기저기서 이런 간청이 들렸다. 귀신 주례는 이 상황을 즐기듯 천천히 줄지어 늘어선 합장관 사이를 왔다 갔다 하더니, 붉은색 칠을 한 긴 손톱으로 관 뚜껑을 긁었다. 소름 돋는 소리가 났다.

묵연은 궁금해졌다.

"사존, 예전에 요괴와 신선과 귀신, 신과 마귀와 인간, 이렇게 육계(六界)가 있다고 하셨잖아요. 그런데 저 신선은 왜 그 좋은 구천에 있지 않고 지하의 혼귀와 한패가 된 것입니까?"

"귀신 주례가 다스리는 것이 영혼결혼식이고, 주로 혼귀의 공양을 먹고 살기 때문이다."

초만녕이 이어 설명했다.

"혼귀는 귀신 주례의 힘을 크게 늘려 주지. 그렇지 않으면 절대 백 년 만에 신선이 될 수 없다. 이런 이점 때문에 그녀는 기꺼이 저승의 '친구'와 한편이 되기로 한 거지."

귀신 주례는 관 주위를 한 바퀴 빙 돌더니 다시 맨 앞으로 돌아왔다. 조용하고 쓸쓸하지만 앳된 목소리가 울려 퍼졌다.

"첫 번째 관을 열고, 첫 번째 인연을 내리겠다. 왼쪽부터 시작하지."

그녀의 명령에 가장 왼쪽에 있던 관이 천천히 열렸다. 금동옥녀가 옆에서 공손하게 맞이했다. 관 안에서 시체 두 구가 비틀거리며 일어났다. 화려한 붉은색 길복이 망자의 창백한 얼굴을 더욱 돋보이게 했다. 생기라곤 전혀 없는 얼굴이었다.

그 부부는 천천히 귀신 주례 앞으로 가 무릎을 꿇었다.

귀신 주례가 그들 사이에 손을 내려놓고 말했다.

"내가 주례의 이름으로 너희에게 사후 혼인을 허락하여 지금부터 부부가 되었으니, 서로 짝이 되어 즐기거라."

묵연이 흰자위를 번득이며 중얼거렸다.

"시를 못 지으면 그냥 하지 말 것이지. 멀쩡한 성혼 선언도 왜 이렇게 야하게 들리는 거야."

초만녕이 차갑게 말했다.

"네 생각이 음란해서 그렇다."

묵연은 입을 다물었다.

곧이어 귀신 주례는 묵연이 음란한 게 아니라 영혼결혼식을 주관하는 신선이 음란하다는 것을 몸소 증명해 보였다.

혼인을 허락받은 한 쌍의 시체는 마치 몸을 흥분시키는 춘약이라도 먹은 것 같았다. 분명 이미 죽은 혼귀들인데, 갑자기 서로의 옷을 벗기더니 입을 맞추고 껴안고 난리를 치다가, 마침내 모두가 보는 앞에서 수치심도 부끄러움도 없이 뒤엉키기 시작한 것이다.

초만녕과 묵연은 입을 다물었다.

"……."

"내가 주례의 이름으로 천륜의 즐거움을 하사하겠다. 음양의 교합에 생사가 무슨 상관이겠느냐!"

귀신 주례의 목소리가 점점 날카롭게 격앙되었다.

두 시체의 동작은 점점 과장되어 갔다. 심지어 옷을 벗어젖힌 남자 시체의 그곳은 힘이 넘치고 원기 왕성한 모습을 보이는 게, 산 사람과 다르지 않았다.

묵연은 경악했다.

"……이게…… 빌어먹을…… 가능하다고?"

17장 본좌의 사존이 다치니, 본좌는 심히……

이놈의 귀신 주례는 주례를 할 게 아니라 춘약 장사를 해야 딱 맞을 것 같았다. 보통 춘약이라 하면 산 사람의 의기소침해진 그것을 위풍당당하게 바꿔 주는 정도인데, 이 신선은 손만 휘둘러도 죽은 사람의 것이 저렇게 딱딱하게 섰다. 이것이야말로 진정한 '회춘' 아닌가!

묵연이 한참 흥미진진하게 보고 있는데 갑자기 초만녕이 손을 뻗어 그의 귀를 막았다.

"엇?"

초만녕의 표정은 지극히 차가웠다.

"저런 음란한 것은 보지 말아라."

"그럼 눈을 가려야지, 왜 귀를 막으세요?"

초만녕은 무표정하게 말했다.

"보지도 말고 듣지도 말아라. 눈은 네가 알아서 감고."

"휴. 사존은 정말……."

귓불까지 새빨갛게 달아오른 자기 얼굴부터 보고 얘기하시지. 눈은 알아서 감고.

묵연은 괜스레 신이 났다. 얼음 같은 초만녕은 아마 춘화도 제대로 본 적이 없을 텐데, 이렇게 지척에서 남녀가 재미를 보는 모습을 목격하게 됐으니 숨이 막혀 뒤질 지경이겠군.

귀신 부부는 한 몸으로 교합한 후로 섬섬 생기가 도는 듯했다. 소리가 나오지 않던 경직된 목구멍에서도 산 사람처럼 헐떡거리는 거친 숨소리가 나기 시작했다.

초만녕은 속이 메스꺼운지 고개를 홱 돌리고 더는 보지 않았다.

묵연은 그 모습에 무척 즐거웠다. 장난기가 발동한 그는 음흉한 미소를 지으며 초만녕의 턱을 잡고 돌렸다.

초만녕은 가시에 찔리기라도 한 듯 잽싸게 뒤로 물러났다.

"뭐 하는 게냐?"

"아무것도 아니에요."

묵연은 달콤하게 말하며 비웃음과 조롱이 담긴 눈빛으로 재미있다는 듯 그를 아래위로 훑었다.

나이가 몇인데 아직도 이런 것에 얼굴이 빨개지냐…….

오, 아니지. 빨갛게 달아올랐다가 새파랗게 질렸다 하는 게 맞겠군. 정말 웃겨.

"싸우기 전에 반드시 상대의 능력을 제대로 알아야 한다고 하셨잖아요? 그러니 저 귀신 주례의 능력도 잘 봐 두셔야지요."

"뭐 볼 게 있다고, 안 보겠다."

묵연이 탄식했다.

"이렇게 부끄러움을 많이 타셔서야."

초만녕이 화를 냈다.

"저렇게 역겨운 건 눈만 더럽힐 뿐이다!"

"그럼 어쩔 수 없이 제가 봐야겠네요."

묵연은 사양하지 않고 엎드려 바깥을 주시하면서 '하아', '와', '장난 아니다', '아이고' 같은 감탄사를 연발했다. 초만녕은 화가 머리끝까지 나서 당장 관 뚜껑을 날려 버리고 싶었다. 그가 낮게 으르렁거렸다.

"볼 거면 조용히 보지, 소리는 왜 내느냐!"

묵연이 억울하다는 듯 말했다.

"사존도 듣고 싶으신 줄 알았죠."

결국 한계에 다다른 초만녕은 묵연의 목덜미를 쥐고 이를 갈았다.

"한 마디만 더 하면 널 밖으로 내보내 시체 밥으로 먹이겠다!"

놀릴 만큼 놀렸다. 초만녕 이 사람은 너무 놀려서도 안 되었다. 여차하면 천문의 시중을 받게 될 수도 있으니 말이다. 묵연은 얼른 웃음기를 거두고 얌전히 엎드려 말없이 바깥을 주시하기만 했다.

귀신 부부의 사랑 놀음이 절정에 다다르자 남자는 낮은 외침과 함께 여자의 몸 위에 엎드려 몸을 움찔거렸다. 순간, 두 귀신의 몸에서 푸른 연기가 피어올랐다. 귀신 주례는 입을 벌려 그 푸른 연기를 탐욕스럽게 빨아들였다. 마지막 한 모금까지 전부 빨아들인 후에야 비로소 만족스럽다는 듯 입가를 닦으며 눈동자를 빛냈다.

보아하니 저것이 바로 영혼결혼식을 올린 부부가 귀신 주례에게 바치는 '공덕'으로, 귀신 주례는 그것을 흡수하여 수련 경지를 높이는 듯했다.

"하하, 하하하."

귀신 주례는 달콤함을 맛보자 얼굴이 점점 환해지더니, 다시 입을 열었을 때는 방금 전의 공허했던 목소리도 또렷하게 변해 있었다. 그가 큰 소리로 포효했다. 그 날카로운 목소리는 긴긴 밤을 관통할 것만 같았다.

"일어나라! 일어나! 치정에 빠진 남녀들이여! 내가 너희에게 육체의 즐거움을 내리겠다! 너희들은 내게 공양의 덕을 바치거라! 일어나! 일어나! 다 일어나라!"

묵연의 심장이 덜컥 내려앉았다. 일 났네…….

대체 뭘 하려는 거야?

주위에 있던 수백 개의 관이 일제히 부들부들 떨리며 묵연의 생각이 맞는다는 것을 증명했다. 귀신 주례는 합장된 모든 관 속의 시체들에게 그 짓거리를 시켜서 단번에 '공덕'을 흡수할 작정인 것이다!

농담할 시간이 없었다. 묵연이 초만녕을 잡아챘다.

"사존!"

"또 왜 그러느냐!"

"빨리요! 나가야 합니다! 사매와 그 진씨 집안 며느리가 함께 갇혀 있잖아요!"

묵연은 다급해서 미칠 지경이었다.

"빨리 가서 사매를 구해야 해요!"

초만녕이 밖을 내다보았다. 귀신 주례가 이렇게까지 과감할 줄은 그도 예상치 못했다. 한 쌍씩 진행하지 않고 한꺼번에 몽땅 해치우려 하다니!

주변 합장관들의 진동 소리가 더욱 격렬해졌다. 영혼결혼식의 모든 부부가 감화를 받아 관 안에서 한창 일을 치르는 중인 것 같았다. 생각이 여기까지 미치자 초만녕은 말문이 막혀 표정이 더욱 일그러졌다. 그런데 하필 이 시점에, 제자리에 서서 마음껏 웃고 있던 귀신 주례가 뭔가를 느꼈는지 고개를 홱 돌렸다. 초점 없는 까만 눈이 곧장 묵연과 초만녕의 합장관을 뚫어져라 쳐다보았다.

주례는 머리는 나빴으나 그 관 속에 자신에게 익숙한 색정의 기운이 없다는 건 느낄 수 있었다.

공양이 없다.

그리고 또…….

산 사람이다!

귀신 주례가 갑자기 몸을 굽히더니 날카로운 비명을 지르며 무서운 속도로 다가왔다. 그는 장포를 펄럭이며 양손의 날카로운 핏빛 손톱을 모두 관에 찔러 넣었다. 손톱은 두꺼운 관목을 꿰뚫고 관의 정중앙까지 파고들어 왔다.

너무나도 갑작스러운 공격에 묵연은 피하거나 반항할 틈도 없었다. 게다가 관 속 공간이 너무 좁아 애초에 피하는 것도 불가능했다. 이 구음백골조[#59]가 머리통에 구멍 다섯 개를 낼 기세로 달려드는 걸 보니 갑자기 몸에서 힘이 쭉 빠졌다. 그런데 초만

#59 구음백골조 九陰白骨爪. 강철 같은 손가락으로 할퀴듯 공격하는 무공

녕의 동작이 더 재빨랐다. 그는 묵연을 품 안으로 당겨 자신의 몸으로 앞을 막았고, 귀신 주례의 날카로운 손톱은 초만녕의 어깨를 맹렬하게 파고들었다.

그것도 뼈까지 닿을 정도로 깊이!

"……."

초만녕은 고통을 그대로 참아 내며 아무 소리도 내지 않았다. 상처를 입지 않은 손으로는 침묵 주술을 써서 묵연의 입술에 갖다 대어 묵연이 내려던 소리를 막았다.

귀신 주례의 손가락이 초만녕의 피와 살을 있는 대로 헤집었다.

주례는 머리가 나빠 산 자와 죽은 자를 소리로만 구분할 수 있었다. 초만녕은 이런 상황에서도 신음 소리 하나 내지 않았다. 피가 그의 어깨를 타고 콸콸 터져 나왔다. 묵연은 그의 품에 안겨 있어 상처가 얼마나 심각한지는 볼 수 없었지만, 초만녕의 몸이 미세하게 떨리는 건 분명하게 느낄 수 있었다.

산 사람인가…… 아니면 죽은 사람인가? 이렇게까지 하면 산 사람은 소리를 안 낼 수가 없는데. 귀신 주례는 잠시 갸우뚱하더니 다시 날카로운 손가락으로 초만녕의 어깨를 인정사정없이 찢고 할퀴고 파고들었다.

초만녕은 고통에 몸을 떨었다. 경련이 일었고, 식은땀이 옷을 적셨다.

그런데도 그는 필사적으로 입술을 깨물며 품 안의 제자를 보호했다. 정말로 시체가 된 것처럼, 정말로 망자가 된 것처럼, 그렇게 관의 구석에 붙어서 마치 관 벽면에 땜질해 놓은 쇳조각처럼 가만히 견디고 있었다.

귀신 주례는 그제야 안에 든 게 산 사람이 아니라는 걸 확신했는지 손을 휙 잡아 뺐다. 피가 사방으로 튀었다. 손가락을 빼낼 때는 살점이 떨어져 나가는 듯한 끈적끈적한 소리까지 들려, 듣는 사람의 머리털이 곤두설 정도였다.

긴장으로 팽팽했던 몸에서 돌연 온 힘이 다 빠져나간 듯, 초만녕은 묵연을 풀어 주고 낮게 숨을 헐떡였다.

관 안이 피비린내로 가득했다.

묵연은 고개를 들고 관 틈새로 들어오는 희미한 빛에 의지해 초만녕의 내리깐 속눈썹과 그 아래의 촉촉하면서도 고집스러운 눈을 볼 수 있었다.

약하게 떨리는 봉안은 고통으로 의식이 흐릿한 와중에도 여전히 냉혹하고 완강했고, 촉촉하게 젖어 있었다…….

묵연은 말을 하고 싶었으나 초만녕은 고개를 저으며 그의 입술에 손가락을 댄 채 침묵 주술을 거두지 않았다. 잠시 후, 한숨 돌린 초만녕이 떨리는 손가락으로 묵연의 손등에 글자를 썼다.

[결계가 파괴되었다. 말을 하면 안 돼.]

바깥의 귀신 주례는 고개를 갸웃거렸다. 분명 산 자가 아닌데 어째서 자신의 명령을 따르지 않는지, 어째서 아무런 공양을 받을 수 없는지 이해가 되지 않는 것 같았다.

초만녕은 고개를 들어 관 틈새로 밖의 상황을 확인하곤, 다치지 않은 손에 금빛을 밝혀 불꽃이 번쩍이는 버드나무 가지를 소환했다.

그는 천문을 쥔 채 눈을 가늘게 떴다.

그리고 다음 순간, 관을 박차고 나갔다.

관이 쪼개지며 초만녕이 번개처럼 몸을 날렸다. 천문은 정확하고도 빠르게 귀신 주례의 목을 잡아챘다. 귀신 주례가 소름 돋는 목소리로 비명을 질렀다.

"너는 누구냐! 어디서 감히 이런 짓을!"

초만녕의 대답은 간단했다.

"꺼져!"

붉은색 길복이 펄럭이는 모습은 마치 흘러가는 구름 같았다. 그는 한 번뿐인 공격의 기회를 놓치지 않기 위해 오랜 시간을 꾹 참았던 것이다. 한쪽 손에 힘을 주자 천문이 조여들기 시작했다. 귀신 주례는 그대로 목이 끊겨 버렸다.

끊어진 목의 단면에서 괴이한 향이 섞인 붉은 안개가 뿜어져 나왔다. 초만녕은 재빨리 뒤로 물러나며 안개를 피하면서 크게 외쳤다.

"묵연! 천살참!"

진작부터 대기 중이던 묵연은 명이 떨어지자마자 소매 안에 숨겨 두었던 검갑에 영력을 불어넣은 후, 제 머리를 찾고 있는 귀신 주례의 몸통을 향해 던졌다.

진흙으로 만들어진 몸이 갈라지며 붉은빛이 빛나는 반투명한 본체가 드러났다. 초만녕은 다시 천문을 휘둘러 귀신 주례의 선신 영체를 단단히 옭아맸다. 머리 없는 선신은 몸통으로 고함을 쳤다.

"속인이 감히! 속인이 어찌 감히! 일어나라! 일어나! 저들을 죽여라! 저들을 죽여!"

얼굴 없는 금동옥녀들이 갑자기 새빨간 눈을 뜨더니, 수백 명이 삐걱거리며 묵연과 초만녕을 향해 비명을 지르며 돌진했다.

바닥에 있던 관들도 전부 부서지면서 안에 누워 있던 시체들이 두 사람을 향해 밀물처럼 몰려들었다.

묵연은 사매를 찾기 위해 눈으로 그들 사이를 빠르게 훑었다. 초만녕이 외쳤다.

"시체들이랑 마주 보고 뭐 하는 것이냐! 어서 빨리 해치우지 않고!"

두 사람과 귀신 주례는 이미 관 위에서 싸우는 중이었다. 동작이 굼뜬 시체들이 그들 주위로 점점 몰려들자 묵연은 퇴마 부적을 태워 사방으로 날리며 폭발을 일으켰다. 하지만 귀신들이 너무 많았다. 한 무더기를 없애고 나면 또 한 무더기가 몰려왔다.

묵연은 미치기 일보 직전이었다.

"채접진에서 죽은 사람이 이렇게 많나요? 대체 영혼결혼식을 올린 부부가 얼마나 많길래요?"

초만녕이 소리쳤다.

"저 귀신 주례의 수련 경지를 봐라. 자연적으로 요절한 젊은 남녀가 많으면 얼마나 많겠느냐! 십중팔구는 아직 혼인하지 않은 처녀 총각들이 꼬임에 넘어가 자살을 했겠지! 이쪽이다!"

묵연은 초만녕이 가리킨 곳으로 퇴마 부적을 휘둘러 한 무리의 시체를 폭발시켰다.

"귀신 주례는 왜 안 죽는 거죠?"

"평범한 무기는 그놈에게 해를 입힐 수 없다."

"천문은요?"
초만녕이 버럭 화를 냈다.
"천문이 지금 그놈을 감고 있지 않느냐! 귀신 주례는 행동이 너무 빨라서, 천문을 풀면 다시 붙잡을 새도 없이 곧장 도망치고 말 게다!"
시체들이 점점 많아졌다. 묵연은 시체들을 공격하면서도 그 안에 사매가 있는지 계속해서 살폈다. 혹여 잘못해서 다치게 할까 봐 걱정이 되었기 때문이다. 별안간 금동 하나가 달려오더니 그의 다리를 콱 깨물었다. 그는 속으로 욕을 내뱉으며 금동의 얼굴에 퇴마 부적을 휘둘렀다. 그런 다음 금동을 시체 무리 쪽으로 냅다 걷어차니 금동이 굉음과 함께 폭발했다.
초만녕이 말했다.
"사매와 진 부인을 봤느냐?"
묵연은 미친 듯이 사방을 둘러보다가 저 멀리 두 명의 윤곽을 발견하곤 기뻐 외쳤다.
"저기 보여요!"
"서둘러라! 두 사람을 얼른 데려가! 여기서 멀리 벗어나라!"
"예!"
묵연은 대답을 하자마자 멈칫했다.
"그런데 뭘 하시려고요?"
초만녕이 버럭 외쳤다.
"내가 한쪽 팔을 못 드니 다른 무기는 불러올 수가 없다. 남은 건 천문뿐이야. 이따가 귀신 주례를 풀어 주자마자 이곳 전체를 파괴할 테니, 죽기 싫으면 당장 가!"

18장 **본좌는 네게 애원했었지**

천문은 사각지대가 없는 살초[#60]를 가지고 있었다. 그 이름도 간단한 '풍(風)'이다. 살초를 쓰면 그 일대는 모조리 파괴된다.

묵연도 '풍'의 위력을 맛본 적 있다. 초만녕의 실력은 이미 알고 있으니 걱정할 필요가 없었다. 그래서 묵연은 핏빛 혼례복을 입은 창백한 얼굴의 그를 한번 쳐다본 후, 그에게 시간을 벌어주기 위해 남은 퇴마 부적을 던졌다. 그러고는 몸을 바깥으로 날려 한 손으로는 사매를, 다른 한 손으로는 진요 씨를 안은 후, 의식이 없는 두 사람을 데리고 먼 곳으로 피신했다.

초만녕은 극심한 고통을 참으며 힘겹게 멀쩡한 손을 움직였다. 순식간에 천문이 눈부신 금빛을 내뿜었다. 초만녕은 천문을 재빨리 낚아챘다.

통제를 벗어난 귀신 주례가 벌떡 일어나서 일그러진 얼굴로

#60 살초 殺招, 살인 초식

초만녕을 향해 돌진했다.

초만녕의 옷이 광풍 속 화염처럼 넘실거렸다. 그의 눈썹은 분노로 치켜 올라갔다. 한쪽 어깨가 피로 완전히 젖은 상태에서 재빨리 다른 한 손을 휘두르자 천문의 금빛이 더욱 사나워지며 초만녕이 휘두르는 대로 공중에서 빙빙 돌기 시작했다.

버드나무 가지는 순식간에 수십 척으로 길어지며 금빛 바람을 일으켰다. 마치 소용돌이가 일어난 것처럼 주위의 모든 악귀와 시체, 금동옥녀, 그리고 일그러진 얼굴로 포효하는 귀신 주례까지 모두 '풍'의 중심으로 빨려 들어갔다. 잔영만 남기며 맹렬히 돌아가던 그것들은 눈 깜짝할 사이에 가루로 변했다!

'풍'은 썩은 나무와 마른 풀을 날려 버렸다. 생생하게 살아 있던 주위 초목도 예외는 아니었다.

초만녕을 중심으로 거대한 폭풍이 휘황찬란한 금빛을 내뿜었다. 곧이어 천지가 어두워지고 세찬 바람만 남았다. 관도, 시체도, 바람에 날리는 가루가 되었다.

소용돌이에 휘말린 것은 그게 무엇이든 미친 듯이 회전하는 천문에 의해 갈기갈기 찢겼다.

그리고 수천수만 개의 조각으로 산산이 부서졌다…….

바람이 가라앉은 후, 초만녕의 주위는 풀 한 포기도 남지 않은 황량하고도 적막한 땅이 되어 있었다.

막 피어난 홍련 같은 선명한 붉은색 길복을 입은 그를 제외하면, 남은 것이라곤 땅을 뒤덮은 뼛가루와 쉭쉭 하며 금빛을 내뿜는 공포의 '천문'뿐이었다.

이렇게 보니 초만녕이 평소에 제자들에게 휘두르던 채찍은 그래도 양반이었다.

오늘 같은 기세로 봤을 때, 그가 원하기만 한다면 선악대 위의 모든 제자들을 순식간에 뼛가루로 만드는 것도 불가능한 일은 아니었다…….

금빛이 점점 희미해졌다.

천문은 자잘한 빛으로 흩어지다 초만녕의 손바닥 안으로 스며들었다.

그는 숨을 돌리며 미간을 찌푸렸다. 그리고 어깨의 고통을 참으며 천천히 먼 곳의 제자들을 향해 걸어갔다.

“사매는 어떠냐?”

제자들이 있는 곳에 도착한 초만녕은 고통을 숨기며 물었다.

묵연은 고개를 숙여 혼수상태로 자신의 품에 안겨 있는 사매를 보았다. 여전히 의식이 없고 숨이 약했다. 뺨을 만져 보니 얼음처럼 차가웠다. 이 상황이 너무 익숙했다. 묵연이 한 번도 벗어나지 못했던 악몽의 한 장면이기 때문이었다.

당시 사매는 이렇게 그의 품에 안겨 서서히 숨이 멎었다…….

초만녕은 몸을 숙여 진요 씨와 사매의 목에서 맥박이 뛰는지를 살폈다. 그가 자기도 모르게 낮은 목소리로 말했다.

“어쩌다 이렇게 심각하게 중독이 된 거지?”

묵연이 고개를 홱 들었다.

“중독이요? 괜찮을 거라고 하셨잖아요! 그저 현혹된 것뿐이라고 하셨잖아요!”

초만녕은 미간을 찌푸렸다.

“귀신 주례가 현혹할 때 향분을 이용하는데, 그것도 일종의 독이다. 중독 정도가 이렇게 심할 줄은 몰랐다."

"……."

"우선 둘을 진씨 집으로 데려가자."

초만녕이 말했다.

"해독은 어렵지 않다. 죽지 않았으니 됐어."

그의 목소리는 별다른 감정 변화 없이 냉담했다. 초만녕은 평소에도 이런 식이었지만, 지금 들으니 마치 지금의 이 상황마저 별일 아니라고 여기는 것 같았다.

묵연은 문득 눈이 펑펑 내렸던 그날이 떠올랐다. 눈 덮인 땅에 무릎 꿇은 그의 품에는 생명의 불씨가 꺼져 가는 사매가 안겨 있었다. 그는 눈물범벅이 된 채 목이 쉬도록 초만녕에게 애원했다. 여기 좀 봐 달라고, 제자를 봐 달라고, 손을 들어 제자의 생명을 구해 달라고 애걸했다.

그러나 초만녕은 뭐라고 말했던가?

그때도 이렇게 별일 아니라는 듯한 말투와 감정 없이 차분한 목소리였다.

묵연이 무릎을 꿇으며 했던 평생의 유일한 간청을 그는 그렇게 거절했다.

펑펑 내리는 눈 속에서, 품속의 사매도 어깨와 눈썹에 내려앉은 눈송이처럼 차가워졌다.

그날, 초만녕은 자기 손으로 제자 둘을 죽였다.

하나는 구할 수 있었으나 구하려는 시도조차 하지 않은 사명정.

또 하나는 눈 위에 무릎 꿇은 채 절망으로 모든 것을 체념한 묵미우였다.

돌연 마음속에 두려움, 잔혹함, 그가 원치 않는 뱀과 같은 악랄함과 난폭함이 솟구쳤다.

순간, 묵연은 초만녕의 목을 조르고 싶은 충동이 일었다. 친근한 척했던 모습을 완전히 벗어 버리고 악귀의 흉악함을 드러내고 싶었다. 전생에서 온 악귀로서 그에게 따져 묻고, 잔인하게 물어뜯어 목숨을 빼고 싶었다.

눈 속에서 그가 외면했던 두 제자의 원수를 갚고 싶었다.

그러나 눈을 들어 올린 순간, 묵연의 시선이 피투성이가 된 초만녕의 어깨에 꽂혔다.

순간, 야수의 분노가 한 꺼풀 가라앉았다.

그는 말없이 그렇게 초만녕의 얼굴을 쳐다보았다. 증오의 눈빛이었지만, 초만녕은 보지 못했다. 잠시 후 그는 다시 고개를 숙여 사매의 수척한 얼굴을 응시했다.

머릿속이 점점 하얘졌다.

만약 이번에도 사매에게 무슨 일이 생긴다면…….

"캑캑!"

품에 안겨 있던 사매가 갑자기 가쁜 기침을 내뱉었다. 묵연은 깜짝 놀라며 가슴을 졸였다……. 사매가 천천히 눈을 떴다. 목소리는 완전히 쉬어 있었다.

"연…… 이……?"

"응! 나야!"

너무 기쁜 나머지 마음속 분노가 순식간에 흩어졌다. 묵연이 눈을 크게 뜨며 사매의 차가운 볼에 손바닥을 갖다 댔다. 그의 눈빛이 떨렸다.

"사매, 어때? 아픈 데는 없어?"

사매는 평소와 다름없는 부드러운 눈으로 희미하게 웃고는 고개를 돌려 주위를 둘러보았다.

"……우리가 왜 여기에 있는 거지……? 내가 어쩌다 정신을 잃은 건지……. 아! 사존…… 캑캑, 제가 무능해서…… 제가……."

초만녕이 말했다.

"말하지 말거라."

그가 사매의 입에 단약 한 알을 넣어 주었다.

"정신이 들었으니 우선 이걸 입에 넣고 해독을 하자. 바로 삼키지 말거라."

약을 입에 문 사매가 깜짝 놀랐다. 안 그래도 창백한 얼굴이 더욱 사색이 되었다.

"사존, 어쩌다 다치신 겁니까? 온몸에 피가……."

초만녕은 여전히 차분하고 담담하며 사람을 화나게 하는 목소리로 말했다.

"별일 아니다."

그가 일어나 묵연을 쳐다보았다.

"네가 알아서 두 사람을 데리고 진씨 집으로 오거라."

사매가 깨어나자 묵연의 마음속 깊은 곳에 있던 음울함은 순식간에 사라졌다. 그가 연신 고개를 끄덕이며 답했다.

"예!"

"나는 진씨 집안사람에게 물어볼 것이 있어 먼저 가겠다."

초만녕은 죽은 풀로 가득한 짙은 어둠을 향해 몸을 돌렸다. 그는 결국 참지 못하고 미간을 찌푸렸다. 극심한 고통으로 얼굴이 일그러졌다.

다섯 손가락이 어깨를 완전히 관통하고, 근육이 갈기갈기 찢겼다. 귀신 주례의 손가락은 살을 뚫고 뼈까지 파고들었다. 아무리 괜찮은 척 참아 냈다 해도, 아무리 흐르는 피를 막아 의식을 붙들고 있었다 해도 그 역시 사람이었다.

아프긴 아프군…….

그러나 아픈들 어쩌겠는가.

그는 한 걸음씩 내디뎠다. 그때마다 길복이 펄럭였다.

오랫동안 사람들은 그를 공경하고 두려워했다. 그러나 감히 그의 곁에 서서 그에게 관심을 주는 사람은 없었다. 그도 이미 익숙했다.

만야옥형, 북두선존.

아무도 그를 좋아하지 않았고, 아무도 그의 생로병사에 관심이 없었다.

그는 태어날 때부터 다른 사람의 도움도 필요 없고, 누군가에게 기댈 필요도 없고, 함께할 친구도 필요 없는 것 같았다.

그래서 아프다고 호소할 필요도, 울 필요도 없었다. 돌아가서 스스로 상처를 동여매고 너덜너덜해진 살은 베어 낸 다음 약을 바르면 그만이었다.

아무도 그에게 관심 없다 해도 상관없었다.

어쨌거나 그는 혼자 이렇게 살아왔다. 그동안도 괜찮았다. 그는 자신을 보살필 수 있었다.

진씨 저택 앞에 도착했다. 뜰에 들어서기도 전에 안에서 고통스러운 비명이 들렸다.

초만녕은 상처가 터질 건 생각도 않고 곧장 안으로 뛰어들었다. 산발한 진 부인이 눈을 꼭 감은 채 자기 아들과 남편을 쫓아온 집 안을 뛰어다니고 있었다. 유일하게 그 틈에 끼지 않은 진씨 집안의 딸은 두려운 표정으로 잔뜩 웅크린 채 덜덜 떨고 있었다.

초만녕이 들어오는 것을 본 진 원외와 그의 막내아들이 소리를 지르며 그에게 달려왔다.

"도사님! 도사님, 살려 주십시오!"

초만녕은 그들을 자기 뒤로 보낸 후 진 부인의 꼭 감은 눈을 보고 소리쳤다.

"잠들게 하면 안 된다고 하지 않았습니까!"

"그럴 수가 없었습니다! 아내가 몸이 안 좋아서 평소에도 일찍 잠이 드는데, 도사님들이 가시고 나서 처음에는 그래도 버텼습니다. 그러다 결국 졸더니만 저렇게 발광하기 시작했어요! 게다가 소리…… 소리를 치는데……."

진 원외는 초만녕 뒤에 숨어 부들부들 떨었다. 그는 초만녕이 입은 길복은커녕 초만녕의 어깨에 난 끔찍한 상처조차 알아채지 못하고 있었다.

초만녕이 미간을 찌푸렸다.

"뭐라고 소리친다는 겁니까?"

진 원외가 입을 열기도 전에 실성한 부인이 흉측한 몰골로 달려왔다. 뭐라고 날카롭게 소리치는 목소리가 마치 꽃다운 나이의 아가씨 같았다.

"매정한 배신자! 매정한 배신자! 네놈들 목숨을 뺏을 테다! 네놈들을 모조리 죽일 테야!"

"……악귀가 붙었군요."

초만녕이 고개를 돌려 진 원외를 바라보며 성난 목소리로 말했다.

"익숙한 목소리겠지요?"

진 원외의 입술이 떨렸다. 그는 눈동자를 이리저리 굴리더니 긴장했는지 침을 삼켰다.

"아니요, 낯섭니다. 모르는 목소리라고요! 도사님, 살려 주십시오! 귀신 좀 내쫓아 주세요!"

이때 진 부인이 코앞까지 다가왔다. 초만녕은 멀쩡한 팔을 들어 진 부인을 향해 뻗었다. 번갯불이 눈앞에서 번쩍하더니 진 부인이 결계에 갇혔다.

초만녕이 고개를 돌렸다. 옆모습이 얼음처럼 차가웠다.

"정말 모릅니까?"

진 원외가 거듭 말했다.

"정말 모릅니다! 정말 몰라요!"

초만녕은 더 묻지 않고 천문을 휘둘러 결계 안의 진 부인을 묶었다.

원래는 진 원외를 묶는 게 맞았다. 그게 더 편하고, 심문하기도 쉽기 때문이다. 그러나 초만녕은 자기만의 기준이 있었고, 천문으로 평범한 사람을 함부로 심문하지 않았다. 그래서 그는 손쉬운 상대를 포기하고 진 부인에게 붙은 악귀를 심문하기로 했다.

귀신을 심문하는 건 인간을 심문하는 것과는 달랐다.

인간은 고통을 참지 못하고 바로 모든 것을 실토했다.

그와 달리 귀신을 심문할 때는 초만녕과 귀신만 들어가는 결계를 만들어야 했다. 그럼 귀신은 결계 안에서 생전의 모습으로 돌아가 초만녕에게 정보를 알려 주었다.

순간, 천문에서 불꽃이 일더니 버드나무 가지를 따라 초만녕이 서 있는 곳에서 진 부인이 있는 곳까지 날아갔다.

진 부인은 비명을 지르며 경련을 일으키기 시작했다. 곧이어 붉은색이었던 버드나무 가지의 불꽃이 짙푸른 도깨비불로 변해 진 부인 쪽에서 초만녕에게로 날아왔다.

초만녕은 눈을 감았다. 사나운 불꽃이 버드나무 가지를 따라 그의 손바닥까지 왔다. 하지만 그 도깨비불은 그에게 아무런 해도 입히지 못했다. 그렇게 도깨비불은 그의 팔뚝을 따라 가슴으로 올라가더니 곧 소멸했다.

"……."

진씨 집안사람들은 놀라움과 두려움이 가득한 눈으로 눈앞에서 벌어지는 상황을 지켜보았다. 그들은 초만녕이 도대체 무엇을 하는 건지 갈피를 잡지 못했다.

초만녕의 속눈썹이 떨렸다. 두 눈은 여전히 감은 채였지만, 눈앞에 서서히 빛이 나타났다. 곧이어 그 빛 안에서 새하얗고 작은 발이 보이더니 열일고여덟으로 보이는 소녀가 시야에 들어왔다.

19장 본좌가 이야기를 들려주마

소녀는 희고 고운 피부에 얼굴이 갸름하고 눈이 동그랗고 커서 무척이나 아리따웠다. 연분홍색 치마를 입고 머리를 틀어 올린 그녀는 새색시처럼 수줍은 표정으로 어둠 속에서 눈을 비비며 주변을 살폈다.

"내가…… 지금 어디에 있는 거지?"

초만녕이 말했다.

"내가 만든 귀진(歸眞) 결계 안이다."

소녀가 깜짝 놀라 물었다.

"누구세요? 주변이 너무 깜깜해서 하나도 안 보여요. 지금 누가 얘기하는 거죠?"

초만녕이 말했다.

"잊었느냐? ……넌 이미 죽었다."

소녀의 눈이 휘둥그레졌다.

"나…… 난……."

서서히, 기억이 떠올랐다.

소녀는 고개를 숙이고 양손을 가슴 위에 포갠 채 감정의 동요 없이 가벼운 탄식을 내뱉으며 중얼거렸다.

"난…… 난 이미 죽었지……."

"귀진 결계에 올 수 있는 건 영혼뿐이다. 여기에선 원한은 사라지고, 망자가 사후에 악귀가 되었든 평범한 혼령이 되었든 상관없이 생전의 모습과 성격으로 올 수 있는 곳이라 해서 '귀진'이지."

소녀는 지난날이 조금씩 떠오르는 듯 잠시 정신이 팔려 있다가 갑자기 고개를 숙이고 조용히 흐느끼기 시작했다.

초만녕이 말했다.

"……억울한 일이 있느냐?"

소녀가 흐느끼며 말했다.

"염라대왕이신가요? 아니면 저승사자? 제 억울함을 풀어 주러 오셨나요?"

초만녕이 이마를 짚으며 말했다.

"……나는 염라대왕도 아니고, 저승사자도 아니다."

소녀가 작은 소리로 훌쩍거렸다. 초만녕은 소녀의 울음이 잦아들 때까지 잠시 기다렸다가 말을 이었다.

"하지만 네 억울함을 풀어 주러 온 것은 맞다."

그 말을 들은 소녀가 흐느끼며 고개를 들었다. 기쁨과 슬픔이 교차하는 얼굴이었다.

"역시 염라대왕이셨군요!"

"……."

초만녕은 화제를 돌리기 위해 질문을 던졌다.

"네가 죽고 나서 무슨 일을 했는지 아느냐?"

"아니요…… 잘 모릅니다. 제가 너무 괴롭고 슬펐다는 것만 기억나요. 복수하고 싶었어요……. 그 사람들을 찾아가서…… 그리고 그 사람을 찾아서……."

이제 막 깨어난 영혼은 일시적으로 대부분의 일을 기억하지 못했다. 하지만 상관없었다. 초만녕은 참을성 있게 소녀에게 물었다.

"누구를 찾아가고 싶으냐?"

소녀가 조그맣게 말했다.

"제 남편이요. 진백현."

초만녕은 소름이 돋았다. 진백현이라면…… 진씨 집안 큰아들의 이름이 아닌가?

그가 물었다.

"네…… 네 이름은 무엇이냐? 어디 사람이지?"

이 환각의 결계에는 천문의 힘이 흐르고 있었다. 그래서 이곳에 들어온 망자들은 대부분 초만녕이 묻는 것을 솔직하게 털어놓았다. 소녀가 고분고분 대답했다.

"저의 이름은 라섬섬, 채접진 사람입니다."

"내가 여기 오기 전에 채접진의 문서를 살펴보았다. 이곳에 500호가 넘는 집이 있지만, 라씨 성을 가진 집은 없었는데. 부친은 어떤 분이셨지?"

소녀는 차츰 구체적인 내용이 생각나는 듯, 눈에 담긴 슬픔이 짙어졌다.

"아버지께선 마을의 서생이셨습니다. 시아버님의 절친한 벗이셨지요. 몇 년 전 폐결핵으로 돌아가시고, 그 후 집안에 저 홀로 남게 되었습니다."

"그러면 너는 어찌하여 죽게 되었느냐?"

소녀는 잠시 멍하니 있다가 소리 없이 울기 시작했다.

"죽는 것 말고는 다른 방법이 없었습니다. 그, 그 사람들은 저를 속여 아버지가 남긴 향분의 비법을 빼앗아 갔습니다. 그리고 저를 때리고, 욕하고, 채접진에서 떠나라고 협박했습니다. 저…… 저처럼 힘없는 여자가 갈 만한 곳이 어디 있겠어요? 이 세상에 피붙이라곤 한 명도 없는데…… 세상이 이렇게 넓어도 제가 어딜 갈 수 있었겠어요? 저승 말고는, 저를 받아 줄 곳이……."

소녀는 생전의 일을 떠올리자 너무나 슬프고 속상한지 갑자기 하소연을 늘어놓기 시작했다. 심지어 초만녕이 묻지도 않았는데 알아서 이야기를 술술 이어 나갔다.

라섬섬은 어릴 때 어머니를 잃었다. 아버지 말에 의하면 그녀 위로 오라비가 한 명 있었는데, 하수진계의 난리 통에 헤어진 후 두 번 다시 만나지 못했다. 생사도 알 길이 없었다. 오라비와 헤어졌을 때, 돌도 안 지난 라섬섬은 강보에 싸여 있었다. 후에 그녀는 자신의 오라비를 기억해 보려 애썼지만, 아무것도 기억나는 것이 없었다.

라씨 집안에 남은 사람이라곤 섬섬과 아버지 둘뿐이었다. 부녀는 서로를 의지해 정처 없이 떠돌다가 마침내 채접진에 작은 집을 짓고 정착하게 되었다.

그 해에 라섬섬은 다섯 살이었다. 진씨 집안의 큰아들 진백현은 그녀보다 두 살이 많았다.

그때는 진씨 집안이 아직 부자가 되기 전이라 집안의 온 식구가 방 두 개짜리 작은 흙집에 살았다. 낮은 담장 옆에는 귤나무를 심었는데, 가을만 되면 열매가 주렁주렁 열렸고 무성한 나뭇가지가 담장을 넘어 라씨 집안의 뜰 안에까지 뻗었다.

가지에 잔뜩 열린 귤은 마치 정월 대보름의 등불 같았다. 라섬섬은 수줍음이 많은 내성적인 소녀여서 다른 친구들과 어울리는 일이 거의 없었다. 대부분 혼자서 의자에 앉아 얌전히 풋콩을 까거나, 이따금 고개를 들어 진씨 집안의 뜰에서 넘어온 귤을 쳐다보는 게 다였다.

햇빛을 받은 샛노란 귤은 먹음직스러워 보였고 보기만 해도 새콤달콤한 과즙이 떠올랐다.

라섬섬은 간절한 눈빛으로 귤을 쳐다보며 연신 침을 꿀꺽 삼켰다. 너무 먹고 싶어서 볼이 시큰거릴 지경이었다.

그래도 귤을 따지는 않았다. 아버지는 여러 차례 과거에 낙방한 서생이었지만, 시험에 떨어져도 기개는 절대로 꺾이지 않았다. 그 가난한 서생은 머리가 어떻게 되었는지 툭하면 딸에게 '군자'가 되어야 한다고 훈계를 했다.

라섬섬은 세 살 때 이미 깨달았다. 부귀영화에 눈이 멀어서는 안 되고, 가난해도 지조를 지켜야 한다는 것을. 그녀는 아무리 먹고 싶어도 단 한 번도 가까이 있는 귤을 따지 않았다.

어느 날 밤, 라섬섬은 달빛이 환한 뜰에 앉아 흥얼거리며 옷을 빨고 있었다.

아버지는 몸이 좋지 않아 일찍이 공부를 그만두었고, 가난한 집 아이는 어린 나이에 집안의 가장이 됐다. 소녀는 소매를 걷어 올리고 가느다란 팔을 나무통에 담갔다. 볼을 잔뜩 부풀린 채 열심히 빨래를 했다.

그런데 갑자기 문 앞에서 잔뜩 갈라진 기침 소리가 들리더니, 피범벅이 된 청년이 비틀거리며 들어와 자신을 노려보는 것이 아닌가.

소녀는 너무 놀라 소리를 지르는 것도 잊어버렸다.

그 청년의 얼굴은 먼지와 피딱지로 덮여 엉망이었으나 생김새가 고고하면서도 준수했다. 두 사람은 그렇게 한참을 그대로 마주 보며 대치했다. 결국 청년이 더는 버티기 힘들었는지 담벼락에 기대어 천천히 앉더니 거친 숨을 내쉬며 갈라진 목소리로 말했다.

"물 좀 가져와."

청년이 나쁜 사람처럼 생기지 않아서였는지, 아니면 라섬섬의 마음씨가 착해서였는지, 어쨌거나 라섬섬은 두려웠지만 쪼르르 집 안으로 뛰어 들어가 찻물을 한 잔 따라와 청년에게 건넸다.

청년은 사양 없이 잔을 받아 그대로 벌컥벌컥 마셨다. 다 마신 후, 그는 입가를 닦으며 라섬섬의 예쁜 얼굴을 쳐다보았다. 초점 없는 눈으로 빤히 바라보며 그는 한참 동안 아무 말이 없었다.

청년이 말이 없자 라섬섬도 그저 어색하게 눈만 깜빡였다. 그녀는 자신이 생각하기에 이 정도면 안전하다 싶은 거리만큼 떨어져서는, 멀지도 가깝지도 않은 곳에서 손을 꽉 쥐고 이 낯선 사람을 살펴보았다.

"……넌 내가 아는 사람이랑 많이 닮았네."

청년이 갑자기 입을 열더니 눈을 가늘게 뜨고 우울한 표정으로 웃었다. 피투성이 얼굴로 웃으니 정말이지 흉악해 보였다.

"특히 그 동그란 눈 말이야. 그걸 파내서 손가락에 꼽고 한 입에 하나씩 삼키고 싶어진다니까."

이런 괴이하고 무서운 말을 이렇게나 차분하게 말할 수 있다니, 그것도 심지어 웃으면서. 라섬섬은 덜덜 떨며 무의식적으로 자신의 눈을 가렸다.

청년이 말했다.

"오, 어린 여자애가 영리하네. 그렇게 가리고 있어. 계속 쳐다보지 말고. 나도 내 손을 통제할 수가 없으니까."

청년은 굴리는 발음이 많이 들어간 북쪽 사투리를 썼다.

달빛이 뜰을 비췄다. 청년은 터진 입술을 핥다가 문득 뜰 안으로 뻗어 나온 귤나무 가지를 보게 되었다. 이유는 모르겠지만 그의 눈이 순간 반짝이더니 다시 어두워졌다. 그는 턱으로 귤나무를 가리키며 소녀에게 말했다.

"꼬마."

"……."

"내가 먹게 귤 좀 따 와 봐."

라섬섬이 마침내 입을 열었다. 목소리는 작고 떨렸지만 단호했다.

"오라버니, 저건 저희 집 나무가 아니라 다른 집 나무라서 따면 안 돼요."

청년은 어안이 벙벙한 표정이었다. 그러다 무슨 생각이 났는지 안색이 점점 어두워졌다.

"내가 따라면 따는 거야. 내가 귤이 먹고 싶으니까 가서 따 오라고!"

청년의 말은 흉악하기 짝이 없었다. 꽉 다문 잇새로 부서져서 가루가 되어 나오는 것만 같았다. 라섬섬은 무서워 떨면서도 고집스럽게 그 자리에 서 있었다.

소녀는 성격이 유약했음에도 앞뒤가 꽉 막힌 아버지와 뼛속까지 닮아 있었다.

"안 가요."

청년은 눈을 가늘게 뜨며 콧잔등을 찡그렸다. 표정이 무섭게 변했다.

"망할 것아, 지금 네가 누구랑 말하는 건지는 알아?"

"물을 마시고 싶으시면 제, 제가 떠다 드릴게요. 식사를 하고 싶으시면 집에 밥도 있어요. 하지만 귤나무는 저희 집 것이 아니라 건드릴 수 없어요. 아버지께서 남에게 알리지 않고 취하는 건 도둑질이라고 하셨거든요. 저는 군자이기 때문에 부귀영화에 눈이 멀어서는 안 되고, 가난해도 지주, 지주를 지켜야 합니다……."

긴장하는 바람에 지조를 지주로 말해 버렸다. 어린 소녀는 제법 그럴듯한 자신의 말에 점점 얼굴이 붉어졌다. 아버지의 가르침을 지켰고, 더듬거리긴 했지만 어쨌거나 할 말을 다 했다. 그러나 여전히 차가운 청년의 시선에 몸이 떨리고 다리는 후들거렸다.

청년은 말이 없었다.

그 말을 들은 시기가 지금이 아니었다면 좋았을 것이다. 이 꼬마 녀석이 감히 '남에게 알리지 않고 취하는 건 도둑질'이라느니, '부귀영화에 눈이 멀어서는 안 되고, 가난해도 지조를 지켜야 한다'느니, 그리고…… 그리고 '저는 군자이기 때문에'라는 말까지 내뱉다니? 푭, 정말 기가 차서 헛웃음이 나올 지경이었다.

그러나 지금 그는 웃음이 나오지 않았다.

도리어 강렬한 분노가 마음속에서 치솟아 심장을 갈아엎었다.

"내가 가장 싫어하는 게 너 같은 것들이야. 이를테면……."

그는 담장을 짚고 비틀거리며, 입술을 달싹이며 단어를 토해냈다.

"선인(善人), 군자, 호걸, 인자(仁者)."

그는 라섬섬의 두려움과 공포가 가득한 눈빛을 받으며 천천히 다친 다리를 이끌고 귤나무 아래로 다가갔다. 고개를 들어 탐욕스럽게 귤나무의 냄새를 맡자, 돌연 그의 눈에서 원한 어린 붉은빛이 뿜어져 나왔다. 그는 라섬섬이 반응할 새도 없이 곧장 나무를 기어 올라가 사납게 흔들어 댔다. 밟고, 걷어차고, 마구 쳤다.

나뭇가지에 가득 열려 있던 귤이 후드득 떨어지며 바닥에 나뒹굴었다. 청년은 괴이하게 웃는 얼굴로 제멋대로 외쳤다.

"알리지 않고 취하는 건 도둑질이라고? 부귀영화에 눈이 멀면 안 된다고? 위압에 굴복해선 안 된다고?"

"오라버니! 뭐 하시는 거예요! 그만하세요! 아버지! 아버지!"

사실 라섬섬은 아버지를 부르고 싶지 않았다. 몸도 약한 데다

닭 잡을 기운도 없는 서생이 나와 봤자 무슨 도움이 되겠는가. 하지만 라섬섬은 어쨌거나 어린아이였다. 지금까지 버텨 오긴 했지만 너무나 두려웠고 충격적이었다.

"부르긴 누굴 불러! 네 아비가 나오면 같이 베어 주마!"

소녀는 너무 놀라 굳어 버렸다. 동그란 눈에 눈물이 그렁그렁 맺혔다.

옆집 진씨 집안사람들은 모두 옆 마을의 친척을 보러 가서 이 미치광이를 막을 수 있는 사람은 주변에 아무도 없었다.

미치광이는 귤을 몽땅 떨어뜨리고 나서도 분이 풀리지 않는지 바닥에 떨어진 귤들을 밟아 뭉갰다. 그러다 또 화가 치밀었는지 알 수 없는 힘으로 펄쩍 뛰어올라 진씨 집안의 뜰로 넘어가서는, 도끼를 찾아와 몇 번의 도끼질 만에 나무를 완전히 베어 버렸다. 그러고는 다시 담을 넘어와 크게 웃었다.

한참을 웃던 미치광이는 갑자기 웃음을 멈추더니 바닥에 쪼그려 앉아 멍하니 한 곳을 응시했다.

그러던 그가 느닷없이 고개를 돌리더니 라섬섬을 향해 손짓했다.

"꼬마, 이리 와 봐."

"……."

라섬섬은 그 자리에서 꼼짝하지 않았다. 노란색 원추리 꽃이 수놓인 헝겊신이 바닥을 단단히 딛고 섰다.

청년은 그녀가 주저하는 것을 보고는 아까보다 누그러진 말투로 최대한 친절하게 말했다.

"이리 와. 내가 좋은 거 줄게."

"전…… 전 필요 없어요……. 아, 안 갈래요……."

라섬섬이 머뭇거리며 말을 다 끝내기도 전에 청년은 다시금 포악해졌다.

"네가 안 오겠다면 이 몸이 지금 당장 안으로 들어가 네 아비를 박살 내 버릴 거다!"

라섬섬은 결국 덜덜 떨며 한 발, 한 발 그를 향해 걸어갔다.

청년이 그녀를 노려보았다.

"얼른! 네가 뒤뚱거리면서 '모내기 춤'이나 추는 꼴을 볼 시간은 없으니까."

라섬섬은 고개를 숙이고 그에게서 몇 걸음 떨어진 곳에 섰다. 그런데 그가 갑자기 손을 뻗어 그녀를 홱 잡아당겼다. 라섬섬은 비명을 질렀지만 그 비명은 목구멍에 뭔가가 쑤셔져, 꽉 막혀 버렸다. 청년이 그녀의 입에 귤을 쑤셔 넣은 것이다. 껍질을 까지도 않고 씻지도 않은, 진흙이 묻어 있는 귤을 그대로 그녀의 입에 집어넣었다.

라섬섬이 귤 하나를 통째로 삼키는 건 불가능했다. 하지만 청년은 억지로 밀어 넣었다. 귤이 갈라지고 터지며 그녀의 얼굴 절반 이상이 과육으로 범벅이 되었다. 그 미치광이는 흉악하게 웃으며 귤을 그녀의 얼굴에 뭉갠 다음 꽉 닫힌 입으로 밀어 넣으려 했다.

"너 군자라며? 훔친 건 안 먹는다며? 그럼 지금 먹는 건 뭐야? 어? 지금 처먹는 건 뭐냐고!"

"우읍…… 안 돼……. 이러지 마세요……. 아버지…… 아버지……."

"삼켜."

청년은 눈을 가늘게 뜬 채 마지막 과육까지 라섬섬의 입에 쑤셔 넣었다. 눈동자에 어두운 빛이 일렁거렸다. 두려움을 일게 하는 눈빛이었다.

"어서 삼켜!"

라섬섬은 억지로 귤을 삼키며 흐느낌이 섞인 목소리로 아버지를 불렀다. 한참 말이 없던 청년이 갑자기 미소를 지었다.

그 미소는 흉악한 표정보다 더 무서웠다.

그는 만족스럽다는 듯 라섬섬의 머리를 쓰다듬고는 쪼그려 앉아 다정하게 물었다.

"아버지를 불러 뭘 하겠어? 이 오라버니를 불러야 맞는 거 아냐? 오라버니가 준 귤 어때? 달고 맛있지?"

그가 또 땅바닥에서 귤 하나를 집었다.

이번엔 그녀의 입에 곧장 쑤셔 넣지 않았다. 그는 세심하게 껍질을 까고 과육에 붙어 있는 하얀 귤락(橘絡)까지 꼼꼼히 떼어 낸 후, 손을 닦고 귤 한 알을 떼어 라섬섬의 입가로 가져갔다. 그리고 부드럽게 말했다.

"맛있었으면 좀 더 먹어."

라섬섬은 자신이 오늘 제정신이 아닌 사람에게 걸려들었다고 생각했다. 하지만 다른 방법이 없어 고개를 숙인 채 조용히 그 미치광이가 건네는 귤을 받아먹었다. 새콤달콤한 과즙이 목구멍을 타고 내려가 배 속을 휘저었다…….

청년은 그렇게 쪼그려 앉은 채로 귤을 한 알씩 그녀에게 먹였다. 그러다 별안간 기분이 좋아졌는지 노래까지 흥얼거리기 시작했다.

그의 목소리는 굵고 낮았다. 심하게 갈라진 목소리는 마치 너덜너덜해진 대바구니 같았다. 발음도 모호해서 뭐라고 하는지 제대로 들리지도 않았고, 그저 몇 소절만 어렴풋이 라섬섬의 귀로 들어왔다.

"연못 위로 꽃잎이 떨어지고, 강가에서 현 소리 울리네. 가장 좋은 시절, 꽃다운 약관에 말을 달려 세상 저편의 꽃까지 다 보리니……."

그가 별안간 말했다.

"꼬마."

"……."

"쳇."

그가 입을 삐죽거리며 라섬섬의 작은 얼굴을 잡아 돌렸다.

"눈 좀 보자."

라섬섬은 온몸이 떨려 반항할 힘이 하나도 없었다. 그저 청년이 자신의 눈을 자세히 바라보도록, 피투성이 손가락으로 눈꺼풀을 만지게 놔둘 수밖에 없었다.

"정말 닮았네."

그가 말했다.

라섬섬은 흐느끼며 눈을 감았다. 이 미치광이가 또 흥분해서 과일을 후벼 파는 것처럼 자신의 눈도 파낼까 봐 너무 무서웠다.

그러나 청년은 그러지 않았다.

그저 쌀쌀맞게 말할 뿐이었다.

"너 나한테 부귀영화에 눈이 멀어서는 안 되고, 가난해도 지조를 지켜야 한다고 했잖아? 이 오라버니도 하고 싶은 말이 있다."

"흑……."

"눈 떠."

라섬섬은 눈을 더욱 꼭 감았다. 청년은 웃으며 갈라진 목소리로 말했다.

"안 파낼 거니까 눈 떠!"

그래도 라섬섬은 눈을 뜨지 않았다.

"……눈을 안 뜬다고 내가 못 파낼 줄 알아?"

라섬섬은 하는 수 없이 동그란 눈을 떴다. 긴 속눈썹이 파르르 떨리고 눈물이 뚝뚝 떨어졌다. 그녀의 얼굴에는 두려움이 가득했다. 도대체 이 정체불명의 청년이 무엇 때문에 기분이 좋아졌는지는 몰라도, 그는 그녀의 뺨을 잡고 있던 손을 떼더니 그녀의 머리를 가볍게 토닥였다.

소녀의 눈을 응시하던 그의 입가에 떨리는 미소가 걸렸다. 미소의 7할은 기괴함이었고, 2할은 잔혹함, 1할은 처량함이었다.

그가 말했다.

"임기에 한 남자애가 있었는데, 나이 스물에 심장이 죽었다지."

그는 말을 마치고 어둠 속으로 사라져 자취를 감추었다.

난장판이 된 바닥만이 깊은 밤에 피투성이가 된 누군가가 이곳에 왔었음을 보여 주고 있었다.

다음 날 아침, 친척 집에서 돌아온 진씨 집안사람들은 뜰에 있던 귤나무가 쓰러져 귤이 땅에 나뒹굴고 있는 것을 발견했다. 주변에 사는 집은 몇 없었고, 가까이 사는 건 라씨네뿐이었다. 매일같이 귤을 보며 군침 흘리던 라섬섬의 모습을 떠올린 진씨 집안사람들은 바로 확신했다.

분명 라섬섬 그 망할 꼬맹이가 귤을 훔친 거야!

훔칠 걸로 부족해서 질투심에 남의 집 귤나무까지 베어 버렸구나!

진씨 집안사람들은 그 길로 라 서생을 찾아가 고자질했다. 라 서생은 이런 굴욕을 참고 있을 사람이 아니었다. 그는 곧바로 딸을 불러 정말 귤을 훔쳤느냐고 성내며 다그쳤다.

라섬섬은 울면서 아니라고 말했다.

나무를 베었느냐고 물었다.

라섬섬은 또 아니라고 답했다.

귤을 먹었느냐고 물었다.

거짓말을 할 줄 모르는 라섬섬은 먹었다고 답했다.

그녀가 해명하기도 전에 잔뜩 화가 난 아버지는 무릎을 꿇으라고 호통치더니 진씨 집안사람들 앞에서 그녀에게 회초리를 힘껏 휘두르며 말했다.

"딸보다 아들 키우는 게 낫다더니! 나이도 어린 것이 어찌 이런 도둑질을 해! 창피하구나! 네 아비 얼굴에 먹칠을 해! 벌로 오늘 아침밥은 없다. 사흘간 면벽하며 깊이 반성하고 잘못을 뉘우치……."

"아버지, 제가 안 그랬어요! 정말 아니에요!"

"감히 어디서 말대꾸를 하는 것이냐!"

아무도 그녀를 믿지 않았다. 비록 하수진계가 어지럽다고 하지만 채접진은 예외였다. 이 마을은 평화로워서 밤에 대문을 걸어 잠그지도 않는다. 그런데 한밤중에 온몸에 피를 뒤집어쓴 미치광이가 왔다고? 누가 그 말을 믿을까.

라섬섬의 작은 손이 매질에 찢기고 터졌다.

진씨 집안사람 모두 차가운 눈으로 보고 있는데, 그중 나이가 가장 많은 남자아이만이 제 어머니의 옷자락을 당기며 뭔가 말하려는 듯 입을 달싹거렸다.

어머니가 모른 척하자 그도 별다른 방법이 없었다. 그는 단정한 얼굴을 구기며 마지못해 옆에 서 있었다. 하지만 더는 보고 싶지 않았다.

그날 밤, 라섬섬은 감히 방으로 들어가지 못하고 처마 밑에 쭈그려 앉아 불쌍한 모습으로 벌서고 있었다.

글공부하는 사람으로서 그녀의 아버지가 절대 용납하지 않는 것이 바로 도둑질이었다. 게다가 진부한 사고방식을 가진 외골수라서 변명이 통하지 않았다.

온종일 굶은 라섬섬은 머리가 어지러웠다. 이때 갑자기 누군가가 작은 소리로 그녀를 불렀다.

"섬섬아."

라섬섬이 고개를 돌렸다. 흙담 가장자리에 단정한 용모의 얼굴이 빼꼼 튀어나와 있었다. 낮에 그녀를 도와주려고 시도했던 진씨 집안 큰아들인 진백현이었다.

진백현은 좌우를 살펴 사람이 없는 것을 확인하고는 두세 번 만에 흙담을 넘어오더니 품속에 숨겨 온 따뜻한 찐빵 하나를 다짜고짜 그녀의 손에 쥐여 주었다.

"담장 밑에 온종일 서 있는 거 봤어. 아무것도 못 먹었잖아. 찐빵 줄 테니 어서 먹어."

"난……."

라섬섬은 천성이 부끄러움이 많은 아이였다. 이곳에 산 지 몇 달이나 됐지만 이웃집 오라버니와 몇 마디 나눠 본 적도 없었다. 그런데 갑자기 이렇게 가까이 있으니 저도 모르게 뒷걸음질 치다가 벽에 쾅 하고 머리를 부딪쳐 버렸다. 그녀는 그 와중에도 더듬더듬 답했다.

"받을 수 없어……. 아버지께서 안 된다고…… 그게 그러니까……."

그녀는 두서없이 한참 말을 늘어놨지만, 완벽한 문장으로 말하지 못했다.

진백현이 말했다.

"어휴, 너희 아버지는 종일 공자 왈 맹자 왈만 하시는 분이잖아. 뭐 하러 그렇게 신경 써? 너 이렇게 굶다가 병 생겨. 먹어, 이러다 다 식겠다."

윤기 도는 야들야들한 흰 찐빵에서 따뜻한 김이 모락모락 피어올랐다.

라섬섬은 고개를 숙이고 잠시 쳐다보다가 꼴깍하고 침을 삼켰다.

배고파 죽을 것 같았다. 이제 군자니 뭐니 따질 겨를도 없었다. 그녀는 찐빵을 쥐고 고개를 숙인 채 허겁지겁 먹기 시작하더니 금세 싹 해치웠다.

다 먹은 그녀는 동그란 눈으로 진백현을 보며 처음으로 완벽한 문장을 말했다.

"귤나무는 내가 베지 않았어. 난 훔칠 생각도 안 했다고."

진백현은 잠시 멈칫하더니 천천히 미소 지었다.

"응."

"그런데 다들 날 안 믿어 줘……."

조금의 경멸도 담기지 않은 눈빛에 라섬섬의 마음이 조금씩 열리더니 억울함이 눈 녹듯 밀려왔다. 그녀는 입을 벌린 채 눈물을 닦으며 엉엉하고 큰 소리로 울었다.

"다들 날 안 믿어……. 난 도둑질 안 했어……. 훔치지 않았다고……."

진백현은 허둥대며 그녀를 다독였다.

"네가 훔치지 않은 거 나도 알아. 그래, 넌 매일 나무 아래 서서 보기만 했지 단 한 번도 귤을 가져간 적 없잖아. 훔칠 거였다면 진작에 훔쳤겠지……."

"내가 아니야! 내가 아니라고!"

그녀는 눈물 콧물을 쏟으며 더 서럽게 울었다.

진백현이 그녀를 토닥였다.

"너 아니야. 네가 안 그랬어."

두 아이는 이렇게 서로를 알아 갔다.

얼마 뒤, 이웃 마을에서 살인 사건이 일어났다. 며칠 전, 밤에 온몸에 피를 뒤집어쓴 무뢰한이 어느 집에 들어가 그 집 곁채를 빌려 잠을 자려고 했던 모양이다. 남자 주인이 거절하자 무뢰한은 온 가족을 찔러 죽였다. 그러고는 시체로 가득한 방에서 여유롭게 한잠 자고 일어나 다음 날 아침 유유히 떠났다. 그런데 떠날 거면 조용히 떠날 것이지, 천하가 이런 악인을 몰라줄까 걱정이라도 됐는지 자신이 한 짓을 굳이 벽에 피로 줄줄 써 놓았단다.

이 일은 빠르게 퍼져서 금세 채접진까지 전해졌다. 시간을 따져 보니 라섬섬이 '미치광이 오라버니'를 봤다고 한 그날 밤이었다.

라 서생과 진씨 집안사람들은 모두 말문이 막혔다.

오해가 풀린 뒤 두 집안의 왕래가 잦아졌다. 진씨 부부가 보기에 라섬섬은 귀엽고 미인상인 데다 부지런하고 철도 든 아이였다. 집안 형편상 이보다 더 좋은 며느릿감을 구하긴 어려울 것 같았다. 진씨 부부는 아예 진백현과 라섬섬을 정혼시키고, 이후에 각각 약관이 되는 해에 정식으로 혼례를 치르자고 했다.

라 서생은 딸과 진백현이 허물없이 죽마고우처럼 지내는 모습에 흔쾌히 승낙했다.

그렇게 하루하루가 흘러갔다. 만약 라 서생이 풍류와 향도[#61] 연구를 즐기지 않았다면, 진씨와 라씨 두 집안은 애초에 생각했던 것처럼 가난해도 욕심 부리지 않고 평안하게 살았을 것이다.

잘못을 꼽자면 라 서생이 실수로 '백접향분'을 만들어 낸 것이다.

이 향분의 향이 딱히 특별하진 않았다. 마을에 있는 평범한 향료와 별반 다를 것 없었지만, 일반 향료에 없는 장점이 있었다.

바로, 오랫동안 향이 맴돌아 그 여운이 오래 지속된다는 점이었다.

백접향분은 향이 오랜 시간 남아 쉽게 사라지지 않는, 사람들이 항상 원하던 질 좋고 값싼 물건이었다.

라 서생은 '모든 것이 다 하찮으나 독서만은 고상하다'라고 생각하는 사람이었다. 그는 비록 향분을 만들어 내긴 했어도 팔기를 꺼렸다. 자신의 품위가 떨어진다고 생각한 것이다.

그가 팔지 않자 자연히 눈독 들이는 사람이 생겼다

진 부인은 여러 번 라 서생을 찾아가 제조법을 달라고 했고,

#61 향도 香道. 향을 피워 그 향기를 즐기는 법

점포를 열자고도 꼬드겼지만 번번이 거절당했다. 그런 일이 몇 번 반복되자 멋쩍어진 진 부인은 더는 그 일을 언급하지 않았다. 하지만 속으로는 계속 이 일을 담아 두고 있었다.

라섬섬이 열다섯이 되는 해에 기회가 왔다. 라 서생 이 약골이 폐병에 걸려 며칠을 앓더니 그대로 죽어 버린 것이다. 비록 아직 시집오진 않았지만, 라섬섬의 시댁 식구로서 그간 나눈 정이 있기에 진 부인은 안팎으로 바쁘게 장례를 도왔다.

라섬섬은 감격에 겨워 눈물을 흘릴 뿐, 진 부인에게 다른 속셈이 있다는 것을 몰랐다. 진 부인은 라 서생의 유품을 정리할 때 향분 제조법을 슬쩍했다.

그날 밤, 진 부인은 콩기름 등잔 아래에 바싹 붙어 흥분된 마음으로 제조법을 열어 봤다. 하지만 보자마자 넋이 나갔다.

라 서생의 필체는 용이 날아오르고 봉황이 춤추는 듯했다. 그의 초서는 자유분방함 그 자체였다. 한참을 들여다봤지만 그녀는 한 글자도 알아볼 수 없었다.

어쩔 수 없이 제조법을 슬그머니 제자리에 돌려놨다.

몇 달이 흐르고 라섬섬이 마음을 추스르자 진 부인은 식사하러 오라며 그녀를 집으로 불러 담소를 나누다 '무심코' 백접향분을 언급했다.

라섬섬은 이 제조법을 집에 둬 봤자 쓸모가 없다고 생각했다. 게다가 자기에게 이렇게 잘해 주는 시어머니인데 원하시면 드리자 생각했다.

그래서 아버지의 유품을 꺼내 와 진 부인을 위해 글도 해석해 줬다. 그렇게 조금씩 정밀한 제조법이 제대로 정리됐다.

진 부인은 뛸 듯이 기뻤다. 그녀는 제조법을 얻자 바로 남편과 상의해 향분 점포를 열었다.

물론 그때까지만 해도 그녀는 다정하고 분별 있는 예비 며느리를 소중히 여겼다. 게다가 라섬섬은 점점 더 아름다워졌다. 비록 집안은 불우했지만, 그녀의 용모는 매우 뛰어나서 제법 많은 마을 청년들이 그녀를 마음에 두기 시작했다.

일을 길게 끌면 문제가 생기기 마련인 법. 진 부인은 어서 혼례를 치러야겠다고 생각했다.

하지만 라섬섬은 아버지를 잃은 지 얼마 안 됐다. 채접진 풍속에 따르면 부모를 여의면 삼 년 동안 출가할 수 없었다.

진 부인이 어찌 삼 년씩이나 기다릴 수 있을까. 그녀는 온갖 궁리를 다해 방법을 생각해 냈다.

이날, 라섬섬은 진씨 집안 막내딸의 머리를 땋아 주고 있었다. 진씨 집안의 이 막내딸은 그녀와 사이가 아주 좋아서 온종일 섬섬 언니라고 부르며 뒤꽁무니를 졸졸 쫓아다녔다.

뜰에 들어선 진 부인은 라섬섬을 내당으로 불러 말했다.

"섬섬아. 너와 백현이는 죽마고우인 데다 이미 정혼한 사이잖니. 네 아버지가 돌아가시고 혼자 의지할 데 없이 지내기 쉽지 않을 거다. 원래대로라면 올해 시집왔어야 하지만 삼년상을 치러야 한다는 법도 때문에 시집도 못 오게 됐구나. 그래서 내 생각이지만, 삼 년을 기다리면 네 나이가 너무 많아지지 않겠니?"

라섬섬은 고개를 숙인 채 아무 말도 하지 않았다. 하지만 총명한 그녀는 진 부인의 다음 말을 대충 짐작하고 얼굴을 붉혔다.

과연 진 부인은 이렇게 말을 이었다.

"혼자 지내면 힘들고 고생만 한다. 이렇게 하자꾸나. 일단 시집오렴. 우리끼리 문 걸어 닫고 천지신명님께 인사 올리자. 일단 다른 사람들한테는 알리지 말고, 혹여 누가 물으면 그냥 백모님과 함께 지내며 보살핌을 받고 있다고 하렴. 그러면 혼례도 올리고 남의 비난 살 일도 없는 데다 저승에 계신 네 아버지도 안심하실 거다. 삼 년이 지나면 우리 다시 떠들썩하게 혼례를 올리자꾸나. 어떠니?"

그녀의 말은 듣고 있으면 모두 라섬섬을 위한 것 같았다. 라섬섬은 꿍꿍이셈 따위는 모르는 아이였기에 상대방을 전혀 의심하지 않고 곧장 동의했다.

그 뒤, 진씨 집안은 백접향분을 팔아 집안이 흥했다. 그들은 살던 집을 떠나 마을의 큰 부지를 사서 저택을 짓고 대부호가 됐다.

라섬섬은 대부호 집에 있는 많은 사람들 틈에 숨어 모습을 잘 드러내지 않는 존재가 됐다.

마을 사람들은 라섬섬이 진 부인의 호의와 비호 덕에 진씨 집안에 들어가 산다고 생각할 뿐, 그녀가 이미 진백현과 혼례를 치르고 부부가 되었다는 건 전혀 몰랐다.

이런 나날 속에서 비록 서러움도 있었지만, 라섬섬은 그저 시어머니가 남의 입방아에 오르는 걸 피하고 자신을 생각해서 이러는 것이다 생각하며 불평하지 않았다. 게다가 진백현이 그녀에게 진심을 다했기에 두 사람은 달콤한 날들을 보내며 삼 년이 지나 모든 것이 정상으로 돌아가길 기다렸다.

하지만 라섬섬은 정식 아내가 되는 날을 맞지 못했다.

점점 커지는 진씨 집안의 사업과 진백현의 훤칠한 외모에 채접진은 말할 것도 없고 주변 몇몇 마을의 대부호 집안 여식들까지 진 대공자를 탐내기 시작한 것이다. 이런 일이 반복되니 진 부인의 마음이 흔들렸다.

애당초 이 정혼을 맺은 건 자기네가 일개 농부 집안이라 좋은 며느리를 들일 수 없을 거라고 생각했기 때문이며, 그래서 서둘러 라섬섬을 옭아맨 거였다.

하지만 하늘의 뜻을 누가 알 수 있으랴. 진씨 집안에도 팔자 피는 날이 왔고, 그때 다시 라섬섬을 보니 그다지 기품 있게 생기지도 않고 별로 영특한 데 없이 맹하게만 보였다. 게다가 꼭 고집불통이던 죽은 제 아비를 똑 닮은 것 같아, 아무리 봐도 마음에 들지 않았다.

진 부인은 조금 후회했다.

그리고 요씨 집안의 귀한 딸이 나타나자 진 부인의 '조금'은 '매우'가 됐다.

요씨 집안은 현령 집안으로, 그 딸은 군장을 입고 돌아다니는 것을 좋아했다. 어느 날, 그녀는 준마를 타고 사냥을 나갔다 돌아오는 길에 향분 점포를 지나치게 되었고, 그 김에 점포에 들러 신중히 향분을 골랐다. 그런데 고르려던 향분은 못 고르고 대청에서 분주히 움직이던 훤칠한 공자에게 한눈에 반할 줄 누가 알았으랴.

그 공자는 다름 아닌 라섬섬의 남편 아닌 남편, 진백현이었다.

성격이 불같은 요 낭자는 집으로 돌아가 먹지도 마시지도 않고 아버지에게 진백현에 대해 알아봐 달라고 떼를 썼다. 진백현은 이미 혼인했지만 문을 걸어 잠그고 혼례를 치렀으니 주변에 아는 사람이 누가 있겠는가? 마을에서는 애당초 라씨와 진씨 집안 아이들이 정혼했다는 사실도 몰랐다.

그리하여 요 낭자는 진 공자가 아직 미혼이라고 알게 되었다.

현령은 몇 차례 조사로 진백현이 능력 있고 성격도 온순한 데다 집안 형편도 나쁘지 않다는 것을 알게 됐다. 그래서 사람을 보내 진씨 부부에게 혼담을 넣었다.

진 원외는 창자가 뒤틀릴 정도로 후회하며 현령이 보낸 사람에게 생각해 보겠다고 완곡하게 말했다. 그리고 문을 닫고 두 늙은이는 다투기 시작했다.

진 원외가 말했다.

"그렇게 서두르더니만! 거지 서생이 일찍 죽었으니 원래대로라면 그 딸은 삼년상을 치렀어야 했소. 당신이 애초에 애들을 혼인시키지만 않았어도 우리 아들에게 돌이킬 기회가 있었을 거요! 이제 이 일을 어찌할 것이오!"

진 부인도 화가 났다.

"제 탓이에요? 애들이 어릴 때 정혼시키자고 한 건 당신 아니었나요? 지금 봐요, 현령의 딸이라고요! 섬…… 라섬섬 그 아이가 상대나 되냐고요."

교활한 철면피 노인네들은 문을 닫아 놓고 얼굴을 붉히며 싸우더니 결국엔 진이 다 빠져 탁자를 사이에 두고 거친 숨을 몰아쉬었다.

진 원외가 물었다.

"어쩐다. 그냥 혼담을 거절합시다."

진 부인이 말했다.

"……안 됩니다. 현령 딸에 기대서 집안을 일으켜야지요."

진 원외가 버럭 하며 말했다.

"그 귀한 따님이 첩살이를 할 것 같소? 그게 되겠소? 우리 아들 방에 하나가 이미 들어앉아 있는데, 어떻게 또 밀어 넣는단 말이오? 그 둘이 얼마나 서로 아끼는지도 안 보이시오!"

"……."

진 부인은 아무 말도 하지 않았다. 한참 뒤 그녀가 갑자기 눈을 반짝이며 중얼거렸다.

"생각해 봤는데, 라섬섬과 우리 아들 사이의 일은 우리 집안 사람들 말고는 아무도 모르잖아요……."

침묵이 흘렀다. 잠시 멍하게 있던 진 원외는 문득 아내의 말 뜻을 깨달았다.

그는 살짝 떨었다. 반은 두려움 때문이고, 반은 흥분 때문이었다.

"다…… 당신 말은……."

"아무도 모르니 혼인했다 할 수 없지요."

진 부인이 말했다.

"그 아이를 쫓아낼 방법을 생각해 내야 해요. 어설픈 거 말고 제대로 된 방법으로요. 마을 사람들 모두 우리 아들이 아직 장가들지 않은 걸로 알고 있어요. 라섬섬이 어렸을 때 귤 도둑질 했던 일 기억하죠? 우리가 다 같이 물고 늘어지면 그 아이는 입만 벙긋거릴 뿐 아무 말도 못 할 거예요!"

진 원외는 문으로 성큼성큼 걸어가 꽉 닫혔는지 확인하고는 허둥대며 아내에게 다가갔다. 방금 전만 해도 쌈닭처럼 싸우던 두 사람은 이제 딱 붙어서 목소리를 낮추고 속닥거리며 의논하기 시작했다.

진 원외가 말했다.

"당신의 그 방법은 안 될 것 같소."

"어째서요?"

"우리 아들이 동의하지 않을 거요. 어릴 때부터 라섬섬을 좋아했는데 이제 와서 내치라고 하면 그 아이가 따를 리 있소?"

진 부인은 잠시 생각하더니 남편의 손을 토닥이며 말했다.

"염려 놓고, 이 일은 저한테 맡겨요."

얼마 뒤, 진 부인은 갑자기 중병을 앓았다. 기이한 병세에 의원도 원인을 찾지 못했다. 하지만 그녀는 매일 정신 착란을 일으키며 헛소리를 해 댔고, 넋이 나간 채로 자신이 귀신에 씌었다고 했다.

진 원외는 애가 타서는 도사를 모셔 왔다. 자루 끝에 털이 달린 불자(拂子)를 등에 멘 도사는 득도한 신선의 기품을 가지고 있었다. 그는 손꼽아 헤아리더니 진씨 집안의 무언가가 진 부인을 공격하고 있다며, 해결하지 못하면 부인은 해를 넘길 수 없다고 했다.

효심이 넘치는 진백현은 다급한 마음에 물었다.

"무엇이 어머니를 공격하고 있습니까?"

도사는 어려운 이야기를 늘어놓으며 답을 질질 끌더니, 결국 '빛을 못 보는 미인'이라고 했다.

방에 있던 사람들은 모두 얼어붙었다. 진씨 집안 아들들은 잇

달아 고개를 돌려 한쪽에 서 있던 라섬섬을 보았다.

라섬섬도 꼼짝 않고 멍하니 서 있었다.

사실 그녀가 어릴 때부터 사람들은 그랬다. 그녀가 천살고성[#62]이라 태어나자마자 어머니를 잡아먹더니 그다음에는 오라버니를 잡아먹고, 나중엔 아버지까지 잡아먹었다고.

그런데 지금 또 시어머니를 잡아먹게 생겼다고 말하는 게 아닌가.

진씨 집안사람들은 초조해졌다. 형제들은 돌아가며 그녀에게 진씨 집안을 떠나라고 종용했다. 어차피 그녀가 혼인한 걸 아는 사람도 없어 평판이 깨끗하다며, 은량과 재물을 줄 테니 다른 좋은 사람을 찾으라 했다.

라섬섬은 애가 타고 무서웠다. 자신이 정말로 진 부인에게 해를 끼칠까 봐 매일같이 눈물을 흘렸다.

진백현은 마음이 아팠지만, 어머니가 나날이 수척해지는 것을 보며 이러지도 저러지도 못했다. 그는 섬섬이 떠나는 것도 싫었고, 어머니가 아픈 것도 참을 수 없었다. 그는 빠르게 야위어 갔다.

더 이상 참을 수 없었던 진씨 집안의 형제들은 어느 날 큰형이 집에 없는 틈을 타 형수를 찾아갔다. 그들은 라섬섬이 방에서 백접향분을 만들고 있을 때 쳐들어가 그녀의 도구를 뒤엎었다. 향분이 그녀의 몸에 쏟아졌다. 순식간에 뼛속까지 스며든 것처럼 아무리 씻어도 사라지지 않는 짙은 향기가 남았다.

형제들은 그녀를 둘러싸고 '부덕(婦德)'이라는 둥, '아내와 딸은 비천하고 부모는 존귀하다'는 둥 도리에 대해 떠들었다. 하지

#62 **천살고성** 天煞孤星, 액운과 외로움의 팔자

만 라섬섬은 강한 근성을 가진 사람이었다. 겁은 많아도 고집스러워서 자신은 떠나기 싫다고 울면서 다른 방법을 찾아 달라고 부탁했다.

화가 난 진씨 집안 둘째가 그녀의 뺨을 때리며 말했다.

"천살고성인 너 때문에 우리 어머니가 죽게 생겼어. 다른 방법이 있었으면 네 아비가 죽었을까? 네 어미가 죽었겠어? 네 오라비가 생사불명이 됐겠냐고?"

그가 때리자 다른 사람들도 달려들어 라섬섬을 에워싸고 주먹으로 때리고 발로 차며 '어서 꺼져', '악귀', '불길한 것'이라고 욕했다.

이들은 모두 제 어머니와 한통속이었다. 사실 진작에 어머니의 의중을 알고 있던 이들은 큰형이 없는 틈을 노려 힘을 합쳐 라섬섬을 쫓아냈다. 그리고 그녀에게 감히 다시 돌아왔다간 매일 때릴 거라고, 어차피 친정 식구도 없으니 맞아 죽어도 대신 따져 줄 사람이 없지 않느냐며 협박했다.

그날은 폭설이 내리는 밤이었다. 라섬섬은 온몸이 시퍼렇게 멍든 채 눈밭에 버려졌고, 신고 있던 꽃신 한쪽까지 잃어버렸다.

그녀는 천천히 앞으로 기어가며 알 수 없는 소리로 흐느꼈다. 마치 어린 짐승이 죽기 전에 내는 낮은 울음소리 같았다.

밤이 깊었다. 눈 내리는 날이라 문밖으로 나오는 사람은 거의 없었다. 그녀는 아득한 세상에서 어디로 가야 하는지, 어디로 갈 수 있을지도 모른 채 계속 기었다.

진씨 집안 형제들의 말이 맞았다.

그녀는 친정도 없고, 아버지도, 오라버니도 없었다. 그녀를 대신해 나서 줄 사람도 없었고, 그녀를 거둬 줄 사람도 없었다.

이 하얗고 넓은 세상에 의지할 곳 하나 없었다.

그녀는 원래도 몸이 건강하지 않았다. 게다가 쫓겨날 때 옷까지 얇게 입고 있었다. 그녀는 추위에 덜덜 떨었고, 다리와 발은 금세 마비되어 무감각해졌다.

마을 외곽까지 기어가다 귀신 주례를 모시는 묘우에 도착했다. 그녀는 눈을 피해 안으로 들어가 웅크려 앉았다. 입술은 얼어서 파랬고, 마음은 슬프고 처량했다.

고개를 들어 흙으로 빚은 곱고 아름다운 차림새의 신상(神像)을 보고 있으니 눈물이 쉬지 않고 흘러내렸다. 남녀가 혼인할 때는 증인이 되어 줄 주례가 있어야 한다는 하수진계의 규율이 생각났다.

하지만 그녀는 귀밑머리에 붉은 꽃 한 송이 꽂고 아름답게 웃으며 진백현과 서로 맞절한 게 다였다.

그 비밀스러운 혼례는 꿈이었을까. 그날 흐릿한 구리거울에 비친 그림 같던 소년 소녀는 그녀가 꿈속에서 맛본 환희의 그림자에 불과했을까.

그녀는 귀신 주례 앞에 꿇어 앉아 점점 더 무겁고 차가워지는 몸을 이끌고 절을 세 번 올리며 울고 웃었다.

"결발로 부부가 되니 의심 없이 서로 은애하리. 즐거운…… 오늘…… 밤……."

점점 눈앞이 어지럽고 시야가 흐려졌다.

마치 눈앞에 옅은 달빛이 뿌려진 듯했다. 옛날에 작은 뜰에서 그녀는 울며 말했었다.

— 제가 훔치지 않았어요. 전 안 훔쳤어요. 전 귤을 훔치지 않았다고요.

하지만 세 사람만 우기면 없던 호랑이도 만들어 낼 수 있다고 했다. 아무도 그녀의 말을 믿지 않을 것이다.

이제야 그녀는 사람들을 붙들고 자신이 진백현과 혼인한 아내라고 아무리 호소해도 그녀의 말을 믿어 줄 사람이 아무도 없다는 것을 깨달았다. 자신은 여전히 하소연할 곳 없는, 그 옛날 흙담 옆의 어린 여자아이였다.

변한 건 아무것도 없었다.

다만 옛날에는 담장을 넘어와 품속에 숨겨 온, 김이 모락모락 나는 하얀 찐빵을 손에 쥐여 주며 '배고프지. 어서 찐빵으로 배 좀 채워.'라고 말하던 사람이 있었다.

하지만 오늘…… 그 사람은 대체 어디 있을까…….

그가 돌아와서 자신을 못 찾으면 초조해할까? 아니면 드디어 어머니가 그녀에게 잡아먹히지 않게 됐다며 남몰래 한시름 놓을까?

라섬섬은 묘우에 웅크린 채 점점 말라 가는 눈물을 흘리며 작게 말했다.

"주례 마마, 저는 그 사람과 함께하고 싶어요. 저는 그의 아내예요……. 우리가 혼인할 때 옆에 주례가 없었어요. 마마는 귀신 주례니까 산 사람의 일에 관여 못 하시겠죠. 그래도…… 그래도…… 말씀드리고 싶어요……."

그녀의 흐느낌이 산산이 흩어졌다. 그녀는 목에서 마지막 목소리를 짜냈다.

"저는 거짓말하지 않았어요……."

저는 거짓말하지 않았어요.

큰 눈이 소리 없이 내리는 길고 고요한 밤이 지나갔다.

다음 날, 마을 외곽의 묘우를 지나가던 사람이 라섬섬을 발견했을 때 그녀는 이미 차갑게 식어 있었다.

20장 본좌의 사존이 분노했다

여기까지 들은 초만녕은 분노가 극에 달했다. 당장이라도 버드나무 가지로 진씨 부부를 매섭게 휘갈기고 싶었다. 하지만 그렇다고 눈을 뜨고 욕을 퍼부을 수도 없었다. 일단 눈을 뜨면 귀진의 환상이 바로 사라지기 때문이었다. 귀진의 결계 봉인은 영혼당 딱 한 번만 봉인할 수 있었기에 중간에 끊어진다면 라섬섬의 뒷이야기를 다시는 들을 수 없었다.

그래서 그는 치밀어 오르는 분노를 억지로 참으며 라섬섬의 이야기를 계속 들었다.

죽은 후, 라섬섬의 영혼은 저승으로 들어갔다. 온통 몽롱한 상태라 그녀는 아무것도 지각하지 못했다.

유일하게 기억나는 건 알록달록한 차림새의, 묘우에서 모시는 귀신 주례와 똑 닮은 여성이었다. 그 귀신 주례가 라섬섬의 앞에 서서 부드럽고 온화한 목소리로 물었다.

"너와 진백현은 살아서 함께할 수 없었다. 죽어서라도 함께 묻히고 싶으냐?"

라섬섬이 황급히 답했다.

"그러고 싶어요……. 그럴래요!"

"그럼 지금 바로 네 곁으로 오라고 할까? 어때?"

라심섬은 무심결에 좋다고 말할 뻔했지만 문득 뭔가가 떠올랐는지 멈칫했다.

"제가 죽었나요?"

"그렇지. 난 저승의 귀신 주례야. 너희들에게 좋은 인연을 맺게 해 주어 소원을 이루게 해 준단다."

라섬섬은 얼떨떨했다.

"그럼 그가 제 곁으로 오면, 그도…… 죽는 건가요?"

"그렇지. 하나 하늘에 정이 있다면 생과 사는 사소한 것에 불과하다. 그저 두 눈을 감는 것인데 뭐가 다르겠느냐?"

여기까지 들은 초만녕은 속으로 과연 이 귀신 주례는 사람을 홀려서 남의 목숨을 빼앗아 달라는 소원을 빌게끔 만드는 재주가 있다고 생각했다. 진짜 제대로 악한 신선이었다.

라섬섬은 비록 억울하게 죽긴 했어도 아직 악귀는 아니었다. 그녀는 연신 고개를 저었다.

"안 돼요. 그를 죽일 수는 없어요. 그의 잘못이 아니에요."

귀신 주례가 측은하게 웃으며 말했다.

"이토록 자애로운 마음은 어떤 보답을 받을꼬?"

귀신 주례는 라섬섬에게 강요하지 않았다. 신선으로서 타인을 현혹해 악독한 소원을 빌도록 만들 수는 있었지만 강요를 할 수는 없었다. 귀신 주례의 모습은 점점 옅어졌고 목소리도 점점 흐려졌다.

“칠 일째는 혼이 집으로 돌아가는 날이다. 네가 초칠일 날 이승으로 돌아가면 진씨 집안의 상황을 직접 보게 될 거야. 그 뒤에 다시 와 너에게 물으마. 네가 여전히 아무 여한이 없는지 어디 한번 보자꾸나.”

칠 일 뒤, 혼이 집으로 돌아가는 날이 되었다.

라섬섬의 혼백은 지각과 의식을 되찾고 이승으로 돌아갔다.

그녀는 지난날 왔던 길을 따라가며, 마지막으로 남편의 얼굴을 보기 위해 조급한 마음으로 진씨 집에 홀연히 나타났다.

그런데 집 내부는 초롱과 오색 끈으로 장식되어 있고, 뜰에는 휘황찬란한 등불이 달려 있었다. 화청에는 예물과 옷가지들이 가득 놓여 있었으며 정방 앞에는 커다란 쌍희자가 떡하니 붙어 있었다. 진 부인은 얼굴에서 빛이 났다. 병색이라곤 조금도 찾아볼 수 없었다. 그녀는 방실방실 웃으며 하인들에게 예물 옷감에 수를 놓고 붉은 비단을 펼치라고 분부했다.

누가…… 혼례를 올리는 거지?

누가…… 예물을 보낸 거지?

누가…… 삼서육례를 이렇게 거창하게 치르는 거지?

누가…….

라섬섬은 분주한 사람들 사이를 오가며 그들이 수군거리는 소리를 들었다.

“진 부인, 아드님과 요 현령 댁 따님과의 정혼을 축하드립니다. 혼례는 언제입니까?"

"부인께서는 정말 복도 많으십니다."

"현령 댁 따님이 진씨 댁의 복덩어리네요. 혼인을 약조하자마자 진 부인의 안색이 많이 좋아졌어요."

"아드님과 요 현령 댁 따님은 하늘이 맺어 준 부부인가 봅니다. 정말 부럽네요. 호호호호."

아드님…… 아드님이라니…….

어느 아들을 말하는 거야?

누가 요씨 집안 딸과 결혼하는 건데?

라섬섬은 익숙한 그림자를 찾기 위해 시끌벅적한 웃음소리 속에서 정방과 뜰을 미친 듯이 헤맸다.

그리고 마침내 찾았다.

안채의 모란 꽃밭 앞, 진백현이 뒷짐을 지고 서 있었다. 얼굴은 수척하고 뺨은 움푹 들어가 있었다. 반면, 몸에 걸친 건 붉은 옷이었다. 길복은 아니었지만, 채접진의 풍습에 따르면 예비 사위가 혼담을 꺼내러 방문할 때는 나비가 와서 앉을 정도로 곱고 붉은 옷을 입어야 했다.

그가…… 혼담을 꺼내러 가는 것일까……?

정방을 가득 채운 예물과 금은보화는 모두 그가…… 진백현, 그녀의 남편이 요씨 집안의 딸을 위해 준비한 예물일까?

라섬섬은 문득 자신과 그가 혼인을 올리던 광경이 떠올랐다.

다 부족했다. 두 사람과 둘의 사랑을 빼면 아무것도 없었다.

주례도 없었고, 수모도 없었으며, 예물도 없었다. 그때는 진씨 집안이 부유해지기 전이라 제대로 된 보석 장신구 하나 없었다. 그래서 그는 두 사람이 마당에 함께 심은 귤나무에서 갓 피어난 귤꽃 한 송이를 꺾어 그녀의 귀밑머리에 조심스럽게 꽂아 주었다.

그녀가 그에게 물었다.

– 예뻐요?

그가 예쁘다고 대답해 주었다. 잠시 침묵하던 그는 조금은 속상한 듯 그녀의 머리를 쓰다듬으며 말했다.

– 네가 섭섭하겠다.

라섬섬은 가볍게 미소를 지으며 괜찮다고 말했다.

진백현이 그녀에게 말했다. 삼 년 뒤 혼인을 올릴 때는 꼭 성대하게 혼례를 치러 주겠다고. 온 마을 사람들을 초대하고, 그녀를 으리으리한 가마에 태워 맞이하겠다고. 그리고 그녀에게 금은보화 장신구를 달아 주고, 화청을 가득 메울 만큼 예물을 듬뿍 주겠다고 했다.

지난날의 맹세가 아직도 귀에 선한데, 지금 눈앞에 그 맹세와 같은 광경이 펼쳐져 있었다.

그러나 그가 맞이하는 건 다른 사람이었다.

분노가 치밀었고 슬픔이 몰려왔다. 라섬섬은 가슴이 미어져, 울부짖으며 곳곳에 달려 있는 붉은 명주와 비단을 갈기갈기 찢었다.

하지만 그녀는 혼령이었다. 아무것도 만져지지 않았다.

진백현은 어렴풋이 무언가를 느낀 듯, 고개를 돌려 멍한 눈으로 바람도 없이 흔들리는 비단을 바라보았다. 그의 눈빛은 망연하고 공허했다.

그의 여동생이 다가왔다. 쪽진 머리에 백옥 비녀를 꽂고 있었는데 누구를 남몰래 추모하는 건지는 알 수 없었다.

"큰오라버니, 주방에 가서 뭐 좀 먹어요. 며칠째 제대로 먹은 것도 없잖아요. 이제 곧 현령 댁에 혼담을 꺼내러 가야 하는데, 이러다가는 몸이 못 버텨요."

진백현이 갑자기 정신이 나간 듯 물었다.

"누이야. 어디서 우는 소리 들리지 않니?"

"……네? 안 들리는데요. 오라버니, 제 생각엔 오라버니가 너무……."

그녀는 입술을 깨물고 더 이상 말하지 않았다. 진백현은 여전히 휘장이 나풀거리는 곳을 뚫어지게 쳐다보았다.

"어머니는 지금 어떠시니? 기뻐하셔? 병세는 괜찮아지셨고?"

"……오라버니."

"……어머니의 병이 나았다면 그걸로 됐다."

진백현은 잠시 멍하니 서 있다가 중얼거렸다.

"이제 나에게는 섬섬이도 없는데, 어머니까지 잃을 수는 없어."

"오라버니, 일단 가서 식사하세요……."

라섬섬은 울며 소리쳤다. 머리를 감싸 안고 슬피 울부짖었다.

안 돼……. 가지 마요……. 가지 말아요…….

진백현이 말했다.

"……알았다."

그의 지친 모습이 모퉁이 뒤로 사라졌다.

라섬섬은 그 자리에 넋을 놓고 서서 투명한 눈물을 뚝뚝 흘렸다. 이때, 갑자기 자신을 죽게 만든 진씨 집안 형제, 둘째 아들과 막내아들이 소곤거리는 소리가 들렸다.

"어머니가 무척 기뻐하시네. 어휴, 이제야 한시름 놓았다."

"누가 아니래요? 반년이나 꾀병을 부려서 겨우 그 불길한 여자를 쫓아냈잖아요. 그러니 안 기쁘시겠어요?"

막내아들이 쯧쯧 혀를 차더니 불쑥 물었다.

"그런데 걔는 어쩌다 죽었대요? 우리는 내쫓았을 뿐이지, 죽일 생각은 없었잖아요. 어쩜 그렇게 멍청한지, 다른 집이라도 찾아가 도움 청할 줄도 몰랐대요?"

"누가 알겠냐. 부끄러웠나 보지. 융통성 없는 지 애비랑 똑같아. 죽어도 우릴 원망하면 안 되지. 비록 어머니께서 꾀병으로 걔를 속이긴 했지만 우리 집도 나름 고충이 있었잖아. 생각해봐. 현령의 딸과 가난한 여자가 있으면, 바보들이나 가난한 여자를 고르겠지. 게다가 현령 댁 따님에게 밉보였으면 우린 고생길이 열렸을 거다."

"그것도 그렇네요. 걔가 멍청해서 살기 싫다고 얼어 죽은 거니까 어차피 아무도 못 구했겠죠."

그런 말들이 팔랑거리며 그녀의 귀로 흘러들어 왔다.

라섬섬은 죽은 후에야 비로소 자신이 '천살고성'이라고 불린 이유는 그저 가난하고 비천해서, 현령의 딸처럼 존귀하지 못해서였다는 것을 깨달았다.

바보들이나 가난한 여자를 고르겠지.

라섬섬은 끝내 미쳐 버리고 말았다.

그녀는 마음 가득 원망과 증오심을 품고 귀신 주례를 모신 묘우로 돌아갔다.

그녀는 그곳에서 죽었고, 그곳으로 돌아갔다. 죽을 때는 유약하고 아무런 힘도 없었지만, 돌아올 때는 사무치는 원한이 하늘을 찔렀다.

그녀는 본디 매우 온화하고 선량한 사람이었으나, 지금은 평생의 원한과 이제껏 드러낸 적 없었던 악함을 모조리 쏟아 냈다. 목소리가 갈라지고 숨이 헐떡거릴 정도로 비명을 질렀다. 두 눈은 시뻘겋게 충혈되었고 혼백까지 떨렸다.

그녀가 말했다.

"라섬섬은 혼백을 버리고 악귀가 되겠습니다. 다만 주례 마마께 청이 있사오니, 부디 제 원수를 갚아 원한을 풀어 주십시오! 저는 진씨 일가가 비명횡사하길 바랍니다! 저는…… 절 금수만도 못하게 대한 악랄한 시어머니가 두 손으로 그녀의 아들을 죽이길 바랍니다! 그녀의 모든 아들을요! 저는 진백현이 지옥에 떨어져 저와 함께하길 바랍니다! 저와 합장시켜 주세요! 저는 정말 억울합니다! 원통합니다! 원망스럽습니다!"

감실에 놓인 진흙 인형의 눈꺼풀이 움직이더니 입꼬리가 천천히 올라갔다.

쓸쓸한 목소리가 묘우에 울려 퍼졌다.

"네 소원을 들어주겠다. 너의 소원대로 너는 오늘부터 악귀이니라. 네가 증오하는 모든 이를 죽이거라."

눈부신 핏빛 그림자가 번쩍였다. 라섬섬은 그 후의 일을 전혀 기억하지 못했다.

하지만 초만녕은 알고 있었다. 귀신 주례는 악귀가 된 라섬섬을 조종하여 진 부인에게 빙의하도록 만든 뒤, 진씨 일가를 한 명씩 죽여 나갔다.

산꼭대기의 붉은 관에서 진백현이 파헤쳐진 것도 귀신 주례가 '진백현과 함께 합장되고 싶다'는 라섬섬의 소원을 이루어 주기 위해서였다. 게다가 그 관을 일부러 진백현과 새신부의 집이 있는 곳에 둔 것은 가장 원한 서린 저주이자 복수였다.

진백현의 관에서 나는 꽃향기는 바로 라섬섬이 죽기 전에 그녀의 몸에서 나던 백접향분의 향이었다. 관 속에 원한과 향기가 짙게 배어 있었던 건 라섬섬의 혼백이 그 속에서 진백현과 함께 잠들었기 때문이었다.

라섬섬은 가족이 없었다. 풍습에 따르면 이런 사람은 죽은 뒤 매장이 아닌 화장을 했다. 그래서 육신이 없는 그녀는 귀신 주례가 합장해 준 관 속에서만 형태를 갖출 수 있었다. 당시 초만녕이 그 합장관을 버드나무 가지로 내리쳐 열었을 때, 라섬섬은 관의 비호를 잃어 혼백이 흩어져 버렸고 그 바람에 잠시 동안은 모일 수 없었다. 그래서 관이 열리지 않았을 때는 원한이 짙었는데, 관이 열리니 원한이 옅어진 상황이 벌어졌던 것이다.

그런데 당시의 환각 속에서 다른 사람들 곁에는 모두 그들의 배필이 되어 줄 시체가 함께 있었는데, 진백현 곁에는 어째서 종이로 만든 귀신 신부가 있었을까?

초만녕은 잠시 생각하다가 이유를 깨달았다.

귀신 주례는 약속을 지켰다. 종이 신부는 그가 라섬섬에게 만들어 준 '육신'이자 일종의 매개체로서, 오직 라섬섬만이 진백현과 합장할 수 있도록 한 것이다.

모든 것이 명백해졌다.

초만녕은 환각 속의 유약한 그 소녀에게 뭐라고 말해 주고 싶었지만 입이 떨어지지 않았다.

명색이 옥형 장로인 그는 말주변이 없어서 말이 항상 서툴렀다. 그래서 한참을 망설였지만 결국 아무 말도 하지 못했다.

소녀는 아득한 어둠 속에 서서 부드럽게 빛나는 동그란 두 눈을 떴다.

초만녕은 그녀의 눈동자를 보자 순간 마음이 확 약해지는 것을 느끼곤 어서 결계를 벗어나야겠다고 생각했다. 눈을 뜨고 귀진 결계를 벗어나려던 순간, 소녀가 갑자기 입을 열었다.

"염라 오라버니. 저…… 들려드릴 이야기가 더 있어요."

초만녕이 대답했다.

"……그래."

소녀는 고개를 푹 숙이고 눈을 가린 채 울며 나지막이 말했다.

"염라 오라버니. 그 후로 제가 무슨 짓을 했는지 모르겠어요. 하지만 전…… 정말로 제 남편을 죽이고 싶지는 않았어요. 전 악귀가 되고 싶지 않았어요. 전 정말……."

소녀가 잠시 말을 멈추었다 다시 입을 열었다.

"전 귤을 훔치지 않았어요. 그리고 전 정말로 진 공자의 아내예요. 사람을 해친다는 생각은 정말, 정말로 평생 한 번도 해 본 적 없어요."

라섬섬은 또다시 말을 이었다.

“정말로 사람을 해칠 생각은 없었어요. 제발 부탁이에요. 믿어 주세요.”

덜덜 떨리는 목소리는 산산이 흩어졌다.

“전…… 정말…… 거짓말하지 않았어요…….”

난 거짓말하지 않았어.

그런데 왜 이제껏 살면서 날 믿어 주는 사람은 좀처럼 없었을까.

그녀가 훌쩍이며 슬프게 울자, 초만녕의 목소리가 어둠 속에서 낮게 울려 퍼졌다. 그는 짧은 말에는 머뭇거림이 없었다.

“그래.”

라섬섬의 가냘픈 몸이 움찔했다.

초만녕이 말했다.

“난 널 믿는다.”

라섬섬은 손으로 대충 눈물을 닦았지만 결국 참지 못하고 눈물범벅이 된 얼굴을 가리며 고개를 숙였다. 어둠 속에서, 보이지 않는 곳에서, 진심을 다해 예를 갖춰 인사했다.

초만녕은 다시 눈을 떴다.

눈을 뜬 그는 한참 동안 아무런 말도 하지 않았다.

결계 속 시간은 현실과는 달라서, 결계 속에 오래 머물렀는데도 바깥사람들이 보기에는 그저 찰나일 뿐이었다. 묵연은 아직 돌아오지 않았고 진씨 집안사람 중 살아 있는 사람은 모두 멀뚱멀뚱 그를 보고 있었다.

초만녕은 버드나무 가지를 집어넣으며 진 노부인에게 말했다.

"내 너의 억울함을 풀어 줄 터이니 자고 있거라."

넋이 나간 채로 시뻘건 눈을 뜨고 있던 진 노부인은 갑자기 털썩 쓰러져 그대로 기절했다.

초만녕은 다시 고개를 들었다. 그의 눈빛은 먼저 진 원외의 얼굴을 훑은 다음 이어 막내아들에게로 떨어졌다. 목소리는 조금의 동요도 없이 여전히 차가웠다.

"마지막으로 묻겠습니다."

그는 입술을 천천히 부딪치며 한 글자씩 또박또박 내뱉었다.

"당신들 모두 그 목소리가 누구인지, 정말로 알아차리지 못했습니까?"

21장 본좌는 그를 막을 수 없다

진씨 집안 막내아들은 벌벌 떨며 부들거리는 두 다리로 겨우 몸을 지탱하며 아버지를 올려다보았다.

진 원외는 잠시 눈빛이 흔들렸지만 이내 꿋꿋하게 말했다.

"모…… 모릅니다. 모, 모르는 목소리예요!"

초만녕은 서리가 9척이나 내린 듯한 차가운 얼굴로 나지막이 말했다.

"거짓말."

가뜩이나 매섭게 생긴 얼굴이었다. 날카롭게 치켜 올라간 눈썹을 억누르고 있었지만, 치밀어 오르는 분노에 더욱 살기등등한 표정이 되었다. 악귀보다 더 공포스러웠다.

진 원외는 무의식적으로 뒤로 몇 걸음 물러났다. 초만녕이 천문을 휘둘러 땅을 내리치자, 삽시간에 타닥거리며 불꽃이 사방으로 튀고 푸른 잎이 휘날렸다. 깜짝 놀란 진 원외는 쿵 하고 세게 넘어졌다.

"백접향분이 너희 집안에서 만들어 낸 것이더냐? 네 큰아들은 초혼인가? 라섬섬이 누구지? 그 나이를 먹고도 부끄러운 줄 모르다니!"

진 원외는 입술을 달싹거렸지만 바짝 마른 입은 결국 아무 말도 꺼내 놓지 못했다. 창백했던 그의 얼굴이 점점 빨갛게 달아올랐다.

반면, 한쪽에 움츠리고 있던 진씨 집안의 막내딸은 '라섬섬'이라는 세 글자를 듣자 갑자기 엉엉 대성통곡했다.

그녀는 어머니 곁으로 달려와 정신을 잃고 쓰러진 몸뚱이를 흔들며 말했다.

"섬섬 언니! 섬섬 언니, 이 모든 게 언니가 한 거였어요? 언니가 억울하게 떠난 건 나도 알아요. 하지만 제발 부탁이에요. 날 봐서라도 제발 우리 가족들을 놔주세요……. 섬섬 언니……."

초만녕은 허리를 숙여 황금빛이 흐르는 천문을 쥐고 손잡이로 진 원외의 얼굴을 들어 올렸다.

초만녕의 결벽이었다. 그는 구역질나는 사람은 절대 손으로 건들지 않았다. 살짝이라도 닿으면 바로 닭살이 돋았다.

"누가 나에게 거짓말을 하는지 내가 모를 거라고 생각하느냐?"

초만녕은 음산하게 진 원외의 얼굴을 내려다보았다. 공포와 놀라움이 뒤섞인 진 원외의 눈동자에 그의 얼굴이 비쳤다.

역시나 그는 환영받지 못하는, 그렇게나 차갑고 각박한, 하얀 서리가 내려앉은 날카로운 칼날 같았다.

하지만 그런들 어떠하랴.

만야옥형은 다른 사람의 사랑이 필요했던 적이 없었다.

"도사님, 도사님은 사생지전의 사람이고 저는 의뢰인인데 어찌 저의 사사로운 일을 엿보십니까. 저는……."

"좋다. 난 손을 떼고 관여하지 않겠다. 앉아서 죽기만을 기다리거라."

"아뇨! 그럴 순 없습니다! 도사님이 이러면 안……."

"이러면 안 된다?"

초만녕이 눈을 가늘게 떴다. 가늘고 긴 눈에 흐르는 눈빛이 위험해 보였다.

"뭐가 안 되지?"

"전…… 그러니까, 당신은…… 그게……."

"너 같은 사람이 내 문파의 제자였다면."

초만녕은 천문을 어루만지며 낮게 읊조렸다.

"난 오늘 네 피부가 찢기고 터질 때까지, 근육과 뼈가 끊어질 때까지 후려쳤을 것이다."

이렇게까지 말하니 진 원외는 더는 모른 척할 수 없었다. 그는 도를 닦는 사람의 어질고 온화한 모습은 찾아볼 수 없는 초만녕의 흉악한 모습에 저절로 다리의 힘이 풀렸다. 이제 체면이고 뭐고 없었다. 그는 무릎을 털썩 꿇고 통곡했다.

"도사님, 저, 저희도 어쩔 수 없었습니다. 현령 댁 따님의 미움을 살 수는 없지 않습니까! 저, 저희도 제대로 먹지도 자지도 못하면서 밤낮으로 편치 않았습니다. 도사님……."

그는 말하면서 초만녕의 다리를 붙들려고 했다.

초만녕의 결벽증은 아주 심했다. 진 원외가 자신을 건드리려

하자 망설임 없이 버드나무 가지로 내리치며 질색했다.
"건들지 마라!"
"으악!"
천문이 진 원외의 손등을 세게 내리쳤다. 영력이 들어가지 않았는데도 진 원외는 아프다고 통곡하며 울부짖었다.
"이런 법이 어디 있습니까. 사생지전의 도사가 사람 잡네!"
"네놈이……!"
묵연이 두 부상자를 부축하며 집으로 들어왔을 때, 마침 진 원외가 눈물 콧물을 쏟으며 땅에 주저앉아 떨리는 손으로 초만녕을 가리키며 외치고 있었다.
"어느 문파가 이렇게 일 처리를 한답니까? 당신네 사생지전은 돈을 받고도 의뢰인을 보…… 보호하지는 못할망정 때리다니, 정말…… 정말 뻔뻔스럽군요! 내, 내가 만천하에 알릴 겁니다! 여기저기 떠들 거예요! 사람들에게 당신의 이런…… 이런 태도를 알릴 겁니다! 그래서 당신네들 지위와 명예가 땅에 떨어져 돈 한 푼 못 벌게 만들고 말 겁니다!"
초만녕이 호통쳤다.
"돈이면 다란 말인가? 돈이 있으면 사실을 왜곡하고, 은혜를 원수로 갚아도 된다는 건가? 돈이 있으면 제멋대로 굴고 약속을 어겨도 되는가?"
옆에 있던 진씨 집안 막내아들이 머뭇거리며 말했다.
"라섬섬을 저희가 죽인 것도 아니잖아요. 저희는 그저 살짝 몇 대 때리고 집 밖으로 내쫓은 것뿐입니다. 개가 살기 싫다고 눈이 많이 내리는데도 피할 곳을 찾지 않은 것인데 그게 우리 잘못입니까? 저희가 살인을 한 것도 아닌데, 선군 나리께서 이렇게 함부로 사람을 탓하면 안 되지요."

그의 말은 매우 예리했다. 규율을 따진다면 진씨 집안은 그 어떤 규율도 어기지 않았다. 초만녕이 그들을 관아로 압송한다 하더라도 관아에선 기껏해야 진씨 집안의 야박함과 불성실함만 책망할 뿐, 그들 중 누구에게도 죄를 묻지는 않을 터였다.

"나는 백인(伯仁)을 죽이지 않았지만, 백인은 나로 인해 죽었다.[#63] 이런 말도 모르느냐? 너희는 책임을 피하려고만 하는군."

초만녕은 버드나무 가지를 꽉 쥐었다. 분노로 손이 미세하게 떨렸다.

당황해서 허둥거리던 교활하고 간사한 진 원외는 조금씩 정신을 차렸다. 아직 악귀도 쫓아내지 못한 마당에 초만녕이 손을 놓고 모른 체할까 봐 걱정됐지만, 다시 생각해 보니 이 무시무시한 도사님은 사생지전에서 보낸 사람이었다. 사생지전은 하수진계의 제일 문파인 만큼, 돈을 받았으니 악귀를 물리치러 온 도사는 반드시 임무를 완수해야 했다. 이는 온 천하가 아는 사실이었다.

생각이 거기에까지 미치자 그는 아까만큼 두렵지 않았다.

그는 맞아서 터진 족발 같은 손을 움켜잡고 눈물 콧물을 쏟아내며 울었다.

"책임을 회피하다니요? 저희 진씨 가문은 하늘의 도리에 어긋나는 일은 한 적이 없습니다. 살인도 방화도 하지 않았어요. 섬

#63 나는 백인(伯仁)을 죽이지 않았지만, 백인은 나로 인해 죽었다 진나라 왕도가 한 말. 왕도가 백인을 적극적으로 구하지 않아 백인이 죽게 되었는데, 나중에 백인이 자신을 구해 주었단 사실을 알게 된 후 자기 잘못을 뉘우치며 이렇게 말했다.

섬이는 스스로 살기 싫어한 것인데 그것까지 저희 책임입니까? 다, 당신이 만약 오늘 악귀를 깔끔히 물리치지 않으면 나중에 사생지전에 가서 고발하겠습니다! 대체 이런 법이 어딨단 말입니까? 돈 받고 악귀를 물리쳐 준다는 사람이 이런 도리도 모르면서 어찌……."

말이 끝나기도 전에 초만녕이 돈주머니를 꺼내더니 눈 하나 깜짝하지 않고 진 원외의 앞에 던졌다.

"문파에서 받은 네 돈은 그대로 돌려주마. 고발하고 싶으면 하거라!"

천문에 빛이 번쩍이더니 버들잎이 칼처럼 변했다.

미처 피하지 못한 진 원외는 정신없이 소리를 지르며 급히 도망쳤다. 허둥대면서도 제 막내딸을 끌어당겨 버드나무 가지를 막을 방패막이로 삼았다.

다행히 평소 습관적으로 사람을 때리던 초만녕은 천문과 정신이 하나로 연결되어 있었다. 천문은 즉시 기세를 수그리며 진씨네 막내딸을 대각선으로 비껴가더니, 다시 방향을 바꾸어 진 원외의 얼굴을 가로로 내리쳤다. 삽시간에 피가 사방으로 흩뿌려지고 비명 소리가 울려 퍼졌다.

진 원외는 초만녕에게 이 수법이 먹히지 않을 거라고는 전혀 예상하지 못했다. 아까의 기세등등하던 모습은 사라지고 혼비백산해 도망치며 소리를 질렀다.

"그만 때리십시오! 제발 그만! 도사님! 제가 헛소리를 했습니다! 다 헛소리예요! 으악! 제발 살려 주십시오! 이렇게 빕니다. 저는 나이가 많아서 매질을 못 견딥니다! 자비를 베풀어 주세요. 저희 집안이 모두 잘못했습니다! 다 저희 집안의 죄입니다!"

하지만 초만녕의 귀에 들릴 리가 없었다. 그는 분노로 숨이 턱턱 막혔고, 봉안에는 잔인함이 가득 찼다. 천문은 허공 가득 잔영을 남기며 춤을 추었고, 천문에 맞은 진 원외는 아파서 온 바닥을 데굴데굴 구르며 눈물을 펑펑 쏟았다.

입구에 서 있던 묵연은 놀라서 그대로 얼어붙었다.

초만녕이 천문으로 평범한 백성을 때리는 건 처음 보는 것이었다. 게다가 인정사정 봐주지 않는 모습이 마치 가축에게 채찍질하는 것 같았다. 휘둘리는 버드나무 가지는 곧 있으면 환영처럼 보일 것만 같았다.

이래도 되나? 의뢰인을 때리다니. 이 일은 상수진계든 하수진계든 수련자의 명성을 땅에 떨어트리기 충분했다. 초만녕이 아무리 성깔이 있고 감정적으로 일을 처리한다지만, 이런 큰 잘못을 저지를 정도는 아닐 텐데?

이는 묵연이 저지른 '도둑질과 음탕한 짓거리'보다 더 엄한 벌을 받을 행위였다.

사매도 놀라서 하얗게 질린 얼굴로 황급히 묵연을 떠밀었다.

"어서 가서 사존을 말려!"

묵연은 여전히 의식이 돌아오지 않은 진요 씨, 그러니까 요씨 집안의 딸을 사매에게 맡긴 뒤 초만녕에게 다가가 손목을 잡았다. 그가 놀라움과 다급함이 섞인 목소리로 말했다.

"사존…… 이…… 이게 대체 뭐 하시는 거예요?"

초만녕이 언짢은 기색으로 눈을 치켜뜨며 호통쳤다.

"놓아라."

"사존, 이는 계율에 어긋납니다."

"누가 모르느냐? 내가 너보다 사생지전의 750가지 계율을 모르겠느냐? 놔라!"

묵연의 언성이 높아졌다.

"그런데도 때리실 거예요?"

초만녕은 묵연과 쓸데없는 말싸움은 하고 싶지 않았다. 그는 소매를 뿌리치고 다시 버드나무 가지를 들어 신 원외에게 휘둘렀다.

"사존!"

묵연의 만류도 무시하고, 낮게 호통치는 초만녕의 눈에는 서리가 내렸다.

"꺼져!"

진 원외는 묵연이 용모도 빼어나고 친절해 보이는 게 분명 좋은 사람 같다고 생각했다. 그래서 비틀거리며 기어가 묵연의 등 뒤에 숨어 그의 옷자락을 잡아당겼다.

"도사님, 어서 사존을 말려 주세요. 저, 저는 늙은이입니다. 아무리 잘못을 했다지만, 아무리 잘못을 했어도 이렇게 맞으면 버티지 못한다고요……."

하지만 예상과 다르게, 묵연은 눈물 콧물로 범벅이 된 그의 얼굴을 보고 불쌍하기는커녕 오히려 구역질이 났다. 그는 재빨리 몸을 비키며 불쾌하다는 듯 말했다.

"으, 날 건드리지 마세요."

진 원외는 이 사람도 기댈 만하지 않다는 것을 깨달았다. 그는 멀지 않은 곳에서 진요 씨를 부축해 나무 의자에 앉히고 있는 사매에게로 시선을 돌렸다. 그는 마지막 한 줄기 희망을 품고 사매에게 기어가며 큰 소리로 울부짖었다.

"도사님, 도사님, 인정과 자비를 베풀어 주세요. 제가 정말 잘못했습니다. 제가 나쁜 놈입니다. 제발 부탁이니 당신네 사존을 말려 주세요. 제가 잘못했습니다. 죄를 인정할게요……. 저…… 저…… 저에게 뭐든 시켜도 좋지만 때리지만 말아 주세요. 나이가 많아서 몸이 못 버팁니다……. 죽을 거예요……."

그는 비통하게 울었다. 목숨을 구걸하려면 진심보다 더 진심처럼 보여야 했다. 그리고 사매 가까이 기어가 손을 뻗어 옷자락을 잡아당겼다.

사매는 그가 너무 가여워 고개를 들고 초만녕에게 말했다.

"사존. 어르신께서 잘못한 것을 알았으니 사정을 봐서 용서해 주……."

초만녕이 말했다.

"비키거라."

사매는 말없이 그대로 있었다.

초만녕이 사납게 말했다.

"비키지 못하겠느냐!"

사매는 놀라서 움찔하며 비켜섰다.

천문이 허공을 휘익 가르며 진 원외를 향해 날아왔다. 진 원외는 두 손으로 머리를 감싸고 찢어질 듯한 비명을 질렀다. 너무나도 처량한 소리에, 옆에 서 있던 사매는 저도 모르게 몸을 돌려 진 원외를 대신해 몸으로 버들가지를 막았다.

촤악.

사매의 갑작스러운 등장에 초만녕은 손을 거두려고 했지만 이미 늦어 버렸다.

피가 사방으로 튀었고, 몸이 허약한 사매는 이 일격에 땅에 주저앉았다. 그가 희고 보드라운 얼굴을 감쌌지만 피는 멈추지 않고 손가락 사이로 흘러내렸다…….

22장 본좌와 그의 냉전

순간, 집 안에 침묵이 흘렀다. 들리는 건 진 원외의 흐느낌뿐이었다.

사매는 뺨을 감싼 채 숙이고 있던 얼굴을 들어 초만녕을 보았다. 그의 눈에는 간절함이 가득했다.

"사존, 그만 때리세요. 계속 때리시면 사생지전이 책임져야 합니다……."

묵연은 혼비백산했다. 그는 비록 개자식이었지만 사매를 향한 애정은 집요했다. 이번 생에 환생한 후로 그를 애지중지하며 잘 보살피겠다고 다짐한 터였다. 그런데 고작 며칠 만에 사매는 중상을 입고 버드나무 가지에 채찍질까지 당했다. 이 무슨 봉변이란 말인가!

그는 초만녕에게 따질 정신도 없이 다급히 사매 곁으로 가서 얼굴에 난 상처를 살폈다.

사매가 나지막이 말했다.

"난 괜찮아……."

"어디 좀 봐."

"정말 괜찮아."

반항해 봤지만, 상처를 가리고 있던 손은 결국 묵연에 의해 젖혀졌다.

묵연의 동공이 순간 수축되었다.

흉측하고 깊은 상처가 쫙 벌어져 살점이 밖으로 튀어나와 있었다. 피가 계속해서 흘러나오며 목까지 내려오고 있었다…….

묵연은 벌게진 눈으로 입술을 깨물며 한참 상처를 보다가 초만녕을 휙 돌아보며 분노에 차 소리쳤다.

"다 때리셨어요?"

초만녕은 어두운 얼굴로 아무 말도 하지 않았다. 사과하지도, 다가가지도 않고 그 자리에 박힌 듯 꼿꼿이 서 있었다. 손에는 영력을 불어넣지 않은 천문이 그대로 들려 있었다.

"……."

묵연은 가슴속에 수많은 악귀가 미쳐 날뛰는 기분이었다.

전생에 이미 한 번 죽었던 사랑하는 이가 자꾸 이렇게 억울하게 고통당하는 것을 누가 참을 수 있으랴?

묵연과 초만녕은 그렇게 서로를 노려봤다. 누구 하나 물러서지도, 져 주지도 않았다. 묵연의 눈에 점점 핏발이 섰다. 그는 아주 오랫동안 초만녕을 뼛속 깊이 미워했다. 눈앞의 이 사내는 왜 늘 이렇게 자신과 어긋나는 것인가!

갓 문파에 입문했을 때, 그가 잘못을 저지르면 초만녕은 그를 죽을 만큼 채찍질했다. 나중에 사매가 다쳤을 때도, 초만녕은 평생 겨우 세 명의 제자밖에 없으면서 수수방관하며 기어코 구하지 않았다. 후에 사매가 죽고 사생지전이 몰락한 뒤 자신이 수진계의 독보적 제왕이 됐을 때, 어지러운 세상 속에서 그에게 굴복하지 않은 자 누구던가? 오직 초만녕만이 그와 정면으로 맞서고, 그의 대업을 망치고, 그의 양심을 건드리며 시시각각 일깨워 줬다. 답선제군이 제아무리 대단해도 그저 이성을 잃고 미쳐 날뛰는, 모두에게 버림받은 미치광이에 불과하다고.

초만녕.

초만녕…….

살아서도 죽어서도 늘 그가 문제였다!

두 사람은 여전히 서로에게 잘 어울리는 길복을 입고 있었다. 붉은 옷과 붉은 옷을 입고 멀찍이 서 있는 그들 사이에 채워질 수 없는 깊은 골이 존재하는 듯했다.

초만녕은 결국 천문을 집어넣었다.

한숨 돌린 진 원외는 사매 앞에 꿇고 연신 바닥에 머리를 박으며 절했다.

"참으로 인자하고 자비로우십니다. 선군께서는 고난에 처한 사람을 구제하시는 살아 있는 보살이십니다. 우리 진씨 집안을 도와주셔서 감사합니다. 정말 고맙습니다, 선군."

항상 그랬다.

악귀를 물리치는 건 초만녕이었고, 매서운 버드나무 가지를 휘두르는 것도 분명 그였다. 초만녕은 마땅히 해야 할 일을 깔끔하게 처리했으면서도 엄격한 계율까지 깔끔하게 어겨, 결국 보살은 다른 사람이 되었고 그는 악인이 되었다.

지금까지 늘 그랬다.

성질이 더럽다는 건 그 자신도 인정했다.

그리고 후회하지도 않았다.

다만 제자에게 버드나무 가지를 휘두른 건 실수였기에 그도 마음이 아팠다. 하지만 쑥스럽기도 하고 따스한 말을 건네는 것도 내키지 않았던 그는 그냥 발길을 돌려 진씨 집안의 어린 딸에게 다가갔다.

어린 아가씨는 그를 보고 놀라 뒷걸음질 치며 오들오들 떨었다.

진씨 집안에서 유일하게 그녀만 선한 마음씨를 간직하고 있었다. 초만녕이 느릿느릿 말했다.

"네 어머니는 악귀가 씌어 수명이 이십여 년은 줄었다. 만약 계속 뉘우치지 않고 악의를 품는다면, 앞으로 음기가 몸에서 떨어지지 않아 아마 더 일찍 죽게 될 거다. 어머니가 깨어나면 직접 붉은 복숭아나무로 라섬섬의 위패를 세우고 그 신분을 인정하라고 하거라. 라섬섬은 진백현이 정식으로 맞이한 아내다. 너희가 수년 동안 사실을 숨겨 왔으니 이 또한 명백히 알려 그녀의 생전 소원을 이루어 주어야 한다."

그는 잠시 말을 멈추었다가 경전을 건넸다.

"또한 너희 가족 모두 매일 세 번씩 삼궤구고두[#64]를 하며 악귀의 혼을 정화하는 '송도 주문'을 외우거라. 그러면 라섬섬을 달랠 수 있고, 너희 집안에 들러붙은 악귀도 떼어 낼 수 있다. 주문은 십 년 동안 외우되, 도중에 멈추어서는 안 된다. 도중에 멈

#64 삼궤구고두 三跪九叩頭. 세 번 무릎 꿇고 아홉 번 절하는 예법

춘다면 라섬섬은 다시 복수하러 돌아올 게다."

어린 아가씨가 떨리는 목소리로 답했다.

"……네. 가, 감사합니다, 도사님……."

초만녕은 다시 고개를 돌려 서리가 내려앉은 칼날처럼 매서운 눈으로 진씨 집안의 막내아들과 진 원외를 노려보며 엄하게 꾸짖었다.

"진요 씨가 깨거든 너희 두 사람은 숨겨 왔던 사실을 모두 그녀에게 알려라. 떠날지 남을지는 그녀의 선택이다. 조금이라도 숨긴다면 내가 네 두 놈의 혓바닥을 자를 것이다!"

두 사람은 본디 겉으론 강해 보여도 속으로는 유약하기 짝이 없었다. 도사의 말을 어찌 감히 거절할 수 있을까. 두 사람은 연신 머리를 조아리며 알겠다고 했다.

"백접향분도 라 서생이 만든 것인데 후안무치한 너희들이 제조법을 훔쳐 너희 것으로 삼았더군. 무엇을 해야 하는지는 너희들이 잘 알 것이니 두말하지 않겠다."

말을 마친 초만녕은 매서운 표정으로 소매를 털었다.

"저, 저희가 꼭 점포에 나가 고쳐 놓겠습니다. 마을 사람들에게 향분은 라…… 라 서생의 것이라고 해명하겠습니다……."

모든 일이 잘 마무리되자 초만녕은 묵연에게 진요 씨를 방으로 데리고 가 혈을 풀고 해독해 주라고 일렀다.

묵연의 마음속엔 미움이 가득했지만, 어릴 적부터 사존에게 품었던 경외심이 반항심보다 훨씬 컸기에 그는 조용히 사매의 손을 잡으며 속삭였다.

"가서 얼굴에 흐르는 피부터 지혈해요. 전 저 여인을 부축할

게요."

진씨 집안 맏아들의 침실에는 여전히 혼례 때나 붙이는 커다란 쌍희자가 붙어 있었다. 지독한 변고에 정신이 없어 떼는 것도 잊었을 것이다. 진백현이 뼛가루가 된 지금 보니 실로 엄청난 풍자가 아닐 수 없었다.

진요 씨는 이번 황당한 촌극에서 결국 탐욕의 희생양이 됐다. 그녀는 깨어나면 어떤 선택을 할까?

진요 씨는 사매보다 훨씬 연약한 평범한 사람이었다. 초만녕은 조용히 그녀의 혈을 풀고 단약을 먹였다. 묵연은 옆에서 물을 들고 수건을 건넸다. 두 사람은 아무 말도 하지 않고 서로에게 눈길도 주지 않았다.

방을 나가면서 초만녕은 무심코 벽을 흘끗 바라보곤 담담하게 시선을 옮기다가, 문득 무언가를 깨닫고 다시 돌아와 벽에 걸려 있는 글을 뚫어지게 봤다.

단정한 해서체로 쓰인 글이었다. 쓴 지 얼마 안 되었는지 종이의 가장자리는 아직 누렇게 변색되기 전이었다.

내용은 이러했다.

[발그레한 섬섬옥수가 황등주를 따라 줄 때, 성 안에는 봄빛이 만연하고 궁벽에는 버들가지 늘어졌었네.

거친 봄바람이 우리의 인연을 흩으니, 비통한 마음으로 헤어진 지 몇 해인가.

잘못이다, 잘못이다, 잘못이다.

봄은 변함없는데 사람은 야위었고, 눈물이 붉은 손수건을 적

시네.

복숭아꽃 떨어지는 쓸쓸한 누각, 사랑의 맹세는 그대로인데 비단 편지 전할 길 없네.

그만하자, 그만하자, 그만하자.]

초만녕은 갑자기 가슴이 턱 막혔다. 글씨는 깔끔하고 단정했다. 낙관을 찍는 곳에 있는 '진백현'이라는 세 글자가 유독 눈에 들어왔다.

본의 아니게 요씨 집안의 딸을 아내로 맞이한 진 공자. 그 슬프고 괴로운 마음을 말로 표현할 수 없어서 인생의 마지막 나날에 창가에 서서 먹물이 스민 붓으로 생이별을 노래한 시 〈채두봉(釵頭鳳)〉을 적어 내린 것일까?

더는 그곳에 머물고 싶지 않아진 그는 극심한 어깨 통증을 참으며 몸을 돌려 자리를 벗어났다.

초만녕과 사매 모두 상처를 입었기에 바로 말을 달려 사생지전으로 돌아갈 수 없었다. 게다가 초만녕은 어검비행[#65]을 극도로 싫어했기 때문에 일단 마을의 한 객잔에서 쉬어 가기로 했다. 그래야 다음 날 귀신 주례가 있는 묘우에 가서 뒷일이 어찌 되었는지 확인하기도 편했다.

귀신의 시체는 초만녕의 '풍'에 의해 가루가 되었지만, 귀신 주례가 조종하는 시체가 없어진 것일 뿐 그 혼령은 없어지지 않았다. 그래서 며칠 더 머물며 어망에서 빠져나간 물고기가 장난

#65 어검비행 검을 타고 날아다니는 기술

질하진 않을까 확인하는 것도 나쁘지 않았다.

초만녕은 앞에서 묵묵히 걸었고, 두 제자는 그의 뒤를 따라갔다.

사매가 갑자기 무슨 생각이 났는지 물었다.

"연아. 너랑 사존의 옷은…… 대체…… 어떻게 된 거야?"

묵연은 당황했다. 그제야 자신과 초만녕이 여전히 혼례복인 길복을 입고 있다는 것을 깨닫고는 사매가 오해할까 봐 냉큼 벗으려 했다.

"이건…… 환각 세계에서 입었던 거야. 절대 이상한 생각 하면 안 돼. 난……."

말하다 말고 다시 보니, 귀신 주례의 영혼결혼식에 참가한 사매도 길복을 입고 있었는데 두 사람과는 모양새가 달랐다. 게다가 이미 너덜너덜해져서 원래 모양도 알아볼 수 없었다.

그러나 어쨌든 그것도 길복이었다.

이렇게 사매와 나란히 서 있으니, 사매의 손을 잡고 귀신 주례의 환각 세계에서 혼례를 올리고 잔을 나누는 자신의 모습이 상상되었다.

순간적으로 길복을 벗고 싶지 않아졌다. 그는 멍하니 사매를 쳐다보았다.

사매가 따스하게 웃으며 말했다.

"왜 그래? 말하다 말고."

묵연이 중얼거렸다.

"……아무것도 아냐."

몇 걸음 앞서 가던 초만녕에게 그들의 대화가 얼마나 들렸는지는 모르겠지만, 초만녕이 문득 발걸음을 멈추고 뒤를 돌아봤다.

날이 어슴푸레 밝아오고 있었다. 우여곡절 많았던 밤이 지나간 뒤, 어둠이 물러가고 하늘가에 한 줄기 새벽빛이 솟아올랐다. 막 솟아오른 선홍빛 태양은 너덜너덜해져 피가 흐르는 심장 같았다. 그것은 어두운 밤의 심연 속에서 몸부림치며 올라온, 곱고 아름다운 찬란함을 머금고 있었다.

초만녕은 빛을 등진 채 점점 밝아 오는 기나긴 밤의 끝에 서 있었다. 자욱하게 깔린 아침 빛줄기 속에 서 있었다.

이제 막 떠오른 태양이 핏빛 혼례복을 입고 비스듬히 서 있는 그의 얼굴 윤곽을 흐릿한 금빛으로 물들였다. 표정은 잘 보이지 않았다.

이때, 느닷없이 영력이 뿜어져 나오더니 길복이 흉포한 힘에 의해 갈기갈기 찢겼다.

조각난 붉은 천이 시들어 떨어지는 해당화 꽃잎처럼 갑작스레 휘몰아치는 바람에 사방으로 흩어졌다.

길복이 조각나자 그 아래에 입고 있던 흰옷이 드러나며 바람에 펄럭였다. 그의 새카만 장발도 함께 흩날렸다.

어깨에는 피가.

바람 속에는 조각난 옷자락이.

묵연을 감싸다 생긴 얼룩덜룩한 핏자국이 흰옷 위에서 유난히 눈부시게 아름다웠다.

한참 뒤, 초만녕이 차갑게 웃으며 비웃듯 말했다.

"묵미우. 너와 나 사이에 다른 사람의 오해를 살 만한 것이 있더냐?"

그는 화만 나면 일부러 차갑고 깍듯하게, 조금의 온기도 없이 묵연을 묵미우라고 불렀다.

묵연은 뜻밖의 말에 할 말을 잃었다.

초만녕은 가볍게 웃더니 소매를 털며 몸을 돌렸다.

그는 아무도 없는 넓은 들판을 홀로 앞장서서 걸었다. 끝없이 넓은 세상에 오직 그만이 의지할 곳 없이 외로워 보였다.

모두가 싫어하는 그의 비웃음 담긴 얼굴은 객잔에 도착해 방문을 닫자마자 사라졌다.

초만녕은 이를 악물고 고통스러운 기색이 역력한 얼굴로 손을 들어 올려 자신의 어깨를 더듬었다.

귀신 주례의 날카로운 손톱은 신령체였다. 따지고 보면 천문에 필적하는 대단한 무기에 어깨가 쥐어뜯긴 거였다. 당시에는 요사스러운 것을 없애는 데 급급해 상처를 제때 처리하지 못했는데, 지금은 이미 감염되고 짓물러서 통증이 극심했다.

방에 서서 호흡을 가다듬은 초만녕은 옷을 벗으려 했지만, 어깨의 피가 굳어서 옷과 살가죽이 서로 붙어 버린 바람에 살짝만 당겨도 지독히 아팠다.

옆방은 묵연의 방이었고, 이 객잔은 방음이 좋지 않았다. 들키고 싶지 않았던 그는 이를 악물고 피와 살갗이 들러붙은 옷을 힘껏 뜯었다.

"윽……!"

억눌린 신음 소리를 낸 초만녕은 천천히 입술에서 힘을 풀었다. 입술과 이 사이에 피가 가득했다. 숨을 몰아쉬는 그의 얼굴에는 핏기가 하나도 없었고, 식은땀이 흥건했다.

그는 길고 빽빽한 속눈썹을 내리깔고 미세하게 떨면서 자신의 상처를 살폈다.

다행이군.

치료할 수 있겠어…….

그는 탁자를 짚고 천천히 앉았다. 객잔의 심부름꾼에게 부탁해 받은 깨끗한 물과 수건을 가지고, 통증을 꾹 참으며 다치지 않은 손으로 조금씩 조금씩 상처를 닦았다.

뾰족한 칼로는 곪은 부위를 도려냈다.

그리고 왕 부인이 만든 약을 발랐다.

그다음 혼자서 천천히, 힘겹게 붕대를 감았다.

그는 남 앞에서 약한 모습을 보이는 데에 익숙하지 않았다. 이런 고통은 수차례 겪었었고, 그럴 때마다 항상 혼자 견뎠다.

짐승은 다치면 혼자 숨어 상처를 핥는다. 그래서 그는 가끔 자신이 짐승 같다고 생각했다. 아마 앞으로도 이렇게 외롭고 쓸쓸할 것이다.

그는 자신이 남에게 사랑받지 못한다는 것을 알았다. 그래서 불쌍하게 누군가에게 도움을 청하고 싶지 않았다. 그는 묘하게 완고한 자존심을 가진 남자였다.

옷을 벗는데 비단 주머니 하나가 바닥에 떨어졌다.

그는 자귀꽃이 수놓인 붉은 비단 주머니를 통증으로 떨리는 손가락으로 천천히 열었다. 그 안에는 서로 엉켜 있는 머리카락 두 뭉치가 들어 있었다.

그와 묵연의 것이었다.

초만녕은 순간 이성을 잃었다. 그는 비단 주머니를 촛불 앞으로 가져가 이 황당하기 짝이 없는 머리카락 뭉치와 함께 태워 버리고 싶었다. 하지만 결국 행동으로 옮기지 못했다.

– 결발로 부부가 되니 의심 없이 서로 은애하리.

금동옥녀의 웃음소리가 또다시 귓가에 울리는 것 같았다.

그는 마음 깊은 곳에서 울리는 두근거림 때문에 자기 자신이 더 증오스러웠다. 그는 부드러운 비단 주머니를 손에 쥐고 천천히 눈을 감았다.

줄곧 묵연에게 품은 마음은 그 자신도 받아들일 수가 없었다. 심장을 꺼내 그 불결한 마음을 잘게 저며 버리지 못하는 것이 한스러웠다.

이 무슨 미련한 짓인가?

묵미우, 그는 내가 마음을 품을 만한 자인가? 이러고도 내가 사존이라고 할 수 있을까? 정말이지 짐승만도 못하군!

똑똑똑.

갑자기 누군가가 문을 두드렸다. 스스로를 질책하던 초만녕은 깜짝 놀라 눈을 떴다. 그는 비단 주머니를 넓은 소매 안에 재빨리 숨기고는 아름다운 얼굴을 굳히며 퉁명스럽게 물었다.

"누구냐?"

"……사존, 저예요."

밖에서 들려오는 묵연의 목소리에 초만녕의 심장이 갑자기 빠르게 뛰었다.

"문 좀 열어 주세요."

23장 본좌는 그가 죽도록 밉다!

'꺼져'라는 두 글자가 목구멍까지 올라왔다. 초만녕은 음울한 얼굴로 한참을 가만히 있다가 결국 느릿느릿 답했다.

"들어와라."

"어? 문 안 잠그셨어요?"

온종일 냉전 상태였지만, 묵연은 그와 풀어 볼 생각으로 마치 아무 일도 없었던 것처럼 말하며 문을 열고 들어왔다. 무표정하게 탁자 앞에 앉아 있던 초만녕은 눈을 들어 담담히 그를 보았다.

툭 까놓고 말하면 묵연은 잘생겼다. 그런 그가 들어오니 방 안이 따라서 환해졌다. 그는 확실히 젊었다. 탱탱한 피부는 은은한 빛을 발산하는 듯했고, 날 때부터 살짝 말려 올라간 입꼬리는 가만히 있어도 웃는 것 같았다.

초만녕은 태연하게 묵연에게서 시선을 돌리고 긴 속눈썹을 내리깐 채 손으로 탁자 위에 피워 둔 훈향[#66]을 끄며 차갑게 물었다.

"뭐 하러 온 것이냐?"

"저야…… 상처 봐 드리러."

묵연은 가볍게 헛기침하다 초만녕의 어깨에 시선이 닿자 살짝 멈칫했다.

"벌써 처치하셨네요?"

초만녕이 담담하게 말했다.

"그래."

"……."

묵연은 분명 초만녕에게 앙심을 품고 있었고, 그가 사매를 때려 상처 입힌 것에도 화가 났다. 하지만 냉정함을 되찾자 묵연의 마음도 그렇게 썩 좋지만은 않았다. 미운 건 미운 것이고, 초만녕이 어쩌다 어깨를 다쳤는지 똑똑히 기억하기 때문이었다.

그 숨 막힐 듯한 관 속에서 초만녕은 자신을 품에 꼭 감싸며 제 몸으로 귀신 주례의 날카로운 손톱을 대신 막았다. 고통으로 온몸이 덜덜 떨리는데도 자신을 놓지 않았다…….

묵연은 초만녕이라는 사람이 너무도 미웠다.

그러나 어째서인지 미움 말고도 복잡한 감정이 항상 뒤섞여 있었다.

묵연은 거친 사람이었다. 어렸을 때 공부를 해 본 적 없었고, 뒤늦게 글과 지식을 배우긴 했지만 이런저런 세세한 일, 특히 감정적인 문제에서는 쉽게 당황했다.

초만녕의 일만 해도 그랬다. 묵연은 뒤통수가 다 벗겨질 만큼 머리를 긁적이며 한참을 고민해 봤지만, 여전히 이 감정의 정체

#66 훈향 태워서 향기를 내는 향로

를 알 수 없었다.

그는 감정을 단순하게 구분할 줄만 알았다. 좋다, 싫다, 밉다, 기쁘다, 기분 나쁘다.

여러 감정을 섞어 놓으면 지혜롭고 총명한 답선제군은 눈앞에 별이 보일 만큼 어지러움을 느꼈다.

모르겠어. 이해가 안 돼. 몰라. 살려 줘. 머리 아프다고.

묵연은 더 생각하기 귀찮았다. 어쨌거나 그에게는 사매를 제외한 어느 누구도 자세히 관찰할 틈이 없었다.

초만녕이 사매에게 한 짓을 마음에 새기며 나중에 기회가 생기면 반드시 두 배로 갚아 주겠다고 다짐하면서도, 한편으로는 양심에 찔려 이성과 감성이 다투다가 결국은 초만녕의 방문을 두드렸다.

그는 초만녕에게 빚지고 싶지 않았다.

그런데 초만녕 이 인간은 그가 생각하는 것보다 훨씬 고집불통에 모진 사람이었다.

묵연은 탁자 위에 놓인 핏자국으로 얼룩덜룩한 붕대와 피로 물든 따뜻한 물 한 대야, 그리고 한쪽에 대충 던져진 날카로운 칼과 그 끝에 걸려 있는 피 묻은 살점을 보고는 뒷골이 당겼다.

이 인간, 대체 어떻게 혼자 상처를 치료한 거야?

정말 눈 하나 깜빡 안 하고 짓무른 상처를 닦고 잘라 냈다고? 그 장면을 상상하는 것만으로도 머리가 쭈뼛 곤두섰다. 이 인간 정말 사람 맞아?

방금 전 사매의 상처를 닦아 줄 때, 아파서 작게 신음하며 눈가에 눈물까지 맺혔던 사매의 모습이 떠올랐다. 비록 초만녕을 좋아하진 않지만 속으로 저도 모르게 탄복의 절을 하게 되었다.

옥형 장로는 과연 패기 넘치는 상남자구나. 졌다, 졌어.

가만히 서 있던 묵연이 먼저 정적을 깼다. 그는 두어 번 작게 헛기침하고는 발끝으로 바닥을 비비며 꽤나 어색하게 말했다.

"아까 진씨 집에서는…… 사존, 죄송했어요."

초만녕은 묵묵부답이었다.

묵연은 곁눈질로 몰래 흘끔거렸다.

"사존께 소리 지르면 안 되는 거였는데 말이죠."

초만녕은 그래도 묵연을 외면했다. 담담한 그의 얼굴은 항상 그랬듯이 무표정했지만, 속으로는 서운했다. 다만 말을 안 하는 것뿐이었다.

묵연이 다가갔다. 가까이 가서야 엉망진창으로 감긴 어깨 붕대가 보였다. 초만녕은 게 다리를 묶어 놓은 것처럼 자기 어깨를 엉망으로 묶어 놓았다.

"……."

하긴, 빨래 하나 할 줄 모르는 인간한테 뭐 얼마나 예쁘게 묶길 바라겠어?

묵연은 한숨을 쉬며 말했다.

"사존, 화내지 마세요."

"네 눈에는 내가 화내는 것처럼 보이느냐?"

초만녕이 버럭 했다.

"……."

잠시 후.

"사존, 붕대는 이렇게 감는 게 아닌데요……."

초만녕이 쌀쌀맞게 되받아쳤다.

"날 가르치려는 것이냐?"

"……."

묵연은 초만녕의 붕대를 다시 감아 주고 싶어 손을 들어 올렸다. 그런데 그의 안색을 보자니 지금 건드렸다가는 귀싸대기를 맞을 것 같아서 머뭇거렸다.

손을 들었다가 내렸다가, 내렸다가 다시 올리기를 몇 번 반복하는 걸 보고 초만녕은 짜증이 나서 눈을 부릅떴다.

"뭐냐? 날 때리고 싶은 게냐?"

"……."

때리고 싶은 건 맞지만, 지금은 아니었다.

묵연은 헛웃음을 치며 무턱대고 손을 뻗어 초만녕의 어깨를 눌렀다. 입가에 보조개가 피어올랐다.

"사존, 제가 다시 감아 드릴게요."

초만녕은 거절하고 싶었으나 묵연의 따뜻한 손이 이미 닿은 뒤였다. 돌연 입이 바짝 말라 아무 말도 할 수 없었다. 그래서 입술을 달싹거리다가 그냥 묵연이 하는 대로 내버려 두었다.

붕대가 한 겹 한 겹 풀렸다. 붉은 피가 밴 붕대가 다 풀리자 흉측한 구멍 다섯 개가 그의 눈을 찔렀다.

보고만 있어도 몸서리가 쳐졌다. 사매의 얼굴에 생긴 상처보다 몇 배는 더 심각했다.

묵연은 어찌할 바를 몰라 멍하니 상처를 내려다보다가 조그맣게 물었다.

"아프세요?"

초만녕은 긴 속눈썹을 내리깐 채 담담하게 말했다.

"괜찮다."

묵연이 말했다.

"살살 할게요."

초만녕은 무슨 생각을 했는지 갑자기 귓불이 빨개졌다. 결국 스스로에게 또 화가 났다. 종일 무슨 허튼 생각을 하는 건지 정말 자신이 미친 것 같았다. 이에 표정은 더 굳고 심기는 더 나빠져서 퉁명스럽게 말했다.

"마음대로."

객방 안의 촛불이 타닥거렸다. 어슴푸레한 빛에 비추어 보니 어떤 곳은 아예 약도 안 발려 있었다. 묵연은 정말 어이가 없었다. 초만녕이 건강하게 지금까지 살아온 것만 해도 기적이라는 생각이 들었다.

"사존."

"……뭐냐."

"오늘 진씨 집에서 왜 그러셨어요? 왜 갑자기 사람을 때리신 거예요?"

묵연이 약을 바르며 물었다.

초만녕은 잠시 침묵하다가 입을 열었다.

"화가 치밀어서 그랬다."

묵연이 물었다.

"뭐가 그렇게 화가 나셨는데요?"

초만녕은 더는 제자와 언쟁을 벌이고 싶지 않아 라섬섬의 일을 짧고 간략하게 묵연에게 들려줬다. 묵연은 이야기를 다 듣더니 고개를 저었다.

"와, 참 바보 같았네. 아무리 화가 나도 그놈들이랑 정면충돌은 피했어야지. 나 같으면 악귀는 이미 물리쳤다고 거짓말하고 엉덩이를 털고 나와서 놈들이 자멸하게 뒀겠다. 그런데 그런 몹쓸 인간들 때문에 일만 더 커졌잖아. 융통성이라고는 눈곱만큼도 모르고, 거기다 실수로 사매까지 상처 입……."

말을 채 맺기도 전에 묵연은 입을 꾹 다물고 두 눈으로 초만녕을 응시했다.

붕대를 감는 데 너무 집중한 나머지 순간 자신의 신분을 깜빡하고 무의식중에 서른두 살 때의 말투로 위아래 없이 초만녕에게 말하고 있었던 것이다.

초만녕도 눈치챘는지, 쌀쌀맞은 눈빛으로 묵연을 바라보았다. 그 눈빛에는 아주 익숙한 뜻이 담겨 있었다. '언젠간 나한테 맞아 죽을 줄 알아라.'

"어, 그게……."

머릿속으로 이 상황을 어떻게 수습해야 할지 생각하기도 전에 초만녕이 먼저 입을 열었다.

심히 차가운 말투였다.

"사명정을 내가 때리고 싶어 때렸느냐?"

사매가 언급되자 묵연은 맑았던 머리에 다시 열이 오르는 것 같아 딱딱하게 대꾸했다.

"하지만 때리긴 하셨잖아요."

그 일격을 날린 건 초만녕도 후회하고 있었다. 다만 멋쩍었기 때문에 그저 어두운 얼굴로 한마디도 하지 않았을 뿐이었다.

황소고집 초만녕과 미친 사랑꾼 묵연, 두 사람의 눈빛이 부딪치자 파바박 하고 불꽃이 튀었다. 조금 전 살짝 부드러워졌던 분위기가 다시 되돌릴 수 없을 만큼 얼어붙었다.

묵연이 말했다.

"사매가 잘못한 게 뭐 있어요. 사존, 실수로 그를 다치게 해 놓고 설마 미안하다는 말 한마디 하기 싫은 건 아니시겠죠?"

초만녕이 위협적으로 눈을 가늘게 떴다.

"지금 날 책문하는 것이냐?"

"……아니요."

묵연은 머뭇거렸다.

"저는 그저 억울하게 말려든 사매가 사과 한마디 못 받는 게 안타까워서 그럽니다."

촛불 아래에서 준수한 청년은 초만녕의 상처에 마지막으로 붕대를 한 바퀴 감고 꼼꼼하게 매듭을 지었다. 그런대로 부드러웠던 아까의 분위기가 이어지고 있는 듯 보였으나, 두 사람의 기분은 이미 달라져 있었다. 특히 초만녕은 가슴속에서 질투 단지가 터진 듯 씁쓸함이 치밀어 올라 화나고 짜증이 났다.

사과?

사과는 어떻게 생긴 글자지? 누가 저놈 좀 가르쳐야 할 것 같은데?

묵연이 말했다.

"사매의 얼굴에 난 상처가 다 아물려면 적어도 반년은 걸리겠죠. 아까 제가 약을 발라 주는데 사매는 사존을 원망하지 않는다고 했어요. 사존, 사매는 사존을 원망하지 않아요. 하지만 사존은 이게 맞는다고 생각하세요?"

불난 데 기름을 끼얹는 말이었다.

초만녕은 잠시 참는가 싶더니 결국 참지 못하고 낮게 깔린 목소리로 말했다.

"꺼져."

"……."

묵연이 아무 말 없자 초만녕이 호통쳤다.

"꺼지라고!"

묵연은 쫓겨났다. 문이 그의 얼굴 앞에서 쾅 하고 닫힐 때 하마터면 그의 손가락이 끼일 뻔했다. 묵연도 화가 났다. 저 봐, 저 봐! 무슨 인간이 저래? 사과 좀 하라는 거잖아? 자기가 뭐 그리 대단한 인물이라고, 입술 좀 움직여서 미안하다는 말 한마디 하는 게 그렇게 어렵나? 본좌는 답선제군인데도 사과에 인색하지 않다고. 그런데 북두선존씩이나 되어서는 무슨 화통을 집어삼켰나, 말도 안 끝났는데 버럭 소리치고 난리야!

그러니 그렇게 잘난 낯짝으로도 소중히 여겨 주는 사람 하나 없지!

다 부질없어. 혼자 평생 살아도 싸!

초만녕이 그를 상대하지 않고 문밖으로 내쫓았지만, 고고하신 답선제군이자 인간계 제존인 묵연은 못 가겠다고 바닥을 데굴데굴 구르는 생떼 따윈 부리지 않았다. 그의 끈기가 우피엿[#67]처럼 한번 붙으면 떨어지지 않을 정도로 질기다 해도, 그가 달라붙은 건 사매였지 사존이 아니었다.

#67 우피엿 사탕에 전분을 넣어 만든 엿의 일종

그는 곧장 아무렇지 않다는 듯 몸을 돌려 사매의 곁을 지키러 갔다.
"왜 다시 왔어?"
이미 누워서 쉬고 있던 사매는 묵연이 들어오자 놀라 일어나 앉았다. 새카만 머리카락이 몸 위로 길게 늘어졌다.
"사존은 어때?"
"아주 멀쩡해. 성질도 평소처럼 아주 고약하고."
"……."
묵연은 나무 의자를 들고 와 거꾸로 앉아서는 손을 등받이에 올렸다. 그러곤 입가에 나른한 미소를 걸치고 흘러내린 사매의 부드러운 머리카락을 바라보았다.
사매가 말했다.
"그냥 내가 가서 사존을 뵈어야겠다……."
"어휴, 제발 신경 좀 끊어."
묵연이 눈을 흘겼다.
"잔뜩 화났어."
"또 네가 화나게 했어?"
"화나게 할 필요가 있어? 혼자 화 잘 내잖아. 사존은 아마 나무로 만들어졌을 거야. 불을 살짝만 붙여도 활활 타오르는 것 봐."
사매는 고개를 저으며 난처한 표정을 지었다.
묵연이 말했다.
"일찍 쉬어. 난 주방에 내려가서 먹을 것 좀 만들어 올게."
사매가 말했다.
"뭐 하러 소란 떨어? 밤새 못 잤으면서 안 잘 거야?"

"하하. 난 쌩쌩해."

묵연이 웃으며 말했다.

"내가 가는 게 아쉬우면 잠들 때까지 좀 더 옆에 있어 줄게."

사매는 연신 손을 내저으며 부드럽게 말했다.

"괜찮아. 네가 보고 있으면 오히려 더 못 자. 너도 어서 가서 일찍 자. 피곤하겠다."

묵연의 올라간 입꼬리가 살짝 굳었다. 기분이 좋지 않았다.

사매는 다정하게 그를 대했지만 항상 애매하게, 멀지도 가깝지도 않은 듯한 태도를 유지했다. 분명 지척에 있는 사람인데도 거울에 비친 달처럼, 물 위에 핀 꽃처럼 볼 수는 있어도 가질 수는 없었다.

"……알겠어."

결국 애써 기운을 내서 웃었다. 묵연의 미소는 눈부셨다. 그는 못된 짓을 하지 않을 때면 사실 바보스러울 정도로 귀여웠다.

"필요한 거 있으면 나 불러. 옆방이나 아래층에 있을 테니까."

"응."

묵연은 사매의 머리카락을 만지고 싶어 손을 올렸지만, 결국 꾹 참았다. 그는 허공에서 멈칫했던 손을 거두어 자기 머리를 긁적거렸다.

"갈게."

방에서 나온 묵연은 참지 못하고 재채기를 했다.

그는 코를 훌쩍였다.

채접진은 향을 생산하는 곳이라서 반향,[#68] 와향,[#69] 탑향[#70] 등 갖가지 모양의 향 가격이 저렴한 편이었다. 그래서 객잔에서는 방마다 기다란 특제 향을 아낌없이 피워 놓았다. 액막이도 되고, 제습도 되고, 실내가 향기로워지기 때문이었다.

하지만 묵연은 훈향만 맡으면 괴로웠다. 사매가 좋아해서 어쩔 수 없이 참는 것뿐이었다.

아래층으로 내려온 묵연은 휘청거리며 주인장 앞으로 가서 은자 하나를 쥐여 주며 눈을 가느다랗게 뜨고 배시시 웃었다.

"주인장, 부탁 하나만 하겠네."

주인장은 은자를 보더니 묵연보다 더 친절한 미소를 지었다.

"선군, 무엇이 필요하신지요?"

묵연이 말했다.

"보아하니 아침 먹으러 오는 사람은 별로 없는 것 같은데 주인장만 괜찮으면 오늘 오전에 주방을 좀 빌렸으면 해서. 번거롭겠지만 다른 손님들은 돌려보내는 게 어떤가."

아침에 벌어 봤자 얼마를 벌까? 보름 동안 은자 하나만큼 벌 거라는 보장도 없었다. 주인장은 싱글벙글 웃으며 응하고는 거들먹거리는 묵미우를 객잔 주방으로 안내했다.

"선군께서 직접 밥을 지어 드시게요? 차라리 저희 집 주방장에게 맡기시죠. 손맛이 좋습니다."

"됐네."

묵연이 웃었다.

"주인장은 혹시 상담[#71]의 취옥루라고 들어 봤나?"

"아…… 그 일 년 전 불이 났던, 기녀 악방으로 유명한 주점이요?"

#68 반향 소용돌이 모양의 향
#69 와향 향꽂이에 꽂는 나무심지가 없는 선향의 일종으로, 기다란 향 받침대에 눕히듯 꽂아서 사용함
#70 탑향 원뿔 모양의 향
#71 상담 湘潭, 현 후난성에 위치한 마을

"그래."

주인장은 몰래 바깥을 살폈다. 아내가 바빠서 엿듣지 못한다는 것을 확인하고는 슬쩍 웃으며 말했다.

"어찌 안 들어 봤겠습니까? 상강[#72] 주변에서 가장 유명한 곳이잖아요. 예전에 거기 출신의 뛰어난 기녀 하나가 온 천하에 이름을 떨쳤지요. 멀지만 않았으면 저도 가서 그 곡조를 들어 봤을 텐데 아쉽습니다."

묵연이 웃으며 말했다.

"칭찬 고맙네. 내가 그녀 대신 감사 인사를 하지."

"대신이요? 그 여자를 대신해서요?"

주인장은 어리둥절했다.

"서로 아는 사이신가요?"

묵연이 말했다.

"어찌 알기만 할까."

"허…… 선군은 그렇게 안 보이시는데. 어라? 그런데 수련하시는 분들도 설마…… 흠……."

묵연은 웃으며 그의 말을 끊었다.

"뛰어난 악기(樂妓) 말고 또 아는 거 없나?"

"음…… 듣기로는 음식 솜씨도 일품이라더군요."

묵연은 입꼬리를 말아 올리며 더욱 환하게 웃었다. 그는 익숙한 듯 칼을 잡고 말했다.

"수련을 시작하기 전, 취옥루 주방에서 몇 년 동안 허드렛일을 했다네. 그러니 여기 주방장이 하는 음식이 맛있겠나, 내가

#72 **상강** 湘江. 후난성을 가로지르는 강

하는 게 맛있겠나?"

주인장은 더 놀라서 말을 더듬었다.

"선군께서 정말…… 정말로……."

그는 정말이라는 단어만 반복할 뿐 말을 맺지 못했다.

묵연은 입가에 여유롭고 의기양양한 미소를 걸친 채 나른하게 말했다.

"나가 보게. 이 몸은 이제 요리를 해야겠어."

주인장은 자신이 한때 흑암지주(黑暗之主)였던 자와 이야기를 나누고 있다는 건 까맣게 모른 채 얼굴에 철판을 깔고 비굴하게 말했다.

"취옥루의 음식이 예술이라는 말은 오래전부터 들었습니다. 혹시 이따 선군께서 다 만드시면 제게도 조금 맛보게 해 주실 수 있으실까요?"

주인장은 그리 지나친 요구도 아니니 묵연이 당연히 승낙할 줄 알았다.

그러나 의외로 묵연은 실눈을 뜨고 못된 미소를 지었다.

"먹고 싶은가?"

"아무렴요!"

"꿈 깨게!"

묵연이 무척이나 거만하게 코웃음을 치며 속으로 툴툴거렸다.

"본좌가 아무한테나 요리해서 갖다 바치는 쉬운 사람인 줄 알아? 이건 사매를 위해 특별히 만드는 거야. 그를 위한 게 아니었으면 절대 불 피우고 밥하는 짓 따위 안 했을 거라고……."

그는 무를 꺼내 썰며 구시렁거렸다.

거절당한 주인장은 뻘쭘하게 서서 손을 비비며 실실 웃다가 이내 부엌을 나갔다.

그도 속으로 툴툴거렸다.

본좌는 무슨? 아직 영핵도 맺히지 않았을 어린놈이. 계속 사매가 어쩌고저쩌고 중얼거리던데, 오늘 일행 중에 여자 도사는 없었잖아?

주인장은 눈을 흘겼다.

저놈은 정신이 아픈 게 분명해. 보통 아픈 게 아닐 거야.

묵연은 분주하게 움직이며 꼬박 두 시진을 주방에서 보냈다. 점심이 다 돼서야 요리를 끝낸 그는 사매를 깨우기 위해 흥겨운 발걸음으로 올라갔다.

초만녕의 방 앞을 지날 때 그의 발걸음은 서서히 멈췄다.

불러서 같이 먹을까…….

하지만 이내 초만녕의 고약한 성격을 떠올린 묵연은 못마땅한 얼굴로 입을 비죽거렸다.

됐다, 됐어. 겨우 이거뿐인데, 그 사람 몫은 없어!

24장 본좌와 임이 처음 만났을 때

해가 중천에 가까워지자 객잔으로 요기를 하러 오는 사람이 점점 늘어났다. 묵연은 아래층이 시끄러워 심부름꾼에게 음식을 방으로 가져다 달라고 했다.

그리고 결국엔 초만녕도 초대했다. 어쨌든 스승은 연장자였고, 지금은 자신이 인간계 제존도 아니니 규율은 따라야 했다.

느티나무로 만든 네모난 탁자 위에 김이 모락모락 나는 탕면 세 그릇이 올려졌다. 국수는 직접 만든 것이라 그런지 밖에서 파는 것과 다르게 씹는 맛이 깔끔했다. 그 위에 가지런히 올려진 두툼한 소고기육편, 기름에 살짝 튀긴 곱창, 신선하고 야들야들한 완두순,[#73] 푸짐한 야채와 노릇노릇한 계란지단이 아름다운 색깔을 뽐내며 시선을 사로잡았다. 고명이 정말 예쁘게 올려져 있었다.

#73 완두순 완두에서 싹을 내어 기른 채소

세 그릇의 국수 중에서 가장 눈에 띄는 것은 야채도, 두툼한 고기와 풍부한 재료도 아닌 약한 불로 네 시간 동안 푹 끓여 만든 국물이었다. 국수 그릇에 우윳빛 국물을 붓고 그 위에 참깨 홍유[#74]를 둘렀다. 게다가 묵연이 자체적으로 개발한 맵고 얼얼한 맛을 내는 조미료까지 탕에 넣고 푹 끓이니 향도 진하고 맛도 풍부했다.

그는 사매가 매운 음식을 좋아한다는 것을 기억하고 참깨 홍유와 고추기름을 넉넉히 둘렀다. 사매가 고개도 들지 않고 맛있게 먹는 모습을 보자 묵연의 입꼬리가 보기 좋게 말려 올라갔다. 그는 몰래 흘끔거리다가 참지 못하고 물었다.

"맛있어?"

사매가 대답했다.

"너무 맛있어."

초만녕은 아무런 말도 없이 여전히 하늘이 그에게 금은보화를 빚진 듯한 음울한 표정을 하고 있었다.

묵연이 득의양양해서 말했다.

"나중에 먹고 싶을 때 말해. 바로 만들어 줄게."

사매는 매워서 눈물이 맺힌 채 눈을 들어 묵연을 바라보며 웃었다. 다정함이 담뿍 담겨 있었다. 이런 미인이 눈앞에 있으니, 옆에 앉아 있는 얼음장같이 차가운 초만녕만 아니었으면 묵연은 진작에 자신이 사매를 잡아먹어야 할지 아니면 그릇에 담긴 국수를 먹어야 할지 고민했을 것이다.

사매는 완두순과 곱창은 별로 먹지 않았지만 소고기와 야채는

#74 홍유 깨와 고춧가루를 넣고 맛을 낸 기름

금세 바닥을 드러냈다.

줄곧 아무 내색 없이 옆에서 계속 구경하던 묵연은 젓가락을 뻗어 완두순과 곱창을 자기 그릇으로 덜어 온 뒤 자기 그릇에 있던 소고기 몇 조각을 사매의 그릇에 덜어 줬다.

사생지전의 제자는 모두 맹파당에서 밥을 먹었고 종종 서로 반찬을 바꿔 먹었다. 그래서 사매는 별다른 의심 없이 웃었다.

"연아, 너는 소고기 안 먹어?"

"응. 나는 완두순이 좋아."

그러고는 얼굴을 파묻고 후루룩 국수를 먹었다. 귀 끝이 살짝 붉게 물들었다.

초만녕은 무표정으로 젓가락을 들어 자기 그릇에 있던 완두순을 집어 묵연의 그릇에 덜어 줬다.

"난 완두순 안 먹는다."

그러고는 또 자신의 그릇에 있는 소고기를 몽땅 사매에게 덜어 줬다.

"소고기도 안 먹는다."

그는 미간을 찌푸린 채 그릇에 남은 음식을 보며 입을 삐죽거리더니 또 아무 말도 하지 않았다.

사매가 조심스럽게 물었다.

"사존…… 입에 안 맞으세요?"

"……."

그는 대답 대신 고개를 숙이고 조용히 야채 한 가닥을 집어 살짝 베어 먹었다. 안색이 더 안 좋아졌다. 그는 '탁' 하고 아예 젓가락을 내려놓았다.

"묵미우. 고추기름을 통째로 국 안에 부은 것이냐?"

고생해서 만든 아침 식사가 예상 밖의 타박으로 돌아오자 묵연은 당황하여 고개를 들었다. 그의 입가에는 국수 한 가닥이 걸려 있었다. 그는 억울한 듯 초만녕을 향해 눈을 깜빡였다. 자신의 귀를 믿을 수 없었다. 그는 국수를 후루룩 삼키고 말했다.

"네?"

이번에는 초만녕이 대놓고 핀잔했다.

"이게 사람이 먹는 것이냐? 이런 걸 어떻게 먹는다고!"

묵연은 또다시 눈을 끔뻑거렸다. 초만녕 이 자식이 자기를 욕하는 게 확실하자 울컥하여 대꾸했다.

"뭐가 사람이 못 먹는다는 거예요?"

초만녕은 미간을 실룩거리며 역정을 냈다.

"도무지 넘어가질 않는군."

묵연은 말문이 막혔다. 그래도 나름 취옥루에서 몰래 터득한 솜씨였는데.

"사존…… 편식이 심하시네요."

사매도 거들었다.

"사존, 온종일 아무것도 안 드셨잖아요. 입에 안 맞아도 조금만 드세요."

초만녕은 몸을 일으키더니 냉랭하게 말했다.

"난 매운 거 안 먹는다."

그러고는 곧장 뒤돌아 나갔다.

탁자에 남은 두 사람 사이에 순식간에 어색하기 짝이 없는 침묵이 맴돌았다. 사매가 조금 놀란 듯 말했다.

"사존이 매운 걸 안 드시나? 난 왜 몰랐지……. 연아, 너도 몰랐어?"

"그게……."

묵연은 초만녕이 탁자에 남기고 간, 거의 손도 대지 않은 국수를 보며 잠시 멍하니 있다가 고개를 끄덕였다.

"응. 몰랐어."

거짓말이었다.

묵연은 초만녕이 매운 걸 안 먹는다는 걸 알고 있었다.

다만 잊고 있었을 뿐이었다.

어찌 됐든 전생에서 반평생을 부대끼며 살았으니 초만녕이 좋아하고 싫어하는 음식이 뭔지는 잘 알았다.

관심을 두지 않아 항상 까먹었지만.

혼자 방으로 돌아온 초만녕은 옷을 입은 채로 벽을 향해 누웠지만 잠이 오지 않아 눈을 뜨고 있었다.

피도 많이 흘렸고 영력도 너무 많이 소모했다. 게다가 사실 어제 저녁부터 아침까지 쌀 한 톨 먹지 못해서 배 속이 텅 비어 속이 편치 않았다.

그는 자신을 어떻게 돌봐야 하는지 전혀 몰랐다. 기분이 안 좋으면 아예 아무것도 안 먹었다. 마치 화를 내면 배를 채울 수 있다는 것처럼.

그는 자신이 뭐 때문에 화가 났는지 몰랐다. 어쩌면 알고 싶지도 않았다고 하는 게 맞았다.

다만 적막 속에 흐릿한 얼굴이 떠올랐다. 눈부신 미소, 살짝 말려 올라간 입꼬리, 까맣고 맑게 빛나는 두 눈은 부드러운 광택이 흐르며 진한 보라색을 띠었다.

따스하고 약간은 나른해 보였다.

초만녕은 침상의 이불을 꽉 움켜잡았다. 너무 힘을 주는 바람에 관절 부분이 하얗게 되었다. 그는 그대로 빠져들고 싶지 않아서 그 막무가내로 환하게 웃는 얼굴을 떨쳐 내려 눈을 감았다.

하지만 눈을 감자 지난날의 일들이 밀물처럼 마음속으로 밀려들어 왔다…….

그가 처음 묵연을 본 것은 사생지전의 통천탑 앞이었다.

그날, 뜨거운 햇볕 아래 스무 명의 장로가 빠짐없이 모여 작은 소리로 이야기를 나누고 있었다.

당연히 옥형 장로는 예외였다. 그는 작열하는 태양 아래에 서서 구워지는 걸 좋아할 정도로 바보는 아니었다. 대신 일찌감치 혼자 꽃나무 아래로 피해서 장로들의 논의에는 관심이 없는 듯 손가락을 펴서 이번에 새로 만든 현철[#75] 지갑투[#76]가 잘 움직이는지 확인하고 있었다.

물론 그는 지갑투를 쓸 필요가 전혀 없었다. 쇠를 자르고 구부려 만든 이 지갑투는 사생지전의 하급 제자들을 위해 만든 것이었다.

하수진계와 인접한 귀계에는 항상 위험이 도사리고 있어서 하급 제자들이 다치거나 목숨을 잃는 일이 흔했다. 이를 눈여겨보던 초만녕은 비록 입 밖으로 꺼내지는 않았어도 늘 해결 방법을 고심하고 있었다. 그는 가볍고 편리하면서도 쉽게 쓸 수 있는

#75 현철 玄鐵. 엄청난 강도를 지닌 가공의 금속
#76 지갑투 指甲套. 자르지 않은 손톱을 보호하는 장식

무기를 만들고 싶었다.

반면, 다른 사람들은 한쪽에서 흥미진진하게 토론을 펼쳤다.

"들으셨습니까? 오래전에 헤어진 존주의 조카가 불바다에서 구출됐답니다. 불이 난 건물에 있던 사람은 다 죽었다는군요. 존주가 한발 늦었으면 아마 그 조카도 뼛가루가 되었을 겁니다. 정말 운도 좋고 명줄도 긴 아이예요."

"분명 아이 아버지가 저승에서 보살펴 준 것이겠지요. 어렸을 때 헤어진 뒤로 얼마나 고생했을까, 불쌍한 것……."

"아이 이름이 묵연이라고 했죠? 열다섯 살은 됐겠네요? 관례를 치렀으면 자(字)를 얻을 때인데, 뭐라던가요?"

"선기 장로께선 모르시는군요. 그 아이는 어려서부터 주점에서 자라서 이름이 있는 것만으로도 다행입니다. 어찌 자를 가질 수 있겠습니까."

"듣기로는 존주께서 아이에게 지어 줄 자를 고심하고 계시다죠. 마지막에 뭘 고를지 누가 알겠습니까."

"존주께서 조카를 정말 소중하게 생각하시나 봅니다."

"누가 아니랍니까? 존주는 말할 것도 없고 그 부인까지도 어찌나 아끼시는지, 예뻐 죽으려고 합디다. 허허, 제가 보기엔 이 사생지전에서 기쁘지 않은 유일한 사람은 아마 우리 하늘의 총아일 겁니다."

"탐랑 장로! 말조심하시오!"

"하하, 제가 실언을 했군요! 그러나 우리 하늘의 총아께서는 재능만 믿고 윗사람은 안중에도 없잖습니까. 매일같이 빈둥거리면서 처음부터 귀하게 태어난 것처럼 제멋대로 구는 건 사실이지요."

"탐랑 장로, 오늘 술이 과한 듯한데……."

옆에 있던 사람들은 연신 그에게 눈치를 주며 턱으로 멀리 서 있는 초만녕을 가리켰다. 의미가 그보다 더 분명할 수 없었다.

하늘의 총아 설몽은 초만녕의 제자였다. 설몽이 제멋대로라고 말한다는 건 초만녕의 가르침이 잘못되었다고 에둘러 조롱하는 것 아닌가?

옥형 장로는 평소 느긋하고 침착한 신선의 풍채와 속세를 떠나 떠도는 고수의 기풍이 있었다. 하지만 그는 성질이 고약했다. 자칫 그의 노여움을 샀다가는 목을 깨끗이 씻고 산 채로 맞아 죽을 것을 각오해야 한다는 걸 모르는 사람이 없었다.

그들이 떠드는 말을 초만녕은 다 들었다.

하지만 신경 쓰기 귀찮았다. 그는 자신에 대한 다른 사람들의 평가보다는 지갑투가 훨씬 흥미로웠다.

이 지갑투는 좋긴 하지만 단단함이 부족해. 피부가 두꺼운 요괴를 만나면 일격으로는 상대 피부를 찢는 건 불가능할지도. 돌아가서 용의 뼛가루를 좀 더 넣으면 효과가 좋아지겠지.

장로들은 초만녕이 아무 반응이 없자 조용히 한숨 돌리고는 다시 작은 소리로 떠들었다.

"존주께서 오늘 우리를 부르신 건 묵 공자에게 스승을 골라 주시려는 거겠죠?"

"이상하군요. 왜 존주께서 직접 안 가르치시는 걸까요?"

"조카의 근골이 존주의 심법을 연마하는 데 맞지 않는다네요."

누군가가 소곤거렸다.

"아무리 그래도 모든 장로를 불러 놓고 공자에게 고르라고 하는 건 아니지 않나요?"

녹존 장로가 옅은 한숨을 내뱉고는 우아하고 부드러운 자신의 긴 머리를 어루만지며 서럽게 말했다.

"마치 싸구려 배추 한 포기가 된 것 같은 기분입니다. 탁자 위에서 묵 공자의 선택을 기다리는 처지잖아요."

그 자리에 있던 모든 사람이 할 말을 잃었다.

아무리 사실이라도 그런 여자 같은 목소리로 대놓고 말하는 건 좀 아니지 않나?

한참을 기다리자 드디어 존주가 왔다. 천 개의 계단을 올라 통천탑 앞에 도착한 그의 뒤로 한 소년이 있었다.

초만녕은 그들을 흘끗 보고는 눈길을 돌려 계속해서 지갑투를 연구했다. 한 번 더 보는 것마저도 귀찮았다.

스승을 모시는 이야기가 나왔으니 말인데, 사생지전이 얼마나 남다르게 썩었는지 짚고 넘어갈 필요가 있다. 다른 문파 같으면 스승이 고고하게 새로운 제자의 머리를 쓰다듬으며 말할 것이다.

'소년이여, 너는 제법 총명한 자질을 타고 났구나. 오늘부터 내 제자가 되거라.'

그러면 제자는 '싫어요'라고 말할 기회조차 없었다.

아니면 스승이 얕보는 듯한 차가운 얼굴로 소매를 휘두르며 말할 것이다.

'소년이여, 너는 정수리가 지나치게 높고 눈에 생기가 없으며 반골의 성향을 가지고 있구나. 이는 내 제자가 가져야 할 모습이 아니다. 너와 나는 연이 없으니 널 제자로 받을 수 없구나.'

그러고는 제자가 자신의 장점을 말할 새도 없이 스승은 슈욱 하고 검을 타고 개보다도 빨리 날아가는 것으로 끝났다.

그러나 사생지전은 달랐다. 스승과 제자가 서로 선택을 해야 했다.

무슨 뜻일까?

사생지전에는 스무 명의 장로가 있었다. 모든 제자는 입문한 뒤 일정 기간 동안 함께 지내며 이리저리 비교한 후 자신이 따라서 수행하고 싶은 장로에게 스승으로 모시고 싶다는 글을 정성스레 써서 바쳤다.

장로가 받아 주면 서로 흡족해했다.

장로가 거절하면, 제자는 온갖 수단을 써서 장로의 마음이 누그러질 때까지 죽기 살기로 매달리거나 그대로 포기했다.

이치대로라면, 초만녕은 기예가 뛰어나고 용모가 빼어나 제자들이 서로 자신을 받아 달라고 경쟁하며 문전성시를 이루는 것이 당연했다. 하지만 현실은 달랐다.

초만녕은 생긴 건 잘생겼어도 성격은 끔찍하게 나빴다. 소문에 따르면 그는 화가 나면 여제자를 남제자 때리듯 때리고, 남제자는 아예 대나무 통발에 가두어 강에 던졌다. 이런 스승에게 실제로 용기 내어 제자로 받아 달라고 하는 사람은 몇 없었다.

그래서 옥형 장로의 제자는 거의 없었다.

하늘의 총아 설몽과 설몽의 절친한 벗인 사매를 제외하고 그는 그 누구도 제자로 받아 본 적이 없었다.

사람들은 차라리 공손하게 그를 '장로'라고 불렀지, 다정하게 '사존'이라고는 부르는 것은 원치 않았다.

초만녕은 도도한 표정으로 자신은 아무렇지도 않다고 말하며, 고개를 숙이고 계속해서 차디찬 기갑과 무기 연구에 몰두했다. 소매 전갑과 경비 호루라기 같은 건 모두 그가 만들어 낸 것이었다. 조금 더 일찍 만들었다면 더 많은 사람이 고초를 덜 겪었을 텐데.

그래서 그는 묵연이 망설이지도 않고 자신을 선택하리라곤 생각지도 못했다.

당시 그는 인상을 찌푸린 채 지갑투의 거스러미를 어루만지며 어떻게 개선해야 할지 고민하느라 존주와 사람들이 무슨 말을 하는지 듣지 못했다.

그런데 언제부터인가 주변이 조용해졌다.

거스러미를 개선할 방법을 생각해 낸 초만녕은 문득 웅성거리던 주변이 너무나 조용해졌다는 것을 깨달았다.

그는 지갑투에서 시선을 떼고 못마땅함과 질문이 담긴 눈을 들었다.

그리고 한 얼굴을 보았다.

햇빛 아래에서 찬란하게 빛나 어지러울 정도였다.

청아하고 준수한 외모의 소년이 고개를 들어 그를 보고 있었다. 소년의 입꼬리에는 나른한 미소가 걸려 있었고 뺨에 깊게 파인 보조개에는 시정의 저속함과 함께 순진함이 담겨 있었다. 자신을 빤히 바라보는 투명하고 까만 두 눈동자에는 열정과 호기심이 섞여 있었다.

소년은 이곳에 처음 와서 규칙에 대해 무지했는지, 무례하다고 할 정도로 그와 가까이 서 있었다.

지척에서 갑자기 누가 튀어나오자 초만녕은 무언가에 데인 듯 깜짝 놀라며 본능적으로 한 걸음 물러났다. 그러다가 쿵 하고 머리를 나무에 부딪쳤다.

소년의 눈이 살짝 커졌다.

"아이쿠……."

"……."

"……."

"넌 뭐냐?"

소년이 웃으며 대답했다.

"선군, 선군. 제가 얼마나 오랫동안 보고 있었는데, 어째서 저를 거들떠보지도 않으시나요?"

25장 본좌가 국수 한 그릇 만들어 주마

초만녕은 완전히 기절할 뻔했다.

정신이 팔려서 사생지전에서 무방비 상태로 있던 그의 탓이긴 했다. 아무리 그래도 누가 다가오는 것조차 느끼지 못하다니.

어떻게 된 일이지? 어디서 온 꼬맹이지? 아, 묵 어쩌고 하던…… 묵 뭐더라? 묵소? 묵자? 묵…… 어?

그는 표정을 가다듬으며 능숙하게 '낯선 사람 접근 금지' 분위기로 전환했다. 봉안에 떠올랐던 놀람과 당혹은 금세 사라지고, 평소와 같은 날카로움과 냉혹함이 드러났다.

"너……."

습관적으로 호통치려던 순간, 손목이 잡혔다.

초만녕은 놀라 정신이 멍해졌다.

이 나이 먹도록 감히 그의 손목을 마음대로 잡은 사람은 아무도 없었다. 그는 굳은 얼굴로 그 자리에 얼어붙었다. 어떻게 반응해야 할지 알 수 없었다.

뿌리치고 뺨을 갈길까?

……거기에다 '무례하다'라는 말까지 더하면 왠지 여인과 다를 게 없을 것 같고.

그럼 뿌리치고 뺨은 갈기지 말까?

……그러면 내가 너무 쉬워 보이려나?

초만녕이 한참 머뭇거리다 결국 아무 반응도 하지 않자 소년이 웃었다.

"손에 하고 있는 건 뭐예요? 예뻐요. 어떻게 만드는지 알려 주실래요? 저분들은 모두 자기소개를 했는데 선군만 안 했어요. 무슨 장로세요? 아, 방금 머리 부딪쳤는데 안 아프세요?"

한꺼번에 많은 질문이 쏟아지자 초만녕은 방금 전까지만 해도 아프지 않던 머리가 아파 왔다.

금방이라도 뇌가 터질 지경이었다…….

짜증이 확 치민 그의 손에서 서서히 금빛이 떠올랐다. 천문이 소환되는 것을 본 다른 장로들은 기겁했다. 초만녕이 미쳤나? 감히 묵 공자를 때리겠다고?

그런데 갑자기 묵연에게 손이 잡혔다.

이번에는 두 손 모두 소년의 손에 잡혀 버렸다. 순진하게도 위험을 감지하지 못한 묵연은 그의 손을 잡고 서서 고개를 들고 배시시 웃으며 말했다.

"저는 묵연이라고 해요. 여기 있는 사람들은 다 모르는 사람들이지만, 얼굴만 봐서는 선군이 제일 마음에 들어요. 제 스승님이 되어 주시는 건 어때요?"

예상과 전혀 다른 결과에 주변에 있던 사람들은 등골이 더 서늘해졌고, 몇몇 장로는 얼굴이 일그러졌다.

선기 장로가 말했다.

"응?"

파군 장로가 말했다.

"와우!"

칠살 장로가 말했다.

"어라?"

계율 장로가 말했다.

"오호……."

탐랑 장로가 말했다.

"크, 웃기군."

가장 여자 같은 녹존 장로는 머리카락을 비비 꼬면서 눈을 찡긋했다.

"이런, 어린 공자가 배짱이 대단한데요. 과연 인재는 떡잎부터 다르군요. 감히 옥형 장로의 볼기를 더듬다니.[#77]"

"……제발 부탁인데 그런 역겨운 말 좀 안 할 수 없습니까?"

칠살이 싫다는 듯 말했다.

녹존이 우아하게 눈을 흘기며 코웃음 쳤다.

"음, 그럼 점잖게 다시 말하죠. 과연 인재는 떡잎부터 다르군요. 감히 옥형 장로의 둔부를 더듬다니."

"……."

칠살은 차라리 죽일까, 하고 생각했다.

#77 옥형 장로의 볼기를 더듬다니 '잠자는 사자의 코털을 건드리다'의 중국식 표현으로 '호랑이의 볼기를 만지다'가 있음

장로들 중 가장 인기가 많은 사람은 옥처럼 곱고 온화한 선기 장로였다. 그의 법술은 입문하기 쉬웠고, 사람 자체도 겸손한 군자형이라 사생지전의 제자들 대부분은 그의 문하에 있었다.

초만녕은 묵연도 예외가 아닐 거라고 생각했다. 선기가 아니라면 시원시원하고 활발한 파군일 것이다. 누가 됐든 어쨌든 자신은 아닐 거라고 여겼다.

그런데 묵연이 그의 얼굴 바로 앞에 서 있었다. 얼굴에는 그에게 낯설기 그지없는 다정함과 호감이 담겨 있었다. 그는 뜻밖에 선택받은 어릿광대처럼 허둥댔다.

초만녕은 '경외', '두려움', '증오'에만 대처할 줄 알았지, '호감' 앞에서는 어떻게 행동해야 하는지 너무 어려웠다.

그는 생각도 하지 않고 바로 묵연을 거절했다.

소년은 그 자리에 멍하니 있었다. 긴 속눈썹 아래에 있는 두 눈에 서운함과 불만이 서렸다. 그는 고개를 숙이고 한참을 생각하더니 조용히 막무가내로 말을 뱉었다.

"어쨌든 당신으로 할래요."

"……."

옆에서 흥미롭게 보던 존주가 참지 못하고 웃으며 물었다.

"연아, 그가 누구인지 아느냐?"

"저한테 알려 주지도 않았는데, 제가 어떻게 알겠어요."

"하하. 넌 누구인지도 모르면서 왜 꼭 그를 선택하고 싶은 게냐?"

여전히 초만녕의 손을 잡고 있던 묵연은 고개를 돌려 방긋 웃으며 존주에게 말했다.

"가장 따뜻하고 말이 잘 통할 것처럼 보여서요."

어둠 속에서 초만녕은 번쩍하고 눈을 떴다. 눈앞이 어지러웠다.

……정말 별일이었지.

그는 당시 묵연의 눈이 대체 어떻게 삐었길래 자신을 따뜻하다고 한 건지 도무지 알 수 없었다. 그뿐만이 아니었다. 당시 사생지전 전체가 이 일을 알고 '저 바보 녀석 좀 보소'라는 눈빛으로 묵연 공자에게 동정 어린 인사를 보냈었다.

초만녕은 손을 들어 미세하게 뛰는 관자놀이를 눌렀다.

어깨는 아프고, 마음은 복잡하고, 배는 고프고, 머리는 어지러웠다.

보아하니 자기는 그른 것 같았다.

그는 침상에 대자로 뻗은 채 멍하니 있다가 몸을 일으켰다. 마음을 가라앉혀야겠다고 생각하며 훈향을 피우려는데 갑자기 문 두드리는 소리가 났다.

또 묵연이 밖에 와 있었다.

"……."

초만녕은 아무 말도 하지 않았다. 들어오라는 말도, 꺼지라는 말도 하지 않았다.

그런데 이번에는 문이 제멋대로 열렸다.

초만녕은 어두운 표정으로 고개를 들었다. 불붙인 성냥을 들고 있던 손이 허공에 멈췄다. 성냥은 훈향 가까이 가지도 못하고 이내 꺼져 버렸다.

초만녕이 말했다.

"꺼져."

하지만 묵연은 방으로 들어왔다.

그의 손에는 뜨거운 김이 모락모락 피어오르는 국수 한 그릇이 들려 있었다. 막 만든 것이었다.

이번 국수는 소박했다. 화려한 고명은 없었지만 뽀얀 국물에 잘게 썬 파와 깨가 뿌려져 있었고, 작은 크기의 갈비와 야채, 그리고 노란 빛깔을 띠는 수란 하나가 있었다.

초만녕은 매우 배고팠지만 여전히 무표정한 얼굴로 국수를 한 번, 묵연을 한 번 보고는 고개를 돌리고 아무 말도 하지 않았다.

묵연은 국수를 탁자에 놓고 나지막이 말했다.

"객잔 주방장한테 다시 만들라고 했어요."

초만녕은 눈을 감았다.

역시 묵연이 직접 만든 것이 아니었다.

"조금이라도 드세요."

묵연이 말했다.

"이번에는 안 매워요. 소고기도 안 넣었고, 완두순도 안 넣었어요."

할 말을 끝낸 묵연은 문을 닫고 나갔다.

그는 초만녕의 상처가 마음에 걸렸다.

하지만 해 줄 수 있는 건 여기까지였다.

방 안에 있던 초만녕은 창가에 서 있었다. 무슨 생각을 하는지는 알 수 없었다. 그는 팔짱을 낀 채 멀찍이서 갈비국수를 응시했다. 점점 국수의 김이 사라지고, 결국 온기 없이 차갑게 식었다.

그제야 다가가서 앉은 그는 젓가락을 들고 차갑게 식고 붇기까지 한 면을 천천히 먹기 시작했다.

진씨 집안 악귀 사건은 종결됐다.

이튿날, 그들은 역관에 맡겼던 흑마를 찾아서 왔던 길을 따라 문파로 되돌아갔다.

찻집과 음식점 등 거리 곳곳에서 채접진 사람들은 진 원외의 집에서 일어난 일에 대해 떠들어 댔다.

크지도 작지도 않은 마을에서 발생한 이번 추문은 마을 사람들이 일 년은 족히 우려먹을 사건이었다.

"진 공자가 라 낭자와 몰래 혼례를 올렸을 줄은 몰랐네. 에휴, 라 낭자가 너무 불쌍해."

"내 생각인데, 진씨네가 부자가 안 됐으면 이런 일이 일어나지도 않았을 거야. 역시 남자는 돈이 많으면 안 돼. 돈만 많았다 하면 딴생각에 빠져서 집안을 뒤집어 놓는다니까."

한 남자가 기분 나빠하며 말했다.

"진 공자가 무슨 잘못이 있겠어. 이게 다 그 부모 잘못이지. 진 원외 그 잡놈은 자자손손 낳는 자식마다 똥구멍이 없을 거야."

또 누가 말했다.

"죽은 사람은 불쌍하지만 산 사람은? 진요 씨 봐 봐. 내가 봤을 땐 요씨 집안 딸이 제일 억울해. 진씨네 그 심보 고약한 늙은이가 남의 집 귀한 딸을 속인 거잖아. 이제 진요 씨는 어떻게 사냐고?"

"재가하면 되지."

다른 사람이 눈을 흘기며 비웃었다.

"재가? 네가 데려갈래?"

비웃음 당한 촌놈이 음흉하게 씩 웃더니 이를 쑤시며 말했다.

"집에 있는 여편네가 허락한다면야, 데리고 살면 사는 거지. 예쁘장하게 생겼으니 과부로 살게 하긴 아깝잖아."

"퉤, 두꺼비가 백조 고기를 탐내는구먼."

말 등에 올라탄 묵연은 귀를 쫑긋 세우고 두리번거리며 사람들 말을 엿들었다. 초만녕이 눈을 감고 인상을 쓴 채 이마에 '시끄럽기 짝이 없군'이라고 써 붙이지만 않았다면, 묵연은 아마 마을 사람들 틈에 끼어서 같이 팔푼이 짓을 했을지도 모른다.

말을 나란히 달려 겨우 성을 나와 교외에 도착했다.

사매가 갑자기 놀라며 먼 곳을 가리켰다.

"사존, 저기 좀 보세요."

무너진 귀신 주례의 묘우 앞에서 간편한 베옷을 입은 농민들이 분주하게 돌을 옮기고 있었다. 보아하니 부서진 묘우를 보수하고 귀신 주례에 금칠을 해서 다시 모실 모양인 것 같았다.

사매가 걱정하며 말했다.

"사존, 예전에 있던 귀신 주례가 없어져서 저들이 새로 만드나 봅니다. 저게 다시 선신이 되면 또 나쁜 짓을 저지르지 않을까요?"

"모르겠다."

"가서 저들을 말릴까요?"

"채접진의 영혼결혼식은 이미 수 대에 걸쳐 내려온 풍습인데 어찌 우리 말 몇 마디로 설득이 되겠느냐? 가자."

초만녕은 말을 마치고 가볍게 말을 달려 빠르게 지나갔다.

사생지전에 도착했을 땐 이미 해가 저물어 있었다.
초만녕은 산 입구에서 두 제자에게 말했다.
"너희는 단심전으로 가서 경과를 보고하거라. 나는 계율정으로 가겠다."
묵연이 의아해하며 물었다.
"계율정은 왜 가세요?"
사매는 걱정 가득한 얼굴이었다.
초만녕이 무표정하게 말했다.
"벌을 받으러."
비록 법을 어긴 천자는 백성과 같은 벌을 받는다지만, 어느 천자가 사람 하나 죽였다고 옥살이를 하고 참형을 당한단 말인가? 수진계도 마찬가지였다.
계율을 어긴 장로는 제자와 똑같이 벌을 받는다고 하지만, 대부분의 문파에서는 그저 빈말에 불과했다.
사실 계율을 어긴 장로가 반성문을 쓰는 것만 해도 어딘데, 어느 바보가 순순히 벌받는답시고 버드나무 가지로 채찍질당하거나 곤장 몇십 대를 맞을까?
계율 장로는 초만녕의 자백을 듣고 얼굴이 새파랗게 질렸다.
"아니, 옥형 장로. 정말…… 의뢰인을 때렸습니까?"
초만녕은 담담했다.
"네."
"그대도 참……."
초만녕이 눈을 올려 음침하게 그를 보자 계율 장로가 입을 다

물었다.

"계율에 따르면 곤장 200대를 맞고 염라전 앞에서 칠 일간 무릎을 꿇은 뒤 석 달간 금족해야 하지요. 저는 변명의 여지가 없으니 벌을 달게 받겠습니다."

계율 장로는 할 말을 잃었다.

계율 장로가 좌우를 살피고 손가락을 까딱하자 계율정의 문이 쿵 하고 닫혔다. 주변은 고요해졌고 오직 두 사람만 마주 보고 서 있었다.

"무슨 뜻입니까?"

"그게, 옥형 장로. 계율이라는 게 아무리 엄하게 단속한다고 해도 그대까지 단속할 수는 없어요. 그대도 알지 않습니까. 이 일은 비밀로 합시다. 하늘과 땅, 그대와 나만 아는 겁니다. 내가 그대를 때렸다가 존주께서 아시기라도 하면 내게 화를 내시지 않겠습니까?"

초만녕은 그와 쓸데없는 말을 하기가 귀찮아 간단명료하게 말했다.

"제가 계율에 따라 사람을 처벌했으니, 저도 응당 계율에 따라 처벌받아야 합니다."

그러면서 계율정 현판을 향해 무릎을 꿇고 앉았다.

"벌을 내리십시오."

26장 본좌는 살짝 심란하다

옥형 장로가 계율을 어겨 벌을 받는다는 소식은 날개라도 달린 듯 다음 날 아침이 되기도 전에 바로 문파 모든 사람들에게 전해졌다.

곤장 200대. 평범한 사람이라면 맞아 죽는 것과 다름없었고 신선 수련자라 해도 견디기 쉽지 않았다.

소식을 들은 설몽은 펄쩍 뛰었다.

"뭐? 사존께서 계율정에 가셨어?"

"소주님, 얼른 존주께 말 좀 해 주세요. 사존은 안 그래도 다치셨는데 곤장 200대를 어떻게 견디시겠어요?"

설몽은 안달이 나서 미칠 지경이었다.

"아버지? 안 될 말이야. 아버지는 아직 답설궁에서 안 돌아오셨어. 전서구를 보내도 이튿날에야 도착할 거야. 어째서 사존을 말리지 않았어?"

묵연과 사매는 서로를 바라보았다.

초만녕을 말리라고?

이 세상에서 누가 그를 말릴 수 있을까?

"안 되겠다. 내가 가 봐야겠어."

설몽은 황급히 계율정 쪽으로 뛰어갔다. 그는 뜰에 들어서기도 전에 계율 장로의 제자들이 대전 입구를 막고 서서 귓속말하는 모습을 보았다.

"길을 막고 뭐 하는 거야? 모두 비켜! 비키라니까!"

"소주님!"

"아, 소주님이 오셨어."

"비켜 봐, 소주님이야."

제자들은 재빨리 양옆으로 비켜 설몽에게 길을 터 주었다. 청천전 대문은 활짝 열려 있었고 초만녕은 안쪽에 꼿꼿이 무릎을 꿇고 앉아 눈을 감은 채 묵묵히 있었다. 계율 장로는 쇠로 된 곤봉을 손에 들고 사생지전의 율법을 낭독하는 중이었다. 조항 하나를 읽을 때마다 곤봉으로 초만녕의 등을 세게 후려쳤다.

"제91율, 무고한 자를 함부로 상처 입혀선 안 되고 선술(仙術)은 속세에서 사용할 수 없다. 이에 곤장을 내리니 억울함이 있는가?"

"없습니다."

"제92율, 경거망동해서는 안 되고 순간의 쾌락에 빠져서는 안 된다. 이에 곤장을 내리니 억울함이 있는가?"

"없습니다."

계율 장로는 차마 살살 때릴 수 없어 공평하게 집행했다. 곤장을 90여 대 맞고 나자 초만녕의 하얀 옷은 피로 붉게 물들었다.

설몽은 가장 존경하는 초만녕의 이런 모습에 핏발 선 눈으로 소리쳤다.

"사존!"

하지만 초만녕은 못 들은 척, 여전히 눈을 감은 채 미간만 살짝 찌푸렸다.

계율 장로가 대문 쪽을 보고 목소리를 낮추며 말했다.

"옥형 장로, 소주가 왔네요."

"귀머거리 아닙니다. 들었습니다."

초만녕은 입가로 피가 새어 나오는데도 여전히 눈을 뜨지 않았다.

"아이가 철이 없어 소란을 피우는 것이니 괘념치 마십시오."

계율 장로는 한숨을 쉬었다.

"……옥형, 꼭 이렇게까지 해야 합니까?"

"제 제자가 항상 제멋대로이지 않습니까."

초만녕은 담담했다.

"만일 오늘 제가 계율에 따라 벌을 받지 않는다면 앞으로 전 제자를 가르칠 면목도 없을 겁니다."

"……."

"계속하시지요."

"휴……."

계율 장로는 초만녕의 가늘고 긴 하얀 목을, 넓은 옷깃 사이로 연기처럼 부드럽게 늘어뜨려진 목을 보며 무심코 말했다.

"그럼 차라리 조금 살살 할까요?"

"……그러면 기만하는 것과 뭐가 다르겠습니까."

초만녕이 말했다.
"걱정 마십시오. 그래 봤자 곤장 200대이니 견딜 수 있습니다."
"옥형……."
"계율, 그만 말하고 계속하세요."
쇠 곤봉이 다시 그의 몸을 후려쳤다.
설몽의 갈라진 목소리가 들렸다.
"계율 장로! 젠장, 안 멈춰? 이 소주가 안중에도 없어? 당신이 때리는 사람은 내 스승이야! 내 사존이라고!"
계율 장로는 눈 딱 감고 못 들은 척할 수밖에 없었다.
설몽은 부아가 터질 지경이었다.
"망할 영감탱이, 못 들었어? 내가 멈추라고 명령하잖아! 감히 계속 때리면 나…… 난……."
그는 한참을 더듬거렸지만 마땅한 말이 생각나지 않았다. 어쨌거나 열다섯 살짜리 소년이었다. 제아무리 하늘의 총아라고 해도 실력과 연륜은 장로의 발끝에도 못 미쳤으니, 그저 얼굴을 붉으락푸르락하며 말도 안 되는 억지를 부렸다.
"내 아버지께 고하겠어!"
계율 장로는 할 말을 잃었다.
초만녕은 티 나지 않게 한숨을 쉬었다.
97대. 98대. 99대. 100대…….
옷은 이미 찢겼고 피는 흥측했다.
설몽은 더는 참을 수 없었다. 그가 벌게진 눈으로 우악스럽게 안으로 밀고 들어가려고 하자 초만녕이 갑자기 눈을 번쩍 뜨더니 손을 휘저었다. 그러자 순식간에 결계가 나타나 입구를 막았고, 설몽은 결계에 튕겨 몇 걸음 뒷걸음치다가 하마터면 넘어질 뻔했다.

초만녕은 피를 토하면서도 번개처럼 날카로운 봉안으로 그를 째려보았다.

"무슨 추태냐, 돌아가거라!"

"사존!"

초만녕이 역정을 냈다.

"사생지전의 소주가 언제부터 계율 장로에게 사사로이 명령을 내렸지? 어서 꺼지지 못할까!"

초만녕을 바라보는 설몽의 큰 눈에 눈물이 고였다.

묵연은 옆에서 턱을 만지작거리면서 보일 듯 말 듯 입꼬리를 올렸다.

"이런, 큰일이네. 봉황의 아들께서 곧 울겠어."

설몽은 이 말을 듣고 홱 하고 고개를 돌려 살벌하게 묵연을 노려보면서도, 눈물이 가득 고인 벌건 눈에서 눈물방울을 떨어뜨리지 않으려 애썼다.

원망도 하지 않고 대들지도 않았다.

그는 후다닥 일어나 고개를 숙인 채 이를 악물고 몸에 묻은 먼지를 깔끔히 털어 낸 뒤 청천전을 향해 무릎 꿇었다.

"사존, 제가 잘못했습니다."

쇠몽둥이에 맞아도 초만녕의 허리는 굽혀지지 않았다. 다만 안색이 창백했고 이마에는 식은땀이 송골송골 맺혔다.

설몽이 고집스레 말했다.

"가지 않겠습니다. 사존과 함께하겠습니다."

그러고는 무릎을 꿇고 일어나지 않았다.

묵연은 기가 찼다. 설몽, 그러니까 하늘의 총아라 불리는 설자명은 유독 초만녕 앞에서만큼은 뼛속까지 비굴해졌다. 남들 앞에서는 봉황인 사람이 스승 앞에만 서면 메추라기가 되었다. 설몽이 남자를 좋아하지 않는 게 분명하지 않았다면 묵연은 저 녀석이 초만녕을 마음에 담고 있어서 이렇게까지 일편단심인 것이리 착각했을 것이다. 사존이 그의 왼쪽 뺨을 때리면 메추라기는 그의 오른쪽 뺨까지 내주었다.

졌다, 졌어.

졸개 자식이 대단하네.

마음속으로는 비웃었지만 어째서인지 씁쓸했다. 묵연은 설몽을 째려봤다. 째려볼수록 기분은 더 좋지 않았다. 왠지 그 혼자 충심을 보이게 두면 안 될 것 같았다.

초만녕은 처음부터 자신을 좋아하지 않았다. 그런데 설몽이 이렇게 소란까지 떨었으니 나중에 저 녀석을 더 편애하는 거 아닐까?

그래서 그도 설몽 옆에 무릎을 꿇었다.

"저도 사존과 함께하겠습니다."

사매도 당연히 함께 무릎을 꿇었다. 세 제자 모두 밖에 무릎을 꿇고 앉았다. 다른 장로 문하의 제자들은 소문을 듣고 온갖 핑계를 대며 계율정으로 몰려와 상황을 구경했다.

"세상에, 옥형 장로가 왜……."

"갑자기 욱해서 일반 사람을 때렸대."

"헉! 너무했네."

"쉿, 소리 낮춰. 옥형 장로 귀에 들어가면 나중에 너도 채찍질 당한다고!"

누군가는 또 이렇게 물었다.

"소주님은 왜 꿇어앉은 거야?"

"묵 공자도 무릎을 꿇었어……."

생긴 것도 준수한 데다 달콤한 말도 잘하는 묵연은 평소에 소녀 수련자들에게 얼마나 인기가 많았는지, 어떤 사람들은 그를 안타까워하며 조그맣게 소곤거렸다.

"묵 공자를 보니 마음이 다 아프네. 어쩌지, 나도 가서 빌어야 하나."

"스승과 제자의 일이니 우리는 끼어들지 않는 게 좋아. 네가 할 수 있으면 해 봐. 어쨌든 난 빠질래. 옥형 장로한테 채찍으로 수백 대 맞은 사저도 있잖아."

"……."

곤장 200대가 끝났다.

결계는 그제야 사라졌다.

설몽이 황급히 기어 일어나 허둥지둥 청천전으로 달려갔다. 초만녕의 모습을 가까이서 본 그는 화가 나서 소리를 질렀다.

"아악!"

그러더니 뒤돌아 계율 장로의 멱살을 잡았다.

"이 망할 영감탱이, 살살 때렸어야지!"

"설자명."

초만녕은 눈을 감은 채 피로 물든 입술을 움직였다. 갈라진 목소리에는 보이진 않지만 어떤 위협이 담겨 있었다.

"……."

설몽은 손가락 관절에 소리가 날 정도로 힘을 주었다가 계율 장로를 확 밀치며 손을 놨다. 마침 묵연도 초만녕에게 다가왔다. 계율 장로가 초만녕의 신분을 생각해 살살했을 거라는 생각에 그는 그때까지만 해도 여전히 미소 짓고 있었다. 그런데 고개를 숙여 초만녕의 상처를 보자마자 웃음이 싹 굳었다.

설마 계율 장로에게 어깨를 다쳤다는 말을 안 한 건가?

곤장 200대는 많다면 많고 적다면 적었다. 하지만 마구잡이로 휘둘러져서 어깨의 상처까지 봐주진 않았다.

원래 있던 상처에 새로운 상처까지 더해진 것이다.

초만녕 너 이 자식…….

미쳤어?

동공이 순간 수축하며 강렬한 원망과 미움이 치밀어 올랐다.

묵연은 자신이 왜 원망하고 미워하는지, 무엇 때문에 분노하는지 알 수 없었다. 그저 속에서 천불이 나서 오장이 바짝 마르고 육부가 짓무르는 것 같았다. 그는 초만녕을 괴롭혀서 숨넘어가게 만들고, 그의 자존심을 뭉개고, 청렴함을 더럽히는 것에 익숙했다. 하지만 묵연은 초만녕이 상처투성이인 것만은 참을 수 없었다. 게다가 다른 사람에게 맞은 것일수록 더!

아마도 전생의 일을 잊지 못한 것이 원인이겠지만, 묵연의 잠재의식에는 이 사람은 내 사람이라고, 죽든 살든, 밉든 싫든, 어쨌든 내 것이라는 생각이 박혀 있었다.

초만녕이 벌을 받는 것에 대해서는 원래 딱히 신경 쓰지 않았다. 장로인 초만녕에게 곤장 200대는 심한 벌이 아니라고 생각했기 때문이었다.

최소한 곤장을 맞을 때 아직 아물지 않은 어깨의 상처는 피하리라고만 생각했다.

그런데 초만녕이 말을 안 했다니! 말을 안 했어! 이 미친놈이 무슨 고집을 피우는 거지? 뭘 억지로 참는 거야? 뭘 바보처럼 악착같이 견디는 거야!

머릿속이 혼란스러워진 묵연은 손을 뻗어 그를 부축하려고 했지만 설몽이 한발 먼저 초만녕을 부축해 일으켰다.

"……."

묵연은 허공에서 손을 멈칫하다가 이내 내려놨다.

그는 설몽이 초만녕을 부축해 멀어져 가는 모습을 빤히 바라보았다. 무슨 기분인지 알 수 없었다.

따라가고 싶었지만 발걸음이 차마 떨어지지 않았다.

전생의 일은 모두 과거일 뿐.

이제 초만녕은 그의 사존에 불과했다.

그들 사이에는 그 어떤 혼란도, 원한도, 부드러운 치근거림도 아직 일어나지 않았다.

그는 이런 생각을 해서는 안 되었다. 초만녕이 누구에게 맞든, 누가 그를 부축하든, 누구와 함께하든, 심지어 누구에게 죽든, 모두 그와는 전혀 상관없었다.

사매가 다가왔다.

"가자. 우리도 소주님을 따라가자."

"난 안 가. 설몽이 곁에 있으니 충분하잖아. 어차피 나는 도움은커녕 방해만 될 거야."

묵연의 표정에는 변화가 없었지만 마음속은 복잡했다. 그는 지금 느끼는 감정의 정체를 도무지 알 수 없었다.

미움일까?

27장 본좌는 네가 죽길 바라지 않는다

그날 밤, 묵연은 사생지전의 침상 위에 두 손을 베고 누워 대들보를 보고 있었다. 어쩐지 잠이 오지 않았다.

지나간 옛일이 하나씩 눈앞을 스쳤다. 그러다가 기억 조각들이 조금씩 조금씩 겹쳐지면서 수려하면서도 조금은 냉랭한 초만녕의 얼굴로 변했다.

사실 묵연은 자신이 그를 어떻게 생각하는지 도무지 알 수 없었다.

그를 처음 본 건 통천탑 앞에 있는 꽃나무 아래였다. 그는 소매가 넓은 옷을 입고 있었는데, 이십여 명의 장로 중 그 흉물스러운 은남색 갑옷을 입지 않은 사람은 그밖에 없었다.

그날, 그는 고개를 숙인 채 멍하니 손에 찬 지갑투를 만지작거리고 있었다. 고개를 비스듬히 꺾고 집중한 듯한 부드러운 옆모습은 마치 금빛 태양 아래에 있는 한 마리 흰 고양이 같았다.

묵연은 멀리서 시선을 떼지 못했다.

초만녕에 대한 첫인상은 좋았다.

그러나 연이은 냉대와 체벌, 그리고 가혹함은 참을 수 없었다. 흰 고양이는 날카로운 이빨과 발톱으로 그의 온몸에 상처를 냈다.

백부에 의해 불바다에서 구해진 그는 당장 죽어도 이상하지 않을 만큼 목숨이 위태로웠다. 그래서 사생지전에 가면 자신을 너그럽게 대해 주고 진심으로 아껴 주는 사존이 있을 것이라고 생각했다.

하지만 잘 보이려는 그의 노력이 초만녕의 눈에는 보이지 않았는지 오히려 채찍질은 더 매서워지기만 했고, 조금이라도 잘못을 저지르면 피부가 찢어지고 터져서 피범벅이 될 때까지 맞아야 했다.

나중에야 알았다. 초만녕이 진심으로 그를 멸시한다는 것을.

"저급하고 구제 불능이다."

꽃나무 아래에 눈처럼 하얀 옷을 입고 서 있던 남자는 그를 이렇게 평가했었다.

그는 초만녕을 높은 하늘 위에 떠 있는 차가운 달이라고 생각하며 진심으로 숭배하고 존경하고 좋아했다. 그러나 그 달의 마음속에서 묵연은 뭐였을까?

어쩔 수 없이 받아 준 제자.

뼛속까지 천한 상놈.

어릴 때부터 주점에서 자란, 온몸에 더러움이 가득 밴 못난 양아치 자식.

비록 묵연은 항상 하하 호호 웃으며 대수롭지 않게 여기는 척했지만, 사실 초만녕이 조금씩 미워졌다. 그리고 미움 속에는 짙은 못마땅함이 섞여 있었다.

그는 못마땅했다.

과거에 그는 나날이 깊어지는 원한을 품고 괜히 초만녕을 건드렸었다. 그의 주의를 끌어 보려고, 그의 칭찬을 들으려고, 그를 놀래려고 시도했다.

그 시절에 사매가 '잘했어'라고 칭찬하면 그는 기뻐서 하늘을 날 것 같았다.

만약 초만녕이 '나쁘지 않다'라고 칭찬했다면, 그는 아마 죽어도 여한이 없다 여겼을 것이다.

하지만 초만녕은 단 한 번도 그를 칭찬하지 않았다.

그가 아무리 노력하고 애쓰고 잘해도, 매정한 그 남자는 항상 무덤덤하게 고개만 끄덕이고는 그대로 뒤돌아 갔다.

묵연은 실성하기 직전이었다.

하늘은 알 것이다. 그때 자신이 얼마나 초만녕의 얼굴을 붙잡고 억지로 자신을 보게 만들고 싶었는지, 강제로 자신을 쳐다보게 만들어서 그가 했던 '저급하고 구제 불능이다'라는 평가를 다시 배 속으로 집어삼키게 만들고 싶었는지 말이다.

그러나 그는 구차하게 초만녕 앞에 무릎을 꿇고 축 처진 상갓집 개처럼 절하면서 공손하게 말할 수밖에 없었다.

"사존의 가르침을 깊이 새기겠습니다."

초만녕 앞에서 묵미우는 뼛속까지 천했다.

'공자'라고 불리지만, 여전히 비천했다.

그는 결국 깨달았다. 초만녕 같은 인간은 근본적으로 그를 마음에 들어 하지 않는다는 것을.

그 뒤, 많은 일이 있었다.

묵연은 사생지전을 장악하고 수진계 최고의 자리를 차지하여 전무후무한 제왕이 됐다. 그의 암담한 통치 아래, 사람들은 치를 떨며 두려워했다. 사람들은 그의 이름을 언급할 때 모깃소리만큼 작게 말했다. 그러니 누가 그의 오점을 기억하고, 누가 당당히 드러낼 수 없는 그의 출신을 기억할까.

그 뒤로 인간 세상에 묵미우는 없었다. 오직 답선군만이 존재했다.

답선군.

사람들은 그를 증오했다. 증오는 극에 달했다. 극악무도한 묵미우. 천 번 다시 태어나도 구제할 수 없고, 만 번 죽어도 용서할 수 없는 자!

답선군, 묵미우, 답선군, 묵미우, 답선군…….

……답. 선. 군.

그러나 아무리 두려워한들 어쩌랴? 사생지전은 여전히 우렁차게 천하를 호령했고, 무산전 앞에 빼곡히 무릎 꿇고 앉은 수천 명의 사람은 그를 향해 머리를 조아렸다.

“답선제군, 만수무강하시고 대대손손 번창하십시오.”

그의 기분은 더할 나위 없이 좋았다.

사람들 사이에서 초만녕의 얼굴을 발견하기 전까지는.

당시 초만녕은 이미 수련으로 쌓은 모든 힘을 잃고 대전 아래 묶인 죄인으로 전락해 있었다.

묵연은 그를 죽이기로 결정했지만 쉽게 죽이고 싶지는 않았다. 그는 초만녕의 사지를 묶고 목 혈관에 크지 않은 구멍을 낸 후 주술을 걸어 상처가 아물지 않게 만들었다. 그렇게 피가 한 방울씩 흘러내렸고, 생명은 조금씩 빠져나갔다.

뜨거운 태양 아래에서 대관식이 시작한 지 반나절이 지나자 초만녕의 피도 거의 끝이 보였다.

이자가 죽으면 묵연은 과거와 완전히 결별하는 것이다. 그래서 그는 일부러 초만녕이 자신의 대관식 날 죽도록 출혈량을 조절했다.

그가 수진계의 지존이 될 때, 초만녕은 생기라고는 조금도 찾아볼 수 없는 시체가 되는 것이다.

그러면 과거의 모든 것이 연기처럼 사라지게 된다.

정말 너무나도 좋을 것만 같았다.

그런데 저 인간은 왜 죽음을 앞두고도 저렇게 무덤덤하지? 수려한 얼굴에 떠오른 무심함이란……. 초만녕의 얼굴은 창백했지만 표정은 담담했고, 답선군을 보는 눈에는 감탄도 두려움도 없었다.

오직 혐오와 경멸, 그리고…….

묵연은 자신이 분명 미친 줄 알았다. 그게 아니라면 초만녕이 미쳤거나.

그리고 한 줄기 연민이 있었다.

초만녕이 날 연민하다니. 이제 곧 죽을 인간이, 내 손에 패배한 놈이! 정상에 올라 모든 것을 좌지우지할 수 있는 제왕을 연민하다니. 그가 어찌…… 어찌 감히!

십여 년을 억눌러 온 분노가 묵연을 미치게 만들었다. 그는 단심전에 있었다. 물론 그때는 이미 무산전으로 이름을 바꾼 뒤였지만. 그는 수천 명의 옹호자 앞에서, 그들의 알랑거림과 환호성 속에서 벌떡 일어나 검은 옷자락을 휘날리며 계단을 내려갔다.

그리고 모든 사람 앞에서 초만녕의 턱을 움켜잡았다. 그는 일그러진 얼굴로 달콤하면서도 흉악하게 웃었다.

"사존, 오늘은 이 제자의 기쁜 날인데 어찌 기뻐하지 않으십니까?"

수천 명이 삽시간에 조용해졌다.

초만녕은 비굴하지도 거만하지도 않게 냉랭한 표정을 지었다.

"난 너 같은 제자 둔 적 없다."

하하하. 묵연이 갑자기 무례하고 건방지게 웃어 댔다. 독수리처럼 황금 궁궐의 복도 사이를 선회하며 울려 퍼진 웃음소리에 줄지어 날아가던 기러기 행렬이 깜짝 놀라 흩어졌다.

"사존께서 이렇게 몰인정하시니 제 마음이 다 아프군요."

그가 호탕하게 웃으며 말을 이었다.

"나 같은 제자는 없다고요? 제 심법은 누가 가르쳤죠? 제 무공은 누가 가르쳤습니까? 저의 이 매정함과 냉혹함은…… 또 누가 가르친 건데요? 온몸에 채찍질 흉터가 아직도 그대로인데, 이 상처는 그럼 대체 누가 낸 겁니까!"

그는 웃음기를 거두었다. 목소리는 사나워지고 눈빛은 차가워졌다.

"초만녕! 나 같은 제자를 둔 것이 부끄럽나? 내가 뼛속까지 천해서? 핏속에 흐르는 더러움이 씻기지 않아서? 어디 한번 대답해 봐. 초만녕, 대답해 보라고. 대체 뭐가 '저급하고 구제 불능'이라는 거냐!"

그는 결국 이성을 잃고 비틀린 목소리로 울부짖었다.

"당신은 한 번도 날 제자로 인정하지 않았어. 날 존중한 적이 없다고! 하지만 난…… 그래도 난…… 진심으로 당신을 스승으로 여기고, 진심으로 당신을 존경하고 좋아했는데 왜 날 그렇게 대한 거지? 당신은 왜 단 한 번도 날 칭찬하지 않은 거야? 난 왜 무슨 짓을 해도 당신에게 반쪽짜리 호감조차 얻을 수 없었던 거냐고!"

초만녕은 몸을 부르르 떨며 안색도 점점 창백해졌다.

그는 봉안을 살짝 크게 뜬 채 그냥 그렇게 묵연을 바라봤다. 무슨 말을 하려는 듯 입술이 달싹거렸지만, 결국 아무 말도 뱉지 않았다.

완전히 변해 버린 사생지전에 유일하게 살아남은 두 사람은 그렇게 서로 마주하고 있었다.

불편한 침묵 속에서, 묵연은 간신히 냉정함을 되찾은 듯 두 눈을 감았다가 다시 뜨고는 치를 떨리게 하는 미소를 지었다. 배시시 웃는, 히죽거리는 웃음은 보는 사람으로 하여금 소름 돋게 했다.

그는 다시 부드럽고 다정하게 말했다.

"사존은 제가 천하고 못마땅하다고 생각하시지요?"

잠시 말을 멈춘 그가 무릎 꿇고 있는 수천 명을 눈으로 훑었다. 그들은 마치 개처럼 대전 앞에 납작 엎드려, 그가 이 세상 위에 군림하는 수진계의 존주임을 인정하고 있었다.

묵연이 웃으며 말했다.

"지금은요? 사존이 죽기 전에 다시 묻죠. 이 세상에서 천한 건 누구고 존귀한 건 누굽니까? 누가 누굴 밟고 있지요? 어느 쪽이 승자이자 왕이고, 어느 쪽이 패자이자 역적입니까?"

초만녕은 두 눈을 감았다. 마치 묵연이 방금 한 말을 되새기는 듯했다. 결국 묵연이 그의 턱을 잡고 억지로 그의 얼굴을 들었다.

그러나 그를 강제로 자신을 보게 만들었을 때, 묵연은 그대로 굳어 버렸다.

그는 처음으로 초만녕의 얼굴에서 비탄을 보았다.

너무나도 낯선 표정에 묵연은 마치 불에 덴 듯 반사적으로 그의 얼굴을 잡고 있던 손을 놓았다.

"당신……."

초만녕은 매우 고통스러워 보였다. 뼛속을 파고드는 고통을, 심장이 갈기갈기 찢기는 고통을 참고 있는 듯했다.

그의 목소리는 너무 작았다.

나부끼는 바람 속에서 오로지 묵연만이 들을 수 있었다.

"미안하다, 묵연. 다 내 잘못이다……."

그 순간, 주변의 모든 소리가 사라졌다. 바람 소리, 풀과 나무 소리, 옷이 펄럭이는 소리까지 모두 소멸했다.

세상에서 유일하게 선명한 것은 그를 올려다보는 초만녕의 얼굴뿐이었다. 그것이 그가 유일하게 볼 수 있는 모습이었다.

그에겐 여러 가지 느낌이 생겨나야 했다. 기쁨, 우쭐거림, 황홀함.

하지만 그렇지 않았다.

그때 든 생각은 이상하기 짝이 없었다. 굳이 말하자면 딱 하나…….

어느새…… 자신의 키가 초만녕을 훌쩍 뛰어넘었구나 하는 것뿐.

정말 많은 시간이 흘렀다.

수많은 것이 이미 바뀌어 있었다.

묵연이 입술을 우물거리다 속삭이듯 말했다.

"방금…… 뭐라고……?"

초만녕은 그저 웃었다. 묵연에게 익숙하면서도 낯선 웃음이었다. 묵연은 봉안 속에서 일그러진 자신의 얼굴을 보았다.

초만녕의 두 눈이 천천히 감기더니 고개가 툭 떨어졌다. 그가 쓰러지는 바로 그 순간 묵연이 그의 어깨를 잡았다. 그리고 미친 듯이 울부짖었다. 마치 야수가 무너질 때 나는 소리 같았다.

"초만녕! 뭐라고 했어? 다시 말해 봐!"

품속의 그는 대답이 없었다. 창백한 입술은 배꽃 같았다. 수려한 얼굴은 시종일관 냉담했지만, 죽음에 이르러서는 처연한 미소를 지은 채 그대로 굳었다. 입꼬리는 살짝 말려 올라가 있었는데 바로 묵연의 기억 속에 있는, 통천탑 앞에서 처음 봤던 그 얼굴이었다.

옅은 미소는 어딘지 모르게 부드러웠다.

"초만녕!"

부드러움은 산산이 깨졌고, 해당화는 땅에 떨어졌다.

그는 드디어 소원을 이루었다. 사존의 목숨을 밟고 최정상에 섰다.

그런데 이게 뭐란 말인가? 이게 대체 뭐냔 말이다!

마음속 고통과 분노가 줄어들기는커녕 더 커지기만 했다. 이게 어떻게 어찌 된 것일까?

묵연은 손에 은은한 검은 연기를 모아 손끝으로 재빨리 초만녕의 혈맥 몇 곳을 짚어 그의 마지막 숨결이 빠져나가지 않도록 가뒀다.

"그냥 이렇게 죽겠다고?"

묵연은 금방이라도 두 눈이 튀어나올 것 같은 험악한 표정으로 외쳤다.

"아직 안 끝났어. 초만녕, 우리 사이에는 아직 청산하지 못한 빚이 있잖아. 아직 안 끝났어! 더 남았다고! 똑바로 말하지 않으면…… 난 설몽을, 곤륜의 답설궁을, 네가 마지막까지 지키려고 했던 사람들을 모두 짓뭉개 버리겠어! 모조리 갈기갈기 찢어 버리겠다고! 그러니 똑바로 생각해!"

대관식은 중단됐다. 수천의 옹호자가 무릎 꿇고 있었지만, 그는 개의치 않았다.

그는 생각을 바꿨다. 그는 초만녕이 죽는 걸 원치 않았다.

그는 초만녕이 미웠다.

그는 초만녕이 살기를 원했다…….

살기를…….

그는 과도한 출혈에 쓰러진 초만녕을 안고 경공을 펼쳐 단번에 처마가 높이 달린 지붕 위로 올라갔다. 옷자락이 한 마리 외로운 매의 날개처럼 펼쳐졌다. 그는 빠르게 수많은 지붕을 넘어

곧장 남봉에 있는 홍련수사로, 초만녕이 살았던 곳으로 향했다.

그곳은 영기(靈氣)가 흘러넘쳤고 선초(仙草)가 가득했다. 그는 초만녕을 살리고 싶었다.

사람은 살아 있어야 미워할 수도 있다. 만약 죽어 버리면, 미워할 이유까지 사라지게 된다. 그가 미쳐 버려서 초만녕을 제 손으로 죽이려 했던가?

초만녕이 죽는다면 이 세상엔 대체 뭐가 더 남을까…….

침상에 누워 홀로 옛 기억을 곱씹었다.

새벽이슬이 짙게 깔렸지만, 여전히 잠들 수 없었다.

묵연은 아예 자리에서 일어나 세수하고 옷을 입은 뒤 등 하나를 들고 염라전으로 향했다.

초만녕은 상처를 대충 감고 그곳에 무릎 꿇고 있을 게 뻔했다. 묵연은 그에 대해 잘 알았다. 고약한 심보에 고집불통인 데다가 융통성도 없어서 자기 몸이 감당할 수 있는지 없는지는 전혀 생각하지 않는 사람. 설몽이 그를 말리려 했더라도 말리지 못했을 것이다.

역시나, 염라전 밖에 도착하니 안에서 조용히 타고 있는 등잔불이 보였다. 촛농이 쉼 없이 흘러내리고 있었다.

문을 등지고 꿇어앉은 초만녕의 꼿꼿한 자세는 소나무처럼 당당했다.

그의 뒷모습을 보자 묵연은 또 조금 후회됐다. 꼭두새벽에 이 무슨 미친 짓이란 말인가? 초만녕을 보러 와? 내가 미쳤나?

그렇다고 이미 왔으면서 그대로 뒤돌아 가는 건 더 멍청한 짓

같았다.

그는 잠시 고민하다가 절충안을 생각해 내곤 등불을 발 옆에 조심히 내려놓았다. 그는 돌아가지도 들어가지도 않을 생각이었다. 그는 그저 창가에 서서 팔꿈치를 창턱에 올려놓고 턱을 괸 채 멀리서 초만녕을 주시했다.

처마 끝에 달린 구리 방울이 가볍게 흔들렸다. 공기 중에는 화초의 상쾌한 향이 가득했다.

두 사람은 무늬가 들어간 주홍색 창을, 텅 비고 고요한 염라전을 사이에 두고 한 사람은 선 채로, 한 사람은 무릎 꿇은 채로 그렇게 있었다.

환생하기 전이었다면, 묵연은 안으로 들어가서 초만녕에게 그만하고 돌아가 쉬라고 명령할 수 있는 입장이었다.

초만녕이 내켜 하지 않는다면 초만녕의 손발을 묶고 거칠게 둘러메고 갈 능력도 있었다.

하지만 지금의 그는 그럴 입장도 아니었고, 그럴 능력도 없었다.

심지어 초만녕보다 키도 작았다.

묵연은 복잡한 마음으로 창밖에서 안에 있는 그를 바라봤지만, 그는 묵연을 알아차리지 못했다. 묵연은 초만녕의 얼굴을 볼 수 없었고, 초만녕 또한 그의 얼굴을 볼 수 없었다.

그렇게, 흰 고양이는 고개 한번 돌리지 않고 밤새 꿇고 있었다.

그렇게, 멍청한 개는 서서 밤새 꼼짝도 하지 않았다.

二哈和他的白猫師尊

바보 허스키와 그의 흰 고양이 사존 1

초판 1쇄 발행 2021년 9월 3일
지은이 육포부흘육 **옮긴이** 어썸스토리 **감수** 치치
펴낸이 신현호
편집부장 윤영천 **편집** 원현선
본문조판 양우연 **마케팅** 김민원 **관리** 조인희
펴낸곳 (주)디앤씨미디어 **출판등록** 2002년 4월 25일 제20-260호
주소 서울시 구로구 디지털로 26길 111 제이앤케이디지털타워 503호
전화번호 02.333.2513
B-Lab 공식 트위터 twitter.com/B_lab_BL/

ISBN 979-11-278-6153-7 04820
ISBN 979-11-278-6152-0 (세트)

정가 13,000원